KB158572

불쌍하구나?

KAWAISODANE?
by WATAYA Risa

Copyright © 2011 by WATAYA Risa
All rights reserved.
Original Japanese edition published by Bungeishunju Ltd., Japan 2011.

Korean Translation Copyrights © 2013 by SIGONGSA Co., Ltd.

Korean Translation rights in KOREA reserved by SIGONGSA Co., Ltd.
under the license granted by WATAYA Risa
arranged with Bungeishunju Ltd., Japan through
The Sakai Agency, Japan and PLS Agency, Korea.

이 책의 한국어판 저작권은 The Sakai Agency와 PLS Agency를 통해
Bungeishunju Ltd.와 독점 계약한 ㈜시공사에 있습니다.
저작권법에 의해 한국 내에서 보호를 받는 저작물이므로 무단 전재와 무단 복제를 금합니다.

불쌍하구나?

와타야 리사 지음 · 김선영 옮김

시공사

차례

불쌍하구나?

휘청, 눈앞이 아찔해 빈혈인가 싶어 책장을 붙들었는데 책장도, 벽에 건 달력도 출렁거려 그제야 겨우 지진인 줄 알았다.

세상에, 바닥이 이렇게 우습게 흔들리다니. 내가 사는 아파트는 푸딩 위에 있었던 건가? 바닥이 말랑해지면서 서서히 녹아 무너져 내리는 감각. 어지러워서 바닥에 주저앉으니 귀는 윙윙 울리고 어두운 색채의 만화경 무늬가 눈앞을 뒤덮었다. 지진은 무섭다. 이렇게 대책 없이 흔들리는 도쿄도 무섭다. 또 흔들렸다. 이번 달에 벌써 몇 번째지? 이유는 모르겠지만 아침에 자주 이런다.

대부분의 주민들은 땅이 조금 흔들려도 '아, 또 시작이구나' 하고 잠깐 동작을 멈췄다가 진동이 잦아들면 다시 바로 일상생활로 돌아가지만, 나는 한참이나 장승처럼

서 있다. 두 다리로 꼿꼿이 땅을 밟고, 이제 흔들리지 않는다는 것을 거듭 확인하기 전에는 마음이 안 놓인다. 아주 작은 진동도 사실은 큰 지진이 오기 전의 예진일지 모른다. 지금 이 순간에도 땅이 요란하게 울리면서 크게 출렁거려 방구석으로 훅 튕겨 나가진 않을까 몸을 움츠리고 있다.

도쿄는 여러 방법으로 지진 발생시의 주의사항을 알리고 있지만 만일의 경우에 주민 한 사람 한 사람을 지킬 수 있는 대책은 충분히 마련된 게 없다. 오히려 믿을 수 없을 정도로 높은 전파탑을 거침없이 새로 올리고, 지하철이 다니게 될 굴을 새로 파고 있다. 때문에 지진을 조심하라는 말은 막상 일이 터졌을 때 "그것 보세요, 그렇게나 조심하라고 했는데 자업자득이라니까. 아직 긴급피난 키트도 사지 않은 당신 같은 사람은 죽어도 할 말이 없어요"라고 설교하기 위한 노림수가 아닌지 그만 의심하게 된다.

오늘도 거리를 걷다가 빨간 신호에 서 있는데 뭔지 모를 거대한 물체가 땅 밑을 지나가는 진동을 발바닥에 느꼈다. 고향의 도로에서는 경험한 적 없는 감각에 평소 땅위에서 생활할 때는 존재를 잊고 있던 지하철이 생각보다 발밑 가까이에서 달리고 있다는 사실을 깨달았다. 지하철이 무수히 지나는 도쿄의 지반이 구멍투성이라면, 살짝 흔들기만 해도 허술하게 만든 개미집처럼 땅바닥이 푹 꺼지지는 않을까?

나는 지진이 무섭다. 거리에서, 직장에서, 지하철 플랫폼에서, 지금 이곳에서, 지진이 일어나면 어쩌나 벌벌 떤다. 1995년의 한신·아와지 대지진을 겪었기 때문이다. 사실 그 무렵엔 어린아이였고, 가장 피해가 컸던 고베가 아니라 오사카에 살고 있었다. 그러니까 실제로 그리 큰 진동을 느끼지는 않았지만, 고베에 살던 친척을 찾아갔기 때문에 지진 직후의 고베를 안다.

그러므로 진도 7의 공격을 당한 후의 거리가 어떤지, 정말이지 잘 알고 있다.

그때 보았던 광경을, 나는 잊지 못한다. 내 상상 속, 전쟁에서 대공습을 받은 후의 거리 모습이 바로 그것이었다. 2층짜리 목조 주택은 1층이 찌부러져 단층 가옥이 되었고, 건물 대부분이 무너져 내린 탓에 시야가 탁 트여 저 멀리 거리까지 내다볼 수 있었다. 화재로 집이 타버린 흔적인지 연기가 자욱해 '화전(火田)'이라는 단어가 떠올랐다.

친척이 사는 고층 맨션은 중앙 부분이 갈라져, 최상층에서 아래층까지 세로로 반쪽이 나 있었다. 최상층에 사는 사람들은 균열이 생긴 부분 위에 나무판을 걸쳐놓고 왕래하고 있었다. 그곳을 지나가며 아래쪽을 슬쩍 보았는데 갈라진 콘크리트 바닥이 저 밑까지 보였다. 몇십 미터나 되는 골짜기 바닥에서 솟아오른 바람이 판자를 건너는 다리 사이를 스칠 때는 온몸의 근육이 풀리고 힘이 빠져 기절할 뻔했다. 당연히 그 맨션은 철거되었고, 친척은 다른 곳에서 살게 되었다. 고생이 많았으리라.

지진 피해를 입은 사람들은 초등학교 체육관으로 피신했다. 간이 화장실로 사용하는 하얀 상자가 운동장 한쪽 끝에서 반대쪽 끝까지 깔려 있었다. 인기척은 느껴졌지만 저마다 자기만의 피신처에 숨어 있는지 사람 그림자가 적어 휑했다.

운동장 놀이터에서 언니하고 놀고 있었더니 우리를 피해자로 착각한 자원봉사자들이 온갖 사탕이 가득 든 과자 봉지를 주었다. 아니라고 부정했지만 사양하는 거라고 생각했는지, 그들은 고개를 젓고는 서둘러 차를 타고 떠나버렸다. 우리는 사탕을 하나도 먹지 않고 배급용 대형 솥이 잔뜩 놓인 테이블 위에 몰래 얹어놓고 달아났다. 임시 화장실이 쭉 늘어선 곳을 가리려고 세운 얇은 플라스틱 벽이, 많은 사람들이 머물고 있는데도 쥐 죽은 듯 고요한 체육관이, 오사카에 돌아가면 집이 있는 우리 자매가 사탕을 먹지 못하게 무언의 압력을 가했다.

평범한 주택가에 있던 친척집 맨션이 그런 꼴이 되었으니 고층 건물이 밀집한 대도시 도쿄에서 지진이 난다면, 생각만 해도 지옥이다. 살아남으려면 상당한 서바이벌 정신이 필요할 것이다. 나는 눈을 감고 머릿속으로 상상해본다.

일터인 백화점에서 돌아오는 길, 전철역에서 지하철을 한참 기다리고 있을 때 대지진이 일어난다. 우르릉 땅이 울리고, 주위에서 들려오는 비명, 그대로 서 있지 못하고 플랫폼에 넘어진 나는 가장 먼저 하이힐부터 잃어버린다. 당연하다. 그렇게 위험의식이 낮은 위태로운 구두를 신은 사람은 일단 초반에 도태된다. 전철 탈선, 황급히 플랫폼에서 도망쳐보지만 혼란에 빠져 우르르 몰려가는 군중의 파도에 휩쓸려 어딘가에 머리를 꽝 부딪친다. 정전으로 캄캄한 와중에 지하수가 차올라 발밑이 물에 잠기고 천장이 떨어져 내린다. 사람들은 허둥대며 도망친다.

나는 머리에서 피를 철철 흘리면서도 휴대전화의 불빛과 가방에 든 생수와 레몬 사탕을 의지해 살아남으려 한다. 하지만 몇 번을 상상해보아도 마지막에는 언제나 지하철 안에서 발생한 화재 연기를 마시고 출구를 발견하기 전에 죽어버린다. 겨우겨우 지상으로 나가도 혼란에 빠져 폭도로 변한 사람들에게 각목으로 머리를 얻어맞고, 만일의 경우에 대비해 챙겨놓았던 마지막 레몬 사탕 한 알이 든 가방마저 빼앗기고, 게임 오버.

같은 직장에서 일하는 여자들은 내가 지진을 무서워하는 줄은 꿈에도 모르겠지. 만약 백화점에서 일하고 있을 때 지진이 나면 최신 패션으로 멋을 낸 동료들은 저마다 자기가 제일 약하고 보호받아 마땅한 존재라고 믿으며 내게 매달릴 것이다.

바퀴벌레가 나와도, 지진이 나도, 비명을 질러서는 안 되는 여자가 있다. 바로 나다. 사람들이 매달리면 기대에 부응하려는 마음에 그만 회중전등 하나만 달랑 들고 캄캄한 백화점 플로어를 탐색하는 역할을 맡아버릴지도 모른다. 그리고 두 번 다시 돌아오지 않는, 재난 영화에서 가장 먼저 죽는 사람의 소임을 다하겠지.

지진을 망상할 때 항상 떠오르는 것은 나를 구해줄 영웅. 그 사람만 있으면 걱정 끝, 힘없는 나를 품에 안고 안전한 장소로 데려가줄 남자. 교통이 마비되어도, 휴대전화가 불통이어도 굴하지 않고, 지금 이 시간이라면 오늘 쥬리에는 거기에 있겠지, 하고 내가 있는 장소까지 맨발로 달려와줄 영웅.

영웅은 오로지 나밖에 모르고, 내 하루 스케줄을 파악하고 있는 사람이어야 한다. 다시 말해 그 인물은 내 연인인 류다이를 가리키는 것인데, 요즘은 정말 그이가 나를 구해줄지 의심스러워 데이트를 할 때 손을 잡고 있다가도 류다이의 얼굴을 빤히 쳐다보고 만다. 단단한 턱, 똑바로 앞을 바라보는 눈동자, 나를 한 손으로 들어올리고도 남을, 미식축구 서클에서 단련된 울룩불룩한 팔 근육.

류다이가 비상시에는 도움이 안 될지도 모르는, 자기밖에 모르는 남자라고 의심하는 것은 아니다. 그는 오히려 상냥하고, 힘세고, 정의감도 강하며, 그야말로 지진이 나면 기꺼이 활약할 정도로 영웅심이 강한 사람이다. 하지만.

대지진이 터지면 류다이는 내가 아니라 아키요를 구하러 갈지도 모른다.

말해줘, 당신은 어느 쪽을 구할 거야?

그 말이 너무나 명확하게 머릿속에서 메아리치기 때문에 나는 항상 입 밖으로 그 말을 내뱉은 건 아닌가 싶어 허둥지둥 류다이의 얼굴을 올려다본다. 평소와 다름없이 텔레비전을 보면서 웃고 있는 류다이의 모습을 확인하고서야 비로소 입 밖으로 내지는 않았음을 깨닫는다.

지금도 여전히 당신 집에 머물고 있는 아키요. 만일 지진이 난다면 당신은 맨 먼저 아키요가 무사한지 걱정하며 쏜살같이 집으로 돌아가겠지. 그것은 애정이라기보다는 본능적인 보호 정신 때문이야. 가장 약한 자를 가장 먼저 구하는 당신의 철저한 보호 정신은 내게는 양성종 양과도 같아.

아무리 지진이 무서워도 아키요에 비해 내 생존 능력이 뛰어나다는 사실은 인정하지 않을 수 없다. 내가 머리에서 피를 철철 흘리며 폭도를 뒤에서 벽돌로 내리찍고, 빼앗긴 가방을 되찾고 있을 때, 아키요는 비교적 안전한 실내에서 옷장 밑에 깔려 발버둥치고 있을 것이다. 황급히 달려간 류다이가 핏줄이 불거진 탄탄한 알통을 자랑하며 옷장을 치우고 구해줘도, 아키요는 다리가 부러졌다느니 앞이 잘 안 보인다느니 종알거리며 류다이를 놓아주지 않겠지. 나는 완전히 변해버린 거리의 참상에 절망하면서도 역시나 어쩔 줄 몰라 허둥거리는 이재민들과 무리를 이루어 폭도들과 싸우고, 온통 상처 입은 몸을 이끌고 《북두의 권》에 나오는 세상처럼 폐허의 황야로 변한 거리를 밤새도록 걸어 피난소를 찾아낼 것이다.

지진이 발생하고 며칠이나 지나서야 나와 류다이는 신주쿠의 초등학교 배급 줄에서 우연히 만나겠지. 하지만 아키요를 한 팔에 매달고 있는 류다이에게 "역시 무사했구나! 쥬리에는 정말 강해"라는 칭송을 들을 바엔, 배급으로 나오는 주먹밥도 포기한 채 줄에서 빠져나와 그대로 사라져버리는 게 낫다.

*

　류다이는 너무나 고통스러워하면서, 그 고통을 주름과 일그러진 굴곡으로 얼굴에 고스란히 드러낸다. 고뇌에 찬 그 표정을 보고 있자니 나는 그만 내 고통을 잊고 이제 됐다고 어깨를 두드려주면서 항복하고 싶어진다.

　"아키요를 돕는 나를 도저히 용서할 수 없다면, 미안하지만 난 쥬리에하고 헤어져야겠어."

　헤어지자는 이야기는 사형선고와도 흡사하다. 나는 간결한 말에 목이 꽉 메이면서도 나와 마찬가지로, 아니, 그 이상으로 슬픔에 젖어 일그러진 류다이의 눈동자나 얼굴을 가린 깍지 낀 그 두 손에 매달리고 싶어, 흔들리는 눈빛으로 그를 바라본다.

　한순간 모든 소리가 사라졌다. 류다이도 나도 마른침을 삼키며 아무 말도 하지 않아 옆 테이블이나 멀리 떨어진 자리에 앉은 여자들의 웃음소리, 말소리까지 귀에 들어온다. 손님의 8할이 여성인 가게 안은 칼 한센 가구와 마리메코 패브릭 액자, 무민 램프로 꾸며져 있고, BGM은 유러피언 팝이다. 설마 이렇게 심플하고 포근한 북유

럽 스타일의 가게에서 헤어지자는 말을 들을 줄은 꿈에
도 몰랐다.

류다이가 눈치채지 못하도록 조용히, 코로 가만가만
숨을 토해내면서 테이블 밑의 다리를 바꿔 꼬았다.

"류다이. 한 번만 더 차분히, 잘 생각해봐. 당신 정말."

나보다 아키요 씨를 선택하는 거야? 목구멍에서 왈칵
울음이 치밀어 올라 뒷말을 잇지 못했다.

기다려, 침착해, 울지 마, 화내지 마. 류다이를 난처하
게 만들면 나도 아키요 씨하고 똑같은 수준으로 떨어지
는 거야.

눈물을 거두려면 일단 현실에서 도망쳐 머릿속으로 완
전히 다른 일을 떠올리는 게 가장 효과적이다. 핏발 선
눈을 류다이의 뒤쪽 벽에 걸린 파르페 메뉴로 돌렸다.

가을철 포도 파르페, 630엔. 굵은 포도와 보라색 셔벗
이 정말이지 상큼하니 맛있어 보인다. 생크림과 포도색
스펀지케이크가 번갈아 올려져 줄무늬를 이루고, 맨 위
에는 보석처럼 커다란 포도 알맹이를 세 개나 쌓아 높이
올렸다. 이 포도 파르페는 딸기 파르페나 과일 파르페처
럼 눈길을 끄는 선명한 색상이나, 초코 파르페처럼 믿고
주문할 수 있는 편안함이 없다. 하지만 아래쪽에 깔려 있
는 보라색 알맹이는 어딘지 모르게 차분하고 어른스러운

안정감이 있어 앞으로 다가올 지루한 가을철에는 안성맞춤이다. 먹고 싶긴 한데 먹으면 살찌겠지. 몇 칼로리나 될까? 포도 파르페니까 바나나 파르페나 초코 파르페에 비하면 칼로리는 낮을 테지만, 표시해두지 않았다는 건 자랑할 만큼 저칼로리는 아니라는 사실의 반증이자, 오히려 가게로서는 숨기고 싶은 부정적인 정보일 것이다. 아마도 포테이토칩 한 봉지에 해당하는 약 500킬로칼로리를 우습게 넘거나, 비슷한 수준이리라.

　웨이터를 불러 칼로리 수치를 물어보고 싶지만, 어차피 아르바이트라면 상품 하나하나의 칼로리는 모를 테니 물어봤자 당황하기만 하겠지. 잠깐만 기다려달라고 하고 주방으로 사라져 직원에게 물어보겠지만 "뭐? 나도 몰라, 그런 걸 누가 알아?" 하고 오히려 질책당하고 "그 손님 대체 뭐야? 왜 파르페 칼로리 따위를 알고 싶대? 살찌는 게 싫으면 파르페 같은 건 안 먹으면 그만이지" 하고 조롱만 당하겠지. 그러면 점장도 편승해 "응? 그래서 실제로는 어땠어? 뚱보야?" 하고 묻고, 웨이터는 "어땠더라, 제대로 안 봤는데, 하지만 쓰지 씨 말이 백 번 천 번 맞아요. 그렇게 칼로리가 걱정되면 안 먹으면 그만이지, 못 먹어서 죽은 귀신이 붙었나" 하고 맞장구를 치겠지만 테이블에 돌아와 내 앞에 서면 표정을 싹 바꾸어 죄송하기 짝이 없다는 얼굴로 "죄송합니다. 칼로리는 모르겠습니다. 주문 어떻게 하시겠어요?"라는 말이나 하겠지. 그러면서 나를 보며 '아아, 역시 쓰지 씨 말대로 이 여자는 뚱보야. 이 뚱보, 일만 번거롭게 만들고'라고 생각할까? 그렇지 않으면 '아아, 이렇게 아름다운 사람이라면 칼로리를 걱정할 법도 하지. 외모가 신경 쓰이나 보네'라고 생각할까? 가능하다면 대학생으로밖에 안 보이는 저 검은 앞치마를 두른 웨이터가 후자의 의견을 채택해주길 바라지만, 류다이가 헤어지자는 이야기를 꺼내 슬픈 추억이 생겨버린 이 가게에는 두 번 다시 올 일도 없고, 직원 이름이 정말 쓰지인지도 알 길이 없으니 웨이터가 어떻게 생각하든 딱히 상관은 없다.

"쥬리에. 어이, 왜 그래?"

문득 시선을 되돌리자 류다이가 걱정스러운 얼굴로 나를 들여다보고 있다.

"괜찮아. 하지만 한 번만 더 제대로 설명해주겠어?"

포도 파르페 덕분에 눈물을 거두는 데 성공한 나는 이야기의 전모를 짜증스러울 정도로 잘 이해하고 있으면서도 천천히 되물었다.

"아키요는 지금 사는 집에서 쫓겨나면 아무 데도 갈 곳이 없어. 그러니까 쥬리에가 내가 아키요하고 함께 사는 게 정 싫다면, 우린 헤어질 수밖에 없어."

침몰. 격침. 그만 됐습니다. 갑자기 이마가 왜 이리 무거울까요? 거부하는데도 규격을 무시한 커다란 덩어리가 관자놀이를 뚫고 지나가려 한다. 두통을 참으며 관자놀이를 손가락으로 문질렀다.

"그러니까 왜 그래야 하는데? 어째서 아키요 씨 때문에 우리가 헤어져야 해? 아키요 씨하고는 이미 헤어졌다면서, 아직도 좋아해?"

"아니, 물론 내가 사랑하는 건 너뿐이야. 아키요를 사랑하는 건 아니지만 그 녀석은 지금 의지할 사람이 나밖에 없어. 이상한 소리라는 건 나도 알아. 하지만, 미안해."

"이유야 어떻든 나는 옛날 애인을 자기 집에 거두어들이는 남자하고는 더 이상 사귈 수 없어."

상대가 이미 헤어지자는 말을 꺼냈는데, 굳이 다시 내 쪽에서 확실하게 선언해 원치 않는 상황으로 몰아넣는다. 내 정신과 육체는 지금 분리되어, 몸에서 떨어져 나와 둥둥 떠다니는 마음이 태도만큼은 당당한 내 모습을 굽어보며 불안에 떨고 있다.

"그래, 알았어. 짧은 시간이었지만 쥬리에하고 사귈 수 있어 정말 즐거웠어. 믿어주지 않을지도 모르지만 진심으로 사랑했어. 좀 더 소중하게 아껴주고 싶었어."

"정말 아껴주고 싶다면 전에 사귀었던 여자를 집에 데려오는 짓은 하지 말아야지."

"응. 미안. 나도…… 일본어로 뭐라고 하더라, 그래, '벅찬' 상태라."

류다이는 울음이라도 터뜨릴 것처럼 눈썹을 찌푸렸지만 위태로운 경계선에서 절대 울지 않고, 슬픔을 참는 성인 남자의 표정으로 나를 바라보았다.

몸집은 탄탄한데도 항상 조금 난처한 듯이 사람 얼굴을 바라보는 그 눈빛이 내 마음 한 자락을 손가락으로 콕 집어, 시트에 생기는 주름처럼 굴곡을 만든다. 미국에서 자라 일본어가 아직 익숙하지 않아 더듬더듬 말하는 면도.

"사정은 잘 알겠어. 일단 생각 좀 해봐도 될까?"

류다이가 고민한 끝에 결정한 일이다. 그러니 내가 고민해봤자 이미 답은 정해져 있다. 헤어지기 싫다면 남은 건 내가 받아들이는 길뿐이다. 하지만 형태만이라도 좋으니 유예가 필요했다.

"정말 미안."

"됐어, 사과하지 마."

"알았어. ……피곤하다. 여기에서 뭐 좀 먹고 갈까? 쥬리에, 뭐 먹고 싶은 거 있어? 메뉴판 달라고 할까?"

피곤한 얼굴에 번진 류다이의 미소는 달곰쌉쌀하다.

다행이다. 그렇다, 좋아하는 사람이 언제나 이렇게 웃고 있었으면 좋겠다.

"식욕은 별로 없어. 커피나 마실래."

사실은 포도 파르페를 먹고 싶은 마음이 간절했지만 식욕이 있다는 걸 드러냈다가 별로 고민하고 있지 않은 것처럼 보이면 큰일이다. 그것이 류다이의 미소에 이끌려 그만 덩달아 웃고 만 나의 최대한의 반항이었다.

*

처음 류다이가 아키요 씨를 그의 아파트에서 재우겠다는 이야기를 했을 때, 나는 농담인 줄 알고 웃었다.

"하룻밤 정도면 괜찮아, 라고 할 줄 알았어? 나, 밤새도록 전화할지도 몰라."

"그게 아니야. 그 녀석이 일자리를 찾을 때까지 무기한 이야."

"뭐? 설마. 아키요 씨가 부탁했어?"

"아니. 그 녀석은 나한테 뭘 해달라고 한 적이 한 번도 없어. 내가 사정을 듣고 어떻게든 도와주고 싶어서 그러는 거야."

"하지만 설마 진짜 그러려고 하진 않겠지? 다른 방법

도 있잖아."

"응, 있겠지. 미안, 이상한 얘기를 꺼내서. 신경 쓰지 마."

그 이야기를 하면서 우리는 커다란 연못이 있는 이노카시라 공원에서 찐빵 안에 바닐라아이스크림이 든, 뜨거운 건지 차가운 건지 모를 간식을 먹었다. 보트를 탄 직후의 즐거움이 남아 있는 상태에서 류다이가 너무나 태연히 그 화제를 입에 담은 탓에 나는 조금도 불안하지 않았다. 녹아버린 아이스크림이 옷에 묻지는 않을까에만 정신이 팔려 맞은편에서 오는 자전거를 보지 못한 나를 류다이가 슬그머니 길가로 잡아당겨 지켜준 일이 그날의 가장 큰 추억이었다.

*

"류다이가 무슨 생각을 하는지 전혀 모르겠어. 옛 여자친구가 집에 묵는 걸 허락할 여자가 세상 어디에 있어?"

"선배, 남녀 사이의 다툼은 꽤 질척해요. 선배는 아직 시작 단계."

"말은 잘 한다. 그럼 아야하 너라면 애인이 옛 여자친구를 집에 데려오고 싶다고 해도 남녀 문제는 복잡하니 어쩔 수 없다며 승낙할 거야?"

"그럴 턱이 없잖아요. 내가 그렇게 우습게 보여? 하고 버럭 소리를 지르고 그 자리에서 헤어져야죠."

백화점 직원 식당에서 함께 점심을 먹던 후배 아야하는 생각만 해도 싫다는 듯 얼굴을 찌푸리며 혀를 쏙 내밀었다.

"나도 내가 그럴 수 있는 여자인 줄 알았어. 하지만 못하겠더라. 똑똑하게 굴겠다고 뻗댈 수 있는 건 처음뿐이었어. 실제로 헤어진다고 상상하니 아무 말도 안 나오지 뭐야. 지나간 일이라고 해도 역시 옛 여자친구하고 보낸 7년 세월은 당해낼 수 없는 걸까?"

"그때는 그때고 지금은 지금이죠. 새 여자친구하고 사귀는데 과거의 일을 끄집어내는 남자라니, 최악이에요. 류다이 씨라고 했나요? 헤어져도 선배라면 바로 다음 남자를 찾을 수 있을 거예요."

"다음 남자가 성에 찰 것 같지 않아."

"뭐, 그건 그렇겠죠. 선배, 지금 애인 생긴 뒤로 엄청 반짝반짝 빛나는걸요. 손님들도 행복한 기운을 받아서 마구 입어보고, 마구 사잖아요. 그래서 매상도 쑥쑥!"

최근 들떠 있었던 내 상태나 잘 풀렸던 일들을 생각하니 점점 더 우울해져 머리를 감싸 안았다.

"행복했던 만큼 지금이 괴로워……."

"괜찮아요. 괜찮아. 선배가 잘못한 게 아니니까."

국수를 먹던 아야가 젓가락을 내려놓고 내 머리를 쓰다듬어주었다. 나는 눈을 감고 그냥 내버려두었다. 아야하는 나이는 어리지만 학창시절에 좀 놀아봐서 그런지 나보다 수라장을 헤치고 나온 횟수가 더 많은 여자다. 아무래도 남자 문제는 아야하가 선배라 항상 의논하게 된다.

지하 1층부터 9층까지, 백화점에서 일하는 모든 사람들이 점심을 먹으러 오는 식당은 오늘도 북적북적하다. 값싼 정식과 묽고 뜨거운 차가 든 컵이 놓인 쟁반을 들고 종업원들이 테이블 사이를 오가고 있다. 따로 나뉘어 있는 흡연실 창으로, 두건도 풀지 않은 지하 식품매장의 아주머니들이 연기가 자욱한 가운데 담배를 피우는 모습이 보인다.

도저히 차분하게 앉아 있을 수 있는 장소는 아니지만 오늘은 이 소음이 나를 보듬어주었다. 직장이 있어 다행이다. 계속 집에 틀어박혀 혼자 이 문제를 고민했다면 분명 혼란에 빠져 슬퍼졌을 것이다.

여기는 직장. 그러니까 후배에게 이런 비참한 이야기를 하기는 하지만, 절대 울음을 터뜨리지는 않을 테다. 휴식 시간이 끝나면 어두운 얼굴은 보일 수 없다.

"선배는 강하니까 분명 남자친구도 응석을 부리는 거예요. 우리도 그러는걸요. 매장 애들도 난처하면 일단 선배한테 의논하잖아요."

"그런가? 글쎄."

확실히 직장에서 믿음직하다느니, 언니 같다느니 하는 말을 들을 때가 많다. 하지만 나와 류다이 사이에서는, 류다이가 리더십이 강했다. 나는 내가 의지할 수 있을 만큼 포용력과 상냥함을 지닌 남자를 만났다는 사실이 기뻤다. 설마 그 포용력이 옛 여자친구까지 품어버릴 줄이야.

"그나저나 그 옛날 여자친구, 얼굴이 철판이네요. 아무리 돈이 없어도 그렇지, 보통 헤어진 남자 집에 기어들어가나요? 분명 다시 여자친구 자리를 노리고 있을 거예요."

"전에 한 번 봤을 땐 멀쩡한 여자로 보였는데."

사귄 지 얼마 되지 않았을 때였다. 기뻐서 그랬는지 아니면 미국 물이 덜 빠져서 그랬는지, 류다이는 상당히 개방적으로 나를 자기 일본 친구나 동료, 심지어는 스카이프를 이용해 미국 친구나 부모님에게도 소개했다. 나도 물론 싫지는 않았다. 주위에서 순조롭게 류다이의 공식 애인으로 인식해주는 게 자랑스러웠다. 연애를 통해 그의 세계가 나와 밀접해져 세계가 두 배로 확장되는 것도 기뻤다.

그때 '친구'라면서 소개해준 아키요 씨는 키가 작고 피부가 하얀, 왠지 연약한 미소를 짓는 사람이었다. 나보다 어린 줄 알았는데 사실은 두 살이나 많은 서른이었다.

"반가워요."

아키요 씨는 얼굴 가득 웃음을 띠고 내 손을 붙잡았다. 부드러운 손이었다. 그녀는 연한 핑크색 블라우스에 아랫부분이 퍼지는 짙은 베이지색 스커트를 입고, 맨발에 끈이 너덜너덜한 뮬을 신고 있었다. 서른 치고는 꽤 젊은 차림새였다. 밝은 갈색의 긴 머리는 뿌리 쪽이 까맸고, 결이 상했는지 끝으로 갈수록 스커트처럼 퍼져 있었다. 화장은 연하고, 혀 짧은 목소리를 냈다.

하지만 일하는 곳의 브랜드 옷을 갖춰 입고 영업용 풀메이크업을 하고 있는 나보다 허술해 보이는 이런 여자가 더 인기가 많을 것 같다는 생각도 들었다.

아키요 씨하고는 아주 잠깐, 백화점 9층에 있는 이탈리아 레스토랑에서 시간을 보낸 게 전부였다. 내가 일을 마치고 류다이와 함께 레스토랑에 있을 때 류다이가 아키요 씨 전화를 받았고, 우연히 근처에 있던 아키요 씨가 중간에 합류했다.

딸기 밀푀유를 주문한 아키요 씨는 파이 부분을 괜히 포크로 푹푹 찔러 부수더니, 위에 얹혀 있던 딸기를 접시

바깥으로 떨어뜨렸다. 하지만 별로 개의치도 않고 엄지와 집게손가락으로 다시 딸기를 집어 밀푀유 크림 속에 쑤셔 넣었다.

"굉장해. 이렇게 큰 백화점에서 일하다니. 나도 정신 좀 차려야 하는데."

류다이가 나를 소개하자 아키요 씨는 웃는 얼굴로 나를 칭찬했다. 치열이 고르지 못했지만 그것마저도 왠지 애교스럽게 보였다.

아키요 씨는 30분쯤 앉아 있다가 볼일이 있다며 돌아갔고, 찻값은 당연하다는 듯이 류다이가 냈다.

그때, 두 사람이 꽤 친한 것 같다는 생각을 하긴 했지만.

돌아가는 길에 류다이가 약간 머쓱한 투로 고백했다.

"실은 쥬리에랑 사귀기 전에 아키요하고 7년 동안 사귀었어."

"엇, 정말?"

아키요 씨와 류다이가 사귀었다는 사실보다도 아키요 씨가 내게 보인 태도에 더 놀랐다. 나야 아키요 씨가 류다이의 옛 여자친구인 줄 몰랐으니 평범하게 대할 수 있었지만, 만약 미리 알았다면 도저히 그렇게 편하게 얘기하지는 못했으리라. 어쩌면 이래저래 핑계를 대서 만나지 않았을지도 모른다.

"아키요 씨도 내가 지금 류다이의 여자친구라는 걸 몰랐던 거지?"

"아니, 알고 있어. 쥬리에하고 사귀기 시작하면서 바로 말했거든."

"나하고 만나는 게 거북하진 않았을까?"

"갠 그런 거 신경 쓰는 타입이 아니라서."

아키요 씨는 내가 어떤 여자일까 탐색하는 눈빛으로 보지도 않았고, 자기가 류다이랑 더 오래 사귀었다는 사실을 티 내지도 않았다. 너무나 평범한, 그냥 우연히 들른 친구로밖에 보이지 않았다.

게다가 듣자 하니 류다이가 먼저 헤어지자고 했던 모양이었다. 만일 내가 아키요 씨였다면 나를 찬 남자의 현재 애인은 역시 죽어도 만나기 싫었을 것이다. 복잡한 심경을 교묘하게 감추고 있었는지도 모르지만, 그렇다 해도 나에겐 거의 관심도 없고 별로 신경도 쓰지 않는 것처럼 보였다.

"헤어지긴 했지만 7년이나 사귀는 동안 많은 일이 있었으니 생판 남이 되는 건 서운한 일이야. 지금은 가족처럼 가끔 서로 연락하곤 해. 혹시 그런 거 싫어?"

류다이가 조심스럽게 물었다.

"나는 한 사람하고 그렇게 오래 사귀어본 적이 없어서

잘 모르겠지만, 분명 그런 식으로 소중하게 여기게 되겠지. 아키요 씨도 좋은 사람 같고. 지금처럼 그런 관계로 지내면 괜찮지 않을까? 괜히 내 눈치 보지 말고."

솔직하게 사실을 털어놓은 류다이에게도, 현재 여자친구인 내게 상냥했던 아키요 씨에게도 분명 놀라긴 했지만, 두 사람이 제대로 나를 사이에 두고 만났다는 사실에 무엇보다 마음이 놓였고 감동도 받았다.

"그래? 고마워, 쥬리에."

둘이서 손을 맞잡고 밤길을 걸었던 그날, 나는 조금도 불안하지 않았다. 류다이와 손을 잡고 함께 걷는 것만으로도 그에게 안겨 있는 듯한 안도감을 느꼈다. 속 좁은 여자친구가 되어 옛 여자친구하고는 만나지 말라고 소리칠 수도 있었다. 하지만 충분히 행복했기 때문에 그렇게 행동하고 싶지 않았다. 마음속 어딘가에 아직 사귄 지 얼마 안 된 류다이 앞에서 내 주장만 했다가는 사이가 나빠질지도 모른다는 두려움이 있었는지도 모른다.

"류다이, 당신이랑 아키요 씨는 어떤 커플이었어?"

류다이가 얘기해준 두 사람의 관계는 내가 생각했던 것보다 훨씬 깊었다.

류다이는 아버지의 회사 사정으로 어렸을 때 미국으로 건너가, 대학을 졸업할 때까지 샌프란시스코에서 살았다. 대학을 졸업한 뒤 4년쯤 현지 생명보험회사에서 일했다는데, 그 부분은 제대로 설명해주지 않아 잘 모르겠지만 불황 여파도 있어 아마 정리해고를 당하고 일본으로 돌아온 것 같았다.

하지만 당연히 일본도 미국에 못지 않을 정도로 경기가 나빠서, 류다이는 원하는 직장을 찾지 못하고 고생했다. 그때 미국에 있을 때부터 사귀다가 함께 일본으로 돌아온 아키요 씨가 쭉 류다이를 격려하며 지탱해주었다.

아키요 씨는 대학 식당에서 아르바이트를 하던 중 그곳에서 당시 학생이었던 류다이를 만났다. 집안 사정이 꽤 복잡해서, 아버지가 나가노 현에서 중고차를 수입, 판매하는 작은 회사를 경영했는데 원래 가족 넷이 나가노에서 살다가 어머니가 부모님 간병을 하겠다고 다른 도시에 있는 친정으로 돌아간 후 다시 돌아오지 않아 집안이 풍비박산 났다고 한다. 아키요 씨는 고등학생이 되자 미국에서 유학하고 있던 언니를 찾아가 샌프란시스코에서 살게 되었다. 그리고 학교에는 가지 않고 생활비를 벌기 위해 늘 아르바이트를 했다.

*

"하지만 부모님이 별 탈 없이 살아 계시면 나가노의 고향집으로 돌아가면 되잖아요?"

내 얘기를 듣고 있던 아야하가 불만스러운 듯 입을 비죽였다. 우리는 점심을 다 먹은 후 사용한 식기를 쟁반과 함께 반납 코너에 두었다.

"부모님하고는 전혀 연락을 안 하고 산대. 그리고 류다이는 만일 아키요 씨가 나가노 고향집으로 돌아간다 해도 면접을 보러올 때마다 일부러 도쿄로 나오면 돈도 시간도 많이 드니까 비효율적이라고 했어."

"그래도 저 같으면 옛 남자친구한테 기댈 바에는 부모님한테 기대겠어요. 아무리 폐를 끼쳐도 가족이니까. 나가노에 살아도 마음만 있으면 비용과 시간을 적게 들이고도 도쿄에서 취직할 수 있어요. 그저 옛 남자친구 집에 있고 싶어서 변명하는 거잖아요."

"어지간히 사이가 나빴나 보지. 부모님이 이혼했다 해도 보통은 어느 한쪽이 아이를 거두는데, 아이 둘끼리 해외로 달아났다는 얘기는 나도 들어본 적이 없으니까."

"선배, 왠지 그 상대 여자를 감싸고도는 것 같은데요. 왜 그래요?"

"아니, 그럴 생각은 아닌데⋯⋯."

점심시간이 끝나고, 아야하와 함께 8층 직원 식당에서 엘리베이터를 타고 3층 여성복 매장에서 내렸다. 정확히 직원용 통로와 매장 경계선에서 가볍게 인사를 하고 매장으로 나갔다. 지켜보는 손님은 없지만 백화점의 규칙이다. 기본예절이기도 하거니와 일상 공간에서 매장으로 나가기 전에 직원들의 정신을 가다듬는 역할도 겸한다. 또 모든 직원들은 휴식 시간에는 속이 보이는 투명한 작은 비닐 가방에 지갑과 휴대전화를 넣고 이동해야 하는데, 이것 역시 고용주가 거대한 백화점이라는 조직의 수많은 종업원들을 어떻게든 다스리기 위해 짜낸 지혜일지 모른다.

손님이 적어 매장이 있는 층은 한산했다. 화려했던 8월 여름 세일이 벌써 그립다. 지금 매장에 전시된 옷은 세일 때 팔다 남은 옷과 가을 신상품들. 9월에 접어들었지만 올해는 늦더위가 기승을 부리는 바람에 백화점을 돌아다니는 손님들도 다들 아직 반팔을 입고 있어, 보기만 해도 더운 퍼 소재의 가을 상의나 울 팬츠는 그 누구의 구매욕도 불러일으키지 못한다. 의류 매장은 이따금 이렇게 바깥세상과 어긋나 에어포켓에 들어가버릴 때가 있다.

수요와 공급이 일치하지 않는 매장에서도 우리는 어떻

게든 옷을 팔아야만 한다. 세일을 놓치고 몇 벌 안 되는 여름옷으로 이 계절을 맞이해 어떻게든 당장 입을 수 있는 옷을 원하는 손님들에게는 세일 때 팔다 남은 여름옷이 저렴해서 득이라고 권한다. 패션 잡지와 똑같은 속도로 한 달 빨리 옷을 갈아입는 최신 유행을 좋아하는 손님들에게는 올가을 트렌드에 딱 맞아떨어지는 상품을 가능한 한 많이 소개한다.

"왠지 한산하네요."

우리 매장이 가까워질수록 아야하가 입을 비죽거렸다.

"그럴 수밖에. 단골손님들은 세일 첫날부터 와서 원하는 옷을 다 샀으니. 값도 세일 때 가격에 익숙하니 가을 상품은 비싸게 보일 거야."

여직원들은 손님 하나 없는 가게 안에서 곱게 접혀 있는 옷을 다시 접으며, 오로지 매장 밖을 돌아다니는 손님들 눈에 한가하게 비치지 않기 위한 영양가 없는 작업을 하고 있었다. 얼마 전 조회 때 아무리 한가해도 손님이 놀랄 수 있으니 영업시간에 대걸레질은 하지 말라고 직원들에게 전달했는데, 그 점은 지키는 것 같아 안심했다.

"수고하셨습니다! 교대할게요!"

나와 아야하가 투명 가방을 직원실에 넣어두고 매장에 들어가자 이어서 휴식 시간에 들어가는 직원이 기쁜 얼굴로 우리에게 목례를 하며 업무를 교대했다. 가게가 한 가할 때는 점심과 휴식 시간이 유일한 낙이다.

바빠서 힘들지 않느냐고들 하지만, 나는 손님 발길이 뜸해서 한가한 평소보다 세일 때가 훨씬 좋다. 축제처럼 시끌벅적하고 떠들썩한 편이 살아 있다는 실감이 난다. 손님이 돈을 펑펑 써서 상품이 날개 돋친 듯 팔려나갈 때 는 최고로 흥분된다. 자기가 무엇을 원하는지도 모른 채 일단 인기 있는 브랜드 매장에 훌쩍 들어가는 걸 보면 손 님들도 분명히 세일 때의 활기를 좋아하는 것이리라.

백화점의 세일 전쟁은 어떤 고급 브랜드도 체면을 벗 어던지고 철저히 장사꾼이 된다는 점이 재미있다.

"어서 오세요, 어서 오세요!"

라이벌 매장에 지지 않으려고 모든 점원들이 산에서 포효하는 코요테처럼 목소리 높여 외친다. 이 인사말이 또 묘해서, 계속 말하다 보면 이상한 억양이 붙어 뭐가 올바른 '어서 오세요'인지 알 수가 없다. 그래도 계속 말 하다 보면 '대체 어서 오시라는 게 무슨 뜻이지?' 하고 구 어의 게슈탈트 붕괴가 발생한다.

세일 기간 중 밤에 목욕탕에서 머리를 감고 있는데 샤 워기 물소리 너머에서 '어서 오세요!' 하고 외치는 여자 목소리가 들려와 화들짝 놀라 주위를 둘러본 적이 있다.

물론 욕실에는 나밖에 없었다. '어서 오세요'의 잔물결이 집까지 밀려들어오면 멍하니 지금이 절정이라는 것을 깨닫는다.

"세일 기간은 가게에 에어컨을 펑펑 틀어놓았는데도 피팅룸에 들어간 손님이 땀을 뻘뻘 흘리면서 나올 때부터가 진짜 승부야."

그런 말을 한 선배가 있었다. 손님을 그 정도로 흥분시켜 핏발 선 눈으로 물건을 잔뜩 사게 만들지 않으면 반값 세일 때의 매상은 분명 수지 타산이 맞지 않는다. 한심한 얘기지만 우리처럼 가격대가 은근히 높은 가게는 평소에는 손님이 별로 없다. 그래서 평소에는 새침을 떨고 있지만, 세일 때는 체면을 확 벗어던지고 저렴한 가격을 적극적으로 호소한다. 세일이 한창일 때 여름 감기에 걸린 나는 열이 펄펄 끓는 이마에 해열 시트를 붙이고 모자를 눌러써서 이마를 감추고 손님을 상대했다.

덕분에 세일 기간의 매상은 목표치보다 100만 엔이나 초과했다. 그때 비축해놓은 보람을 써가면서, 세일이 끝난 직후 손님의 구매욕이 실종된 이 시기를 극복하는 수밖에 없다.

*

　영업 종료 후 회의가 길어져서 집에 도착하니 이미 12시
가 넘어 있었다. 매장에 있을 때는 잊고 있지만 일을 마
치고 혼자 사는 집에 돌아오면 류다이와의 문제가 울컥
되살아나 술을 마시지 않고는 배길 수가 없다.

　"어째서일까? 미국에 있었을 땐 못 느꼈는데, 일본에
돌아오자마자 아키요를 바라보는 눈이 바뀌고 말았어."

　아직 동거 문제가 나오기 전에 류다이는 아키요 씨에
대해 그렇게 말했다.

　"마법이 풀린 것처럼, 더는 좋아하는 마음이 들지 않았
어. 그 녀석은 언제나 변함없이 나를 좋아해주었으니까, 내
가 딱히 바람을 피운 건 아니지만 지금도 굉장히 미안해."

　아키요 씨에 대한 마음을 내게 털어놓는 게 거북한지
류다이는 평소보다 훨씬 말수가 적었다. 나는 되도록 상
세히 알고 싶어 좀 더 얘기해달라고 졸랐다.

　"아키요는 샌프란시스코에도, 식당 일에도 금방 적응
해서 즐겁게 생활하고 있었는데, 내가 일본에 가고 싶다
고 하는 바람에 몽땅 내던지고 따라온 거야. 하지만 나는
일본 생활이 힘들어서 적응도 못하고, 영어강사 아르바
이트밖에 못하는 스스로가 한심해서 그 녀석을 신경 쓸

틈이 없었어. 취직하고 나니 사정은 더 힘들어졌고. 하지만 그 녀석은 언제나 곁에서 날 지탱해줬어."

류다이와 아키요 씨의 바다를 뛰어넘은 사랑. 나와 류다이는 함께 무엇을 극복해본 적이 있었던가?

퇴근길에 산 캔 맥주를 냉큼 하나 비우고, 못 견디게 불안해져서 류다이에게 전화를 걸어보았다. 신호음만 울릴 뿐 전화를 받지 않는다. 아키요 씨 문제가 생긴 이후로 전화를 받는 횟수가 부쩍 줄었다. 거북해서 피하는 걸까? 만약에 그렇다면 나는 정말 아직도 류다이의 애인이라고 할 수 있을까?

한숨을 쉬며 테이블 위에 푹 엎드렸더니 받침대에서 판이 미끄러져, 다시 제 위치로 맞추었다. 겨울에는 고타쓰*가 되는, 1인 가구에 안성맞춤인 정사각형 테이블은 편리하긴 하지만 판이 자주 미끄러진다.

목이 묵직해서 가슴께를 더듬어보니 오늘 매장에서 달고 있던 모조진주 목걸이를 아직 걸고 있었다. 옷의 세로 라인을 강조하려고 긴 걸로 샀지만 오래 걸고 있으면 어깨가 뭉친다.

"아무리 최신 아이템을 사원 할인으로 사 모아도, 나는

---

* 테이블에 이불이나 담요를 덮고 그 밑에 전기난로 등을 두는 일본의 난방장치.

꾸깃꾸깃한 핑크색 블라우스를 입은 여자한테 졌어."

풀어낸 목걸이를 염주처럼 손에 감고 중얼거렸다.

장신구를 남자에게 선물로 받는 게 아니라 직접 사기 시작한 건 언제부터였을까? 분명 20대 초반까지는 내 손으로 나를 위해 반지나 목걸이를 사는 게 허무하게 느껴져서 싫었다. 어느새 아무 거리낌 없이 사게 되었는데, 여성스러움을 지키려면 장신구는 제 손으로 사지 않는 기개 정도는 있어야 했는지도 모른다.

패브릭 소파에는 아까 벗어놓은 브랜드 옷. 열심히 고민해 인테리어를 세련되게 꾸며보아도 절망적으로 좁아터진 내 원룸에서 신상품 옷만 빛나고 있다. 저녁은 편의점에서 사 온 샐러드 스파게티와 명태알 삼각김밥.

*

친구를 따라 갔던 바비큐 파티에서 나처럼 회사 동료를 따라 온 류다이를 처음 만났다.

그는 강가에서 여자하고 말 한마디 나누지 않고 묵묵히 고기와 채소를 뒤집고 있었다. 멋진 남자가 잡일을 맡고 있다면 여자들이 가만 내버려둘 리가 없지만, 류다이처럼 덩치는 듬직하지만 생김새는 소박하고 표정이 없는 남자는 누구에게도 방해받지 않고 고기를 뒤집을 수 있다. 그는 다른 남자들에 비해 차림새가 상당히 초라했다. 스웨터는 어찌나 많이 빨았는지 털실이 다 눌려 있었고, 청바지도 원래 디자인이 그런 게 아니라 오래 입어서 닳은 걸 한눈에 알 수 있는 구멍이 무릎에 나 있었다. 자세히 보면 스웨터에 가려진 단련된 몸과 널찍한 어깨와 가슴팍이 눈에 보이지만, 거기까지 알아차리려면 그를 상당히 오래 뜯어봐야 한다.

즉, 나는 그를 상당히 오래 뜯어보았다.

나는 나 혼자만 발견한 특별한 남자에게 약하다. 여자에게 스스럼없이 말을 걸고, 불을 피울 수 있다며 으스대는 남자들 바로 옆에서 집게로 눌어붙은 고기를 석쇠에서 떼어내는 데 온힘을 쏟고 있는 수수한 남자에게는 특히나 약하다.

용기를 내어 말을 걸어보았더니 류다이는 뜻밖에도 여자에게 거리낌이 없어 대화하기도 편했다. 처음 보는 여자와 이야기하는 게 껄끄러워 말이 없는 줄 알았더니, 줄곧 외국에서 살았기 때문에 아직 일본어를 제대로 할 자신이 없어서 그랬다는 것을 알고 더욱 관심이 생겼다. 미국 물에 젖어 자신감이 넘쳐 기가 센 게 아니라, 오히려 일본에 오래 산 일본인보다 조용한 인상이었지만 어른스러운 차분함이 있었다.

류다이는 바비큐 파티에 온 다른 남자들과 달리 자동차도, 펑펑 쓸 돈도, 여자를 기쁘게 할 재미있는 이야깃거리조차 없는, 너무나 소박한 남자였다. 그저 피망의 얇은 녹색 껍질을 태우지 않고 살짝 구울 줄 알았으며, 수수하고 날씨와 목적에 적합한 옷을 입고 있었다. 아웃도어 파티인데 힐을 신고 간 탓에 강가에서 자갈 때문에 고생하는 내게 주위의 눈길도 아랑곳하지 않고, 또 내 반응도 아랑곳하지 않고 태연히 손을 내밀 줄도 알았다.

충분한 건지 모자란 건지 판단이 안 서는 그의 편안한 친근감은 준비가 철저한 남자보다도 멋져 보였다.

차고 넘칠 정도로 가지고 있어야 안심하면서, 언제나 딱 필요한 만큼만 가지고 나오는 사람이 더 자신감 넘치고 당당해 보이는 이유는 뭘까?

*

"뭐? 아키요 씨하고 같이 살고 있다고?"

일주일 만에 전화를 받은 류다이가 대답으로 한 말에, 얼빠진 목소리가 튀어나왔다.

"응. 아키요, 그저께 우리 집에 왔어. 함께 살아."

류다이의 목소리는 심하게 잠겨서 알아듣기 힘들 정도로 낮았다. 내가 무서운지 눈치를 보는 티가 역력했다.

"그저께……."

몸에서 힘이 빠져 직원용 통로 벽에 기대자, 그저께의 내 모습이 머릿속을 맴돌았다. 그저께라면 평소대로 일을 마치고 돌아가는 길에 류다이가 답장을 보내진 않았는지 몇 번이나 휴대전화를 확인했지만 대기 화면에 아무 변화도 없었던 날이다. 집에 돌아온 뒤에는 울화가 치밀어 전신 제모를 했다. 고통에 고래고래 소리를 질러가며 정강이에 붙인 제모 테이프를 쫙 뜯어내고 예상보다 수확이 두둑하다고 회심의 미소를 지었다.

같은 시각, 류다이의 집에 아키요 씨의 가구가 줄줄이 들어가고 있었을 줄이야.

"우리끼리 아직 결론도 내리지 않았는데, 어째서 아키요 씨가 이사 오도록 내버려뒀어?"

"아키요 아파트 집세가 너무 많이 밀려서 짐을 뺄 수밖에 없었어. 짐을 맡길 데도 없어서 우리 집으로 가져왔어."

"나가노 고향집에 보내면 되잖아? 아키요 씨, 고향집이 있다면서?"

그만 버럭 소리를 지르고 말았다. 자판기에 주스를 사러 왔던 다른 매장의 여직원이 나를 쳐다보았다. 그래,

당신도 여자니까 알 거 아냐. 나 지금 패닉 상태니까 좀 봐줘.

"몇 번이나 설명했잖아. 아키요는 도쿄에서 취직하길 원하는데, 나가노에서 다니면 시간도 돈도 많이 들어서 취직은 꿈도 못 꾼다고. 그 녀석은 지금까지도 몇 군데나 떨어졌으니 앞으로 면접도 더 많이 봐야 하고, 도쿄에 자주 와야 해. 그러니까 나가노에 있으면 안 돼."

류다이는 곱씹어 가르치듯 설명했지만 나는 경위를 모르는 게 아니라 설명을 들어도 이해할 수가 없어서 반론하는 것이다. 남자하고 얘기하다 보면 가끔 이런 일이 생긴다. 남자는 어떤 상황에서도 의문형은 항상 질문이라고 받아들이는 순진한 성향이 있는 모양이다.

"쥬리에가 무슨 말을 하고 싶은지는 알아. 짐을 맡길 만한 곳만 찾으면 그만이라고 하겠지. 하지만 당연히 아키요는 호텔이나 다른 숙박 시설에 물건을 맡겨둘 만한 돈이 없어. 결국 우리 집밖에 없는 거야."

류다이는 한 차례 설명을 끝낸 뒤에 입을 꾹 다물고 내 반응을 살폈다.

안 되겠다. 지금 내가 무슨 소릴 해도 류다이를 몰아세울 뿐이다. 분노를 털어내고 다른 생각을 하자.

주스를 꺼내려고 몸을 숙여 자판기 입구에 손을 넣고

있는, 방금 전 그 여직원을 쳐다보았다. 저 독특한 미니스커트와 난색계 컬러로 보건대 아마도 2층 영캐주얼에 새로 입점한 브랜드 매장의 직원일 것이다. 그녀가 목에 두르고 있는 캐러멜색의 풍성한 스카프는 세련된 무늬에 원단도 충분히 사용해 어른스럽고 멋지다. 우리도 저런 가을용 소품을 들여와서 코디네이션의 폭을 넓혀야 하는데. 코트와 재킷을 걸치기엔 아직 이르니 다른 형태로 계절감을 표현해야 한다.

"쥬리에. 아키요하고 내 관계를 못 견디겠다면 말해줘."

침묵을 견디지 못하고 류다이가 괴로움에 가득 찬 목소리로 말했다.

"아니야, 미안, 그게 아니야. 괜찮아. 나중에 다시 전화할게. 점심시간도 이제 곧 끝나지?"

"지금은 집이야."

"집? 왜? 회사에 있을 시간이잖아?"

"몸이 안 좋아서 하루 빠졌어."

내가 아는 한 류다이는 한 번도 회사를 빠진 적이 없다.

"괜찮아? 일 끝나면 저녁 해주러 갈까? 마침 오늘은 일찍 끝나는 날인데."

류다이가 거북한 듯이 입을 다물었다. 아차. 그렇지, 이렇게 멍청할 데가. 아키요 씨는 이미 그의 집에 있다. 그래서 류다이는 지금 목소리를 낮추어 얘기하는 것이다.

"좀 들어봐, 쥬리에. 정말 미안해. 이번 일은 잘못했어."

류다이는 계속 작은 목소리로 열심히 말했다.

"하지만 내가 그 녀석을, 아키요를 힘들게 했으니 이번에는 꼭 도와주고 싶어. 함께 산다고 해서 다시 그 녀석하고 사귀는 일은 절대 없을 거야. 이런 상황에서 말하는 건 비겁하지만 내가 사랑하는 사람은 쥬리에뿐이야. 가능하다면 절대 헤어지고 싶지 않아. 하지만 그건 너무 뻔뻔한 소리라는 것도 알아. 이 상황이 나도 너무 괴로워. 지금 생각할 수 있는 건 어쨌든 아키요가 일자리를 찾아서 제 앞가림을 할 때까지는 도와줘야 한다는 거야. 그뿐이야. 떳떳하지 않은 구석은 하나도 없어."

류다이의 말이 가슴에 저몄다. 눈물이 한 방울, 뺨을 타고 또르르 블라우스에 떨어졌다. 그는 나를 사랑한다. 솔직히 이제 나한테 흥미를 잃어 아키요 씨하고 붙어서 놀아나는 줄 알았다. 하지만 류다이는 틀림없이 날 사랑하고, 나를 괴롭게 만드는 게 고통스럽지만 상냥한 사람이라 딱한 처지의 옛 애인을 그냥 내버려두지 못하는 것이다.

마스카라를 바른 속눈썹이 눈물에 젖어 시선 끝에서 뭉쳤다. 복도 안쪽에서 내 쪽으로 걸어오는 정장 차림의 남자 사원이 보여, 우는 모습을 들키지 않으려고 휴대전화를 귀에 댄 채로 등을 구부리고 벽 쪽으로 몸을 돌렸다.

"알았어. 류다이도 힘들지? 하지만 일단 전화는 받아. 날 무시하지 마. 당신하고 연락이 안 되는 게 가장 힘들단 말이야."

"알았어, 미안. 좋아해, 쥬리에."

휴대전화에 대고 '응응' 하고 말없이 고개를 끄덕거렸다. 오랜만에 류다이의 사랑을 느꼈다. 톡 건드리기만 해도 펄쩍 뛰어오를 정도로 고독과 슬픔에 민감해진 피부를 따뜻한 막이 감쌌다.

"눈물…… 닦아야지."

한 시간의 휴식 시간이 끝나간다. 투명한 가방에 넣은 파우치를 꺼내 화장지를 찾았지만 없었다. 손수건도 없어서 어쩔 수 없이 기름종이로 눈물을 닦았다. 물기를 머금은 갈색 종이는 빳빳했다. 화장지 하나 없다니 한심하다. 최근 류다이한테 너무 정신이 팔려, 자그마한 일상의 문제를 놓치고 있다.

화장을 고칠 시간도 없어 그 자리에서 콤팩트를 열고 눈물 때문에 파운데이션이 번진 눈 밑을 퍼프로 톡톡 두드렸다. 직원용 통로에서 재빨리 빠져나와 고개를 꾸벅 숙이고 여성복 매장 3층 서관 복도로 나갔다.

아무리 싫은 일이 있어도, 매장에 서서 영업용 미소를

지으며 "어서 오세요!" 하고 외치다 보면 기분이 조금은 진정된다. 예쁜 옷을 입는 순간도 물론 그렇지만 보다 좋은 물건을 사냥하는 쇼핑 자체도 옷을 사는 기쁨에 포함된다. 손님들은 즐거운 일을 하러 백화점에 오는 것이니 어두운 얼굴로 맞이할 수는 없다.

백화점에 입사했을 때, 사실은 바이어 업무를 맡고 싶었다. 상품을 구매하러 해외 출장도 자주 가고, 브랜딩과 마케팅을 겸하는 바이어는 백화점 일 중에서도 센스가 필요한 핵심 업무라 많이 동경했다. 희망을 말해보긴 했지만 입사 1년차는 매장 경험이 필요하다고 해서 잘 알지도 못하는 브랜드에 배속되었다. 매상만 오르면 언젠가 발탁해주지 않을까 싶어 열심히 일하는 사이에 5년이나 지나고 말았다.

처음에는 점원이라는 직함이 불만스러웠지만 손님을 상대하는 일은 꽤 적성에 맞았다. 처음 배속되었던 브랜드의 상품은 끝까지 좋아할 수 없었지만, 지금 담당하는 브랜드는 정말 좋아해서 손님에게도 진심으로 추천할 수 있고, 매상도 꾸준히 오르고 있다. 하지만 바이어의 꿈을 이루려면 다시 한 번 상부에 희망 부서를 타진하거나, 전직이라도 해서 행동으로 보여야 한다.

"어서 오세요. 그 스커트는 다른 컬러도 있답니다. 저기 마네킹이 입고 있는 상품이에요."

점원이 있는 카운터와 떨어진 곳에서 조용히 스커트를 만지작거리던 손님에게 넌지시 말을 걸었다. 옷을 살펴보고 있을 때 말을 걸면 대부분의 손님은 달가워하지 않는다. 그러나 말을 걸지 않으면 아무도 사주지 않는다. 물론 귀에 이어폰을 끼운 채로 가게 안에 들어오는 손님에게는 점원의 말을 듣기 싫은 게 눈에 보여 굳이 다가가지 않지만.

손님은 마음에 드는 옷을 직접 고르지만, 거기에서 흥분을 고조시켜 구매로 연결하려면 점원의 힘이 필요하다. 특히나 우리 옷은 같은 층에 있는 다른 가게보다 가격대가 높아서, 다른 매장과는 차별화되는 뛰어난 품질을 열심히 호소하지 않으면 손님들이 사주지 않는다.

"저 마네킹이 입은 옷이 이거랑 색만 다른 거예요?"

"그렇답니다. 올해 패션쇼에서 가장 인기를 끌었던 상품이라, 대표로 쇼윈도에 장식해놓았어요."

30대로 보이는 여성의 시선이 멀리 있는 마네킹이 입고 있는 스커트와, 지금 자기가 만져본 스커트 사이를 오갔다.

"그럼 둘 다 한번 입어봐도 될까요? 마네킹 옷을 벗기려면 수고스럽겠지만."

"천만에요. 정말, 스커트 길이가 딱 적당해서 부츠하고 맞춰 입기 좋답니다. 이번 시즌 최고 인기 상품이에요. 지금 손님이 입고 계신 카디건에도 잘 어울려요. 사이즈는 M이면 될까요?"

오늘 아침에 막 입힌 스커트를 벗기려고 마네킹의 몸통 부분을 끌어올려 둘로 나누었다. 마네킹이 입은 무스탕 코트가 무거워서 몸통을 힘껏 빼는데 목제 왼팔이 덜컥 꺾이더니 옷소매에서 빠져나와 요란하게 우당탕 소리를 내며 바닥에 떨어졌다. 가게 안에 있던 다른 손님들이 한꺼번에 우리 쪽을 쳐다보았다.

"죄송합니다! 죄송합니다!"

스커트를 입어보고 싶다고 했던 손님이 '아아, 역시 힘들었구나. 살지 안 살지도 모르는데 괜한 고생을 시켜서 미안하네'라고 말하고 싶은 눈치로 미안한 표정을 지었다.

큰 실수를 했다. 가게의 차분했던 분위기도, 손님의 기분도 망쳤다. 허리를 굽혀 바닥에 떨어진 마네킹의 가녀린 팔을 집어들 때, 어째선지 레스토랑에서 밀푀유를 먹던 아키요 씨의 포크를 든 자그마한 손이 떠올랐다. 그 손으로 류다이를 위해 오늘 저녁밥을 짓고 있나 생각하니 가슴속에 왈칵 슬픈 감정이 치밀어 올랐다.

큰 충격을 받으면 커다란 암석이 굴러 떨어져 가슴을 짓누르는 느낌이 든다. 갑자기 암석에 깔린 사람은 온힘을 다해 발버둥치며 어떻게든 그 상황에서 벗어나려 한다. 지렁이도 밟으면 꿈틀하듯이. 궁지에 몰리면 반사적으로 탈출하려 하는 게 생물의 천성이다.

하지만 도저히 암석을 밀어낼 수 없다면 어떻게 해야 할까? 나의 해결법은 깊이 생각하지 않는 것. 아키요 씨의 존재는 보이지만 보이지 않는 척, 내가 누구보다 좋아하는 류다이와 그대로 계속 사귀는 것.

아키요 씨와 함께 살고 있다는 충격적인 전화를 받은 지 일주일도 지나지 않아서 류다이와 다시 데이트를 하기 시작했다. 류다이도 나하고 헤어지긴 싫은지, 퇴근길에 매일 밤 우리 집에 들렀다가 돌아갈 정도로 성실하게 나를 배려하고 평소보다 더 다정하게 대했다.

물론 아키요 씨는 아직 류다이의 집에 살고 있다. 그런데도 나는 류다이와 계속 사귄다. 그 사실을 연애 고민이 생길 때마다 항상 먼저 의논했던 언니나 아야하에게 털어놓으면, 야단을 맞든지 걱정을 끼치든지 할 게 뻔해서 연애 상담은 아무에게도 하지 않게 되었다.

류다이와 둘이 에비스에 가서 가게들을 둘러보고 채소 요리가 맛있는 선술집에서 저녁 식사를 하거나, 토요일이면 렌터카를 빌려 도치기 현의 이로하자카 언덕까지 놀러가 돌아오는 길에 고속도로 인터체인지 근처의 러브호텔에 묵었던 날들은 불안정했지만 은밀하고, 조용하고, 행복했다. 전과 달리 공통된 고민거리를 끌어안고 있다 보니 우리도 모르는 사이에 마주보는 시선에 복잡한 슬픔과 상대를 배려하는 감정이 배어, 어떤 의미로 사이는 더 깊어졌다.

그래도 질투는 예기치 못한 순간에 찾아온다.

"집에선 아키요 씨하고 날마다 무슨 얘길 해? 저녁밥은 함께 먹을 거 아냐?"

"거의 말 안 해. 돌아가서 잠만 자. 그 녀석도 일자리 알아보느라 바빠서."

아키요 씨 얘기가 나오면 류다이는 주눅이 들어 말수도 줄어든다. 내가 '아키요 씨'라는 단어를 입에 담을 때마다 움찔거린다. 나는 좀 더 편안하게, 우리 두 사람 공통의 문제로 아키요 씨에 대한 이야기를 나누고 싶을 뿐인데. 저렇게 겁먹은 모습을 볼 바에야 차라리 뻔뻔하게 대꾸하는 모습이 낫다.

"오랜만에 류다이네 집에 놀러가고 싶어. 요새 못 갔잖아."

"미안. 우리 집은 안 돼."

"왜? 난 아키요 씨가 있어도 괜찮아. 벌써 다 알고 있는 일인걸. 셋이서 차 마시고 텔레비전이라도 보면서 놀자."

"혼란스러우니까 집에 부르기 싫어. 상상도 하기 싫어. 지금의 나와 아키요, 쥬리에가 우리 집에서 얼굴을 맞대고 있다니. 혼란스러워."

혼란? 그게 무슨 뜻이지? 가령 소파에 셋이 앉았을 때 나하고 아키요 씨가 류다이를 사이에 두고 양쪽에 앉아 팔짱을 끼면, 현재와 과거가 뒤섞여 혼란스럽다는 말일까? 아니면 류다이의 머릿속에서는 나도 아키요 씨도 자기 여자라는 똑같은 영역에 수납되어 있어서 '그리고 보니 아키요는, 아니다, 실수, 쥬리에는 말이야' 하고 이름을 헷갈릴까봐 혼란스럽다는 걸까? 류다이는 진심으로 그런 갈등이 일어날까 두려운지 절대로 나와 아키요 씨를 만나지 못하게 한다. 하지만 나는 이런 상황도 참고 있는데, 이 문제에 깊이 관여하지 못한다는 사실에 인내심의 한계를 느낀다. 나만 따돌림을 당하고 있다.

두 사람이 함께 사는 공간을 보고 싶다. 아니, 사실은 보기 싫지만 너무 무서워서 보고 싶다. 내가 모르는 곳에서 어떤 일이 진행되는 것만큼 무서운 일은 없다. 이것저것 상상해버리고 마니까.

류다이는 나와 약속한대로 아키요 씨하고 방을 나누어 쓰고, 이불을 따로 깔고, 따로 자고 있을까? 아키요 씨의 짐은 취직만 하면 하룻밤 안에 나갈 수 있을 정도로 적을까?

묻고 싶은 건 이것저것 많지만 아옹다옹하는 사이에 류다이는 점점 더 기가 죽어 고개를 푹 숙이고, 또다시 헤어지자는 말을 듣기 싫은 나도 그 이상 추궁하지 못한다. 게다가 류다이의 뒤에는 드센 여자친구에게 혼나고 침울하게 돌아왔을 때 부드러운 수건을 내밀어주는 매니저 같은 아키요 씨가 대기하고 있다. 류다이의 마음이 혹시라도 아키요 씨에게 기울까봐 심한 말은 할 수가 없다.

"아키요 씨가 지금 돈이 없어서 그런다면 빌려주는 건 어떨까? 그리고 그 돈으로 살 집을 빌리는 거야. 내가 도와줄게."

"절대로 안 돼. 돈을 빌려주겠다고 하면 그 녀석은 상처 입을 테고, 폐를 끼치기 싫다며 혼자서 조용히 도쿄를 떠나버릴 거야. 그런 여자야. 게다가 미국에서 난 남자 여자 상관없이 많은 친구들을 집에 재워줬어. 그 습관을 계속 지키고 싶은 마음도 있어. 딱한 친구가 있으면 되도록 내 힘으로 도와주고 싶어."

정말 그런 걸까? 나라는 여자친구가 있다는 걸 알면서도 옛 애인 집에 들어와 살고 있는 여자가, 돈을 빌려줄 테니 직접 방을 빌리라는 말 한 마디에 얌전히 떠날까? 류다이에게 물어보고 싶었지만 류다이 입으로 아키요 씨가 얼마나 상냥한 사람인지 구구절절 듣고 싶진 않았다. 상대도 나도 상처 입을 수 있는 솔직한 질문은 말하는 것보다 그냥 삼키는 게 편하지만, 제대로 소화시키는 게 어렵다.

"그럼 류다이가 우리 집에서 지내는 건 어때?"

"말도 안 돼."

뜻밖에도 류다이는 코웃음을 쳤다.

"아키요가 있어도 거기가 우리 집이라는 사실엔 변함이 없어. 왜 내가 나가야 하지? 게다가 쥬리에 집에서 회사까지 다니려면 멀기도 하고, 몸이 버티질 못할 거야. 난 내 집에서 마음 편하게 지내고 싶어."

류다이로서는 드물게, 아주 명확하게 의사 표시를 했다.

"미안. 모처럼 말해준 건데 싫다고만 해서. 다만 그 집에는 정말 애착이 있어서 그래. 내가 일본에 와서 처음 내 돈으로, 내 힘으로 빌린 집이야. 일본 생활의 모든 것이 그 집에서 시작되었어. 거기에서 벗어나고 싶지 않아."

입을 꾹 다물고 있자 류다이가 내 얼굴을 들여다보았다.

"왜 그래?"

"아니, 류다이도 말을 꽤 많이 하는구나 싶어서."

"그게 무슨 뜻이야?"

"아니, 아무것도 아니야."

이렇게 똑똑히 자기 의견을 말하는 류다이는 처음 본다. 일본어가 좀 서툴고 화술도 부족하지만 포용력이 있어서 남의 의견을 들어주는 타입이라고 생각했는데. 사실 지금까지는 그랬다. 하지만 아키요 씨 문제도 내게 아무 의논 없이 혼자서 정해버린 걸 보면 류다이는 의외로 고집스러운 성격인지 모른다.

뭐, 류다이도 익숙하지 않은 회사에 힘겹게 다니고 있으니, 생활환경이 지금보다 더 복잡해지는 건 당연히 싫겠지. 알고는 있지만.

사람을 사랑한다는 건 어려운 일이다. 내 입장에서 볼 때는 모순으로 보이는 부분까지 받아들여야만 한다.

*

미안, 류다이. 네가 싫어하는 일은 정말 하기 싫지만, 도저히 못 참겠어. 쥬리에, 돌격합니다!

일요일 낮, 류다이의 싸구려 아파트로 쳐들어갔다. 이 행동 때문에 헤어지게 된다 해도 좋다. 일단 지금의 상황을 내 눈으로 확인하고 싶었다. 사랑한다는 말을 듣고 그

품에 안겨 행복에 젖어 있는 한편으로, 속고 있는 건 아닐까 전전긍긍하면서 하루하루를 보내긴 싫었다.

내가 충동적으로 변한 원인은 류다이의 전화였다. 갑작스런 출근 스케줄 변경으로, 백화점에서 일하는 사람들은 거의 경험하지 못하는 일요일 휴일을 받게 된 나는 마찬가지로 오늘 쉬고 있을 류다이에게 냉큼 전화를 했다. 그런데 류다이는 아키요 씨가 옆에 있을 때만 사용하는, 특유의 작게 수군거리는 목소리로 "친구하고 노는 중이야"라고 말하더니 전화를 뚝 끊는 것이었다. 그때는 그냥 참고 방청소를 시작했는데,

"토요일 밤과 일요일의 당신을 언제나 원해……."

청소기를 돌리면서 별생각 없이 흥얼거린 노래가 불륜가요의 대표곡이라 가슴이 철렁 내려앉았다.

어째서 진짜 애인인 내가 우연히 생긴 일요일 휴일에 남자친구의 옛 애인 눈치를 봐야 하지? 나는 불륜을 저지르고 있는 것도 아닌데! 떳떳한데! 남자친구 집에 가고 싶을 땐 가야지!

콘센트도 빼지 않고 청소기를 내팽개친 채 전철을 타고 류다이의 아파트가 있는 역에서 내렸다.

어차피 친구하고 논다는 말은 거짓말이다. 류다이는 지금쯤 방에서 아키요 씨와 사랑을 나누고 있을 테지. 그

런 상상을 하자 머리가 갑자기 뜨거워져, 자동잠금장치는 꿈도 못 꿀 비좁은 아파트의 활짝 열린 입구를 지나 단숨에 3층까지 계단을 뛰어올라가 류다이의 집 현관 앞에 도착했다.

아키요 씨의 문제가 생기기 전에 몇 번 류다이의 아파트에 와본 적이 있었다. 지은 지 30년쯤 된 아파트의 좁은 계단도, 어두컴컴한 복도도, 여기저기 페인트가 벗겨진 문이 쭉 늘어선 풍경도, 전에 왔을 땐 포크송 가사에 나오는 보금자리 같아서 운치 있다고 느꼈는데, 지금은 아키요 씨가 산다고 생각하니 지저분하고 음침해 보였다. 자고 간 적은 없지만 낮에 와서 테이블을 사이에 두고 류다이와 차를 마신 적도 있고, 류다이가 감기에 걸렸을 때 간병하러 온 적도 있었다. 앓아누워 있을 때도 방이 깔끔해 "내가 온다고 청소한 거야? 몸도 아픈데 괜히 신경 쓰게 한 것 같아 미안해"라고 했더니 류다이는 깜짝 놀라며 "딱히 청소한 건 아니야. 열 때문에 어지러워서 창고에서 청소기를 꺼내는 것도 귀찮아"라고 대답했다. 나는 그때 바쁠 텐데도 평소에 늘 집을 깨끗하게 치우는구나 싶어 류다이에게 감탄했었다.

류다이가 사는 302호 문 너머에서 개수대 수도를 쓰는 소리와 인기척이 느껴져 반사적으로 긴장했다. 두 사람이 있는 현장을 덮치려고 왔는데, 아무도 없기를 바라는 모순된 마음이었다. 긴장된다. 나도 난장판이 벌어지는 건 정말 싫다. 전에 사귀었던 애인들하고도 바람 상대와 마주치는 상황을 경험한 적은 한 번도 없다. 현장에 뛰어드는 여자 역할은 솔직히 사양하고 싶었다.

두세 번 현관 벨을 누르자 수돗물 소리가 그쳤다.

"네에."

누구냐고 묻지도 않고 문을 벌컥 열어준 사람은 아키요 씨였다. 류다이라고 생각했는지 문 밖에 있는 나를 보고 숨을 들이쉰 채 깜짝 놀란 표정이었다.

"Julie…… 씨 맞죠?"

안 그래도 늘 입 밖에 내기 민망한 내 이름을, 특히나 외국에서 오래 생활한 아키요 씨가 거의 본토 발음으로 말하니 부끄러워 죽을 것만 같았다.

아버지, 어머니. 자기들 이름은 기요시, 요시미면서, 서양 영화도 자막이 아니라 항상 더빙으로 보는 주제에, 자식 이름을 지을 때는 허세를 부린 바람에 딸이 이 망신을 당해요. 언니 이름 메어리보다야 낫지만.

"네, 쥬리에예요. 오랜만이에요. 류다이 있어요?"

"아, 그 사람은 지금 친구하고 놀러가고 없어요. 저…… 들어올래요?"

"괜찮아요?"

"물론이지. 그보다 일이 이렇게 돼서 정말 미안해요."

아키요 씨는 조금 난처한 미소를 지으면서도 어서 들어오라는 듯이 손짓을 했다. 아키요 씨의 웃는 얼굴을 보자 그만 마음이 탁 놓여, 눈물이 날 것 같아 고개를 푹 숙이고 현관에 멀거니 서 있었다. 나도 모르는 사이에 내 마음속 아키요 씨는 말이 안 통하는 몬스터가 되어 있었지만, 만나고 보니 역시 나하고 똑같은 보통 사람으로 보였다.

"쥬리에 씨, 왠지 괴로워 보여. 괜찮아요?"

"별로 괜찮지 않아요."

힘없이 웃자 아키요 씨도 힘없는 웃음으로 답했다.

"그렇겠지, 미안해요. 지금 점심을 짓고 있는 참이에요."

"실례할게요."

집에 들어가 거실 겸 주방으로 쓰는 공간으로 들어가니 가슴이 무겁게 내려앉았다. 내가 사랑하는 남자와 다른 여자가 함께 사는 장소라니, 사실은 쳐다보기도 싫다.

몇 걸음 앞서 걷는 아키요 씨에게서 샴푸 향기가 풍겼다. 류다이의 머리카락에서도 똑같은 향기가 난다. 함께 사는 사람들의 특징이다. 내가 아무리 머리에 좋은 천연성분에 윤기와 영양을 보충해주는 시어버터가 든 고급 샴푸를 쓴다 해도 패배한 기분이다.

거실은 김이 빠질 정도로 류다이가 혼자 살 때와 변함이 없었다. 바뀐 곳은 거실에 붙어 있는 작은 다다미방으로, 전에 류다이의 침실이었던 그곳에는 원래 침대와 선풍기, 작은 텔레비전밖에 없었는데 지금은 아키요 씨의 작은 옷장과 목욕수건, 면접용 정장이 가득했다. 너저분한 물건들 사이에 이부자리가 깔려 있었는데, 시트를 벗겨낸 흔적이 있어 괜히 민망했다. 류다이와 아키요 씨 사이에 과거에 육체관계가 있었다는 사실이 갑자기 떠올라 얼굴이 화끈거렸다. 아무리 과거라지만 류다이는 지금 나를 안을 때처럼 아키요 씨를 품에 안은 적이 있었던 것이다. 아키요 씨의 자그마한 머리를 한 손으로 감싸 끌어안은 적도 있겠지.

과거? 정말 과거에만 그랬을까? 이런 방을 보면 현재진행형일 가능성도 의심하게 된다.

"설마 쥬리에 씨가 올 줄은 몰라서 청소도 못했네. 부끄러워요."

아키요 씨가 쑥스러운 듯 웃으며 장지문을 닫았다. 작은 방이 시야에서 사라지자 마음이 놓였다. 거실의 소파베드는 전에는 항상 소파 형태로 접혀 있었는데 지금은 침대 형태로 펼쳐져 있었다. 이쪽 역시 시트를 벗겨낸 흔적이 있었다.

"류다이는 여기서 자나요?"

"그래요. 아, 침대라서 못 앉는구나. 미안하지만 테이블 쪽에 앉을래요?"

"네."

류다이가 식사 때 늘 사용하는 식탁 의자에 앉자 아키요 씨가 앞치마를 다시 두르고 하던 요리를 마저 할 준비를 했다.

"저도 도울까요?"

왠지 가만있을 수가 없어 앉자마자 다시 벌떡 일어나 아키요 씨 옆에서 들여다보았다.

"됐어요, 벌써 다 했는걸. 맛은 어떨지 모르지만 마침 혼자 먹기엔 너무 많이 만들었으니 쥬리에 씨도 먹지 않을래요? 배 안 고파요?"

"글쎄요. 그냥 보통이에요."

"그럼 잘 됐네. 먹을 수 있는 만큼만 먹어요. 후후, 우리가 이 집에서 이런 대화를 하는 것도 이상하죠."

"그러게요."

나도 긴장이 풀려 웃음이 새어 나왔다. 수라장이고 싸움이고 전부 각오하고 왔는데 류다이는 집에 없고, 평범한 일상의 일요일 오후 시간이 흐르고 있다. 지금까지 신경 쓰였던 두 사람의 공간을 겨우 보았다는 만족감도 있었다. 두 사람은 따로 잔다. 아키요 씨는 다다미가 깔린 작은 방에 개인 짐을 전부 모아두고 그곳에서만 얌전히 살고 있는 듯했다. 그야 둘이서 밥도 먹을 테고 거실에서 텔레비전도 볼 테고 욕실과 화장실도 함께 쓰겠지만, 내가 상상했던 악몽처럼 한 방에 사랑의 보금자리를 꾸민 것도 아니고 중요한 부분은 서로 정확히 선을 긋고 생활하고 있다. 아마도. 류다이의 말처럼 미국에서는 이것이 흔한 '룸 셰어'일지 모른다.

물론 24시간 내내 이 집에서 감시할 수는 없으므로 그저 일시적인 위안일지도 모르지만, 최근 줄곧 신경을 곤두세우고 있던 내게는 귀중한 위안이었다.

"자, 다 됐어요. 오늘 점심은 생선이야. 채소도 있어요."

아키요 씨가 식탁에 내려놓은 접시에는 장어 꼬치구이가 밥도 없이 그대로 놓여 있었다.

"갑자기 장어가 먹고 싶지 뭐야. 역시 밥하고 같이 먹는 게 나았을까?"

심술을 부리는 줄 알았는데 아키요 씨는 진심인 듯했다. 자기 접시에도 소스가 발린 거대한 장어 한 마리가 놓여 있다.

"아니, 장어니까 그냥 먹어도 맛있을 거예요. 그럴 수도 있죠 뭐. 다른 생선도 밥 없이 먹기도 하니까. 잘 먹겠습니다."

접시에 한 마리 통째로 올라가 있는 장어에 동요를 감추지 못하고 나이프와 포크를 손에 쥐었다. 두툼한 살을 포크로 누르고 낑낑거리며 잘라서 한 조각을 입에 넣었다. 평소에는 밥과 함께 먹어 굳이 신경 쓰지 않았던 잔뼈와 미끄덩거리는 기름기가 달콤한 소스와 뒤섞여 자꾸만 목에 걸렸다. 거무튀튀한 껍질을 씹을 때마다 마치 고무 같아서, 열흘쯤 달착지근하게 조린 구두 밑창 같은 맛이 났다.

"장어 소테……인 거죠?"

"미국에서도 가끔 장어를 너무 먹고 싶을 때가 있었는데, 지금 일본에 돌아와서 마음껏 먹을 수 있는 게 너무 기뻐요."

곁들여 낸 으깬 찐 감자와 냉동 믹스 채소는 맛있었다. 하지만 독립적인 맛이라 장어와 잘 어울린다고 하기는 어려웠다. 나는 긴장한 탓도 있어 목이 자꾸 메어 음식을 잘 삼키지 못했고, 아키요 씨는 내 옆에서 익숙한 동작으로 장어를 입에 넣으며 텔레비전을 보았다.

"잘 먹었습니다."

평소 장어를 먹을 땐 써본 적 없는 나이프와 포크로 격

투를 벌인 탓에, 내 빈 접시에는 피를 철철 흘리는 시체를 은닉처로 질질 끌고 간 것처럼 검붉은 자국이 남았다.

"어땠어요?"

"맛있네요. 불쑥 찾아왔는데 이렇게 맛있는 음식도 대접해주시고, 고마워요."

아키요 씨가 생긋 웃자 새빨간 아랫입술은 도톰한 모양 그대로였지만 윗입술은 양쪽으로 가늘게 늘어났다. 화장기가 없는 아키요 씨의 웃는 얼굴은 눈썹이 옅어서인지 어딘지 모르게 퇴폐적이었다. 내가 오기 전에 샤워라도 했는지 아직 축축하게 젖은 긴 머리카락을 어깨까지 늘어뜨리고, 타월 같은 옷감으로 만든 싸구려 실내복을 입고 있다. 위아래가 붙어 있는 멜빵 반바지는 얼마나 오래 입었는지 다 해어졌고, 파스텔 톤의 노란색과 핑크색 줄무늬도 색이 바래 있었다.

다다미방의 행거에 걸려 있던 아키요 씨의 반팔 카디건은 어깻죽지가 크게 벌어져 있었고, 하늘하늘한 스커트는 너무 짧아서 섹시하다기보다는 그냥 천박해 보였다. 아무리 어려 보인다 해도 이제는 30대이니 싸구려 옷은 그만 졸업하고 질 좋은 옷을 입어야 할 텐데.

아키요 씨에게 옷을 골라준다면 어떤 브랜드가 좋을까? 날씬하고 피부가 희니까 우리 가게 맞은편에 있는 아나톨리에가 좋겠다. 소녀 감성의 패션을 좋아하는 듯하니 아가씨 같은 분위기는 그대로 살리고 얌전하고 차분한 색조의 심플하지만 실루엣이 풍성한 옷을 입으면 될 것이다. 나비넥타이가 달린 크림색 니트 블라우스에 단이 풍성한 연한 오렌지색 스커트를 입으면 분명 지금의 아키요 씨에게서는 찾아볼 수 없는 우아한 품격과 차분함이 더해지리라.

"쥬리에 씨는 몇 살이라고 했죠?"

"스물여덟이에요."

"어머, 젊다."

"무슨 말씀이세요, 두 살 차이밖에 안 나는데."

"두 살 차이가 얼마나 큰데."

아키요 씨는 디저트라며 꺼내온 요구르트 마개를 따고 작은 스푼으로 표면에 떠 있는 윗물과 함께 하얀 덩어리를 퍼서 혀를 살짝 내밀고 핥았다. 보통 나이 얘기가 나오면 대부분의 여자들은 태연히 흘려듣지 못하고 괜히 연연하기 마련인데, 아키요 씨는 전혀 개의치 않는 듯했다.

미운 사람은 아니다. 그것은 분명하다. 직업상 매일 수많은 여성 손님을 대해서 그런지 꿍꿍이나 속내가 있는 사람은 금방 알아볼 수 있다. 셀 수도 없이 많은 사람들과 첫 만남을 되풀이하다 보면 어느 순간에 눈동자의 움직임이나 표정의 그늘로 속마음과 겉모습이 서로 다르다는 것을 알 수 있다. 아키요 씨는 다른 꿍꿍이가 있는 타입은 아니다.

꿍꿍이는 없지만, 나약해 보이는 외모와 달리 의외로 뻔뻔할지 모른다. 내가 아키요 씨였다면 어지간히 단단히 결심하고 주도면밀하게 계획을 세우지 않고서는 옛 연인의 집에 더부살이할 생각은 못할 것이다. 남자를 되찾고 말겠다는 불타는 야심을 품고, 일생일대의 연극을 할 각오로 도전하겠지. 하지만 아키요 씨는 계획이나 의욕 하나 없이도 내키면 행동으로 옮길 수 있을 것 같다. 그런 점에서 나와는 다른 종류의 사람이다.

"모처럼 왔는데, 그 사람이 집에 없어서 미안하네. 전화로 확인하고 왔으면 좋았을걸."

"물어보면 안 된다고 할 게 뻔해서 알리지 않고 불쑥 온 거예요. 류다이는 절 이 집에 들여놓으려 하지 않으니까요."

아키요 씨는 깜짝 놀라는 기색도 없이 고개를 끄덕였다.

"그 사람은 항상 절대 안 된다고 한다니까. 그 사람한테 쥬리에 씨가 이 집에 오고 싶어 한다는 얘기를 듣고 난 괜찮다고 했어요. 그랬더니 그 사람은 뚱하게 '흐음' 한 마디만 하고는 그 후로도 데려오지 않더라고요. 왜 그러냐고 물었더니 자기가 싫다고 그러지 뭐야. 평소엔 똑 부러지는데 이따금 어린애 같은 면이 있다니까, 그 사람은."

류다이의 모습을 떠올리며 쓴웃음을 짓는 아키요 씨를 보고 느낀 것은 의외로 불안이나 질투가 아니라 친근감이었다. 나도 류다이의 그 완고하고 고집스러운 면을 떠올리면 분명 아키요 씨와 똑같은 표정으로 쓴웃음을 지을 테니까. 어쩔 수 없는 사람이지 뭐야, 그래도 좋아하니까. 그런 마음이 무심결에 배어나온다.

어쩌면 나와 아키요 씨는 한 남자를 두고 싸우는 게 아니라 공유하고 있는 게 아닐까? 물론 비참한 공유다. 한 명의 공통된 상대와 육체관계를 가진 두 사람을, 여자일 경우엔 자매, 남자일 경우엔 형제라고 농 비슷하게 말하기도 하는데 그 절망적인 농담이 정말 잘 어울린다. 하지만 내 가슴에는 아키요 씨를 직접 만나 이야기하기 전에는 없었던, 류다이의 장점을 둘이서 이야기하고 싶다는 욕망이 생겨났다. 그 사람, 그런 면이 못쓴다니까, 하지만 그 점이 좋지, 하고 서로 공감하고 싶은 마음. 과거의 연인과 현재의 연인이 자기를 두고 이런 이야기를 한다면, 남자는 오싹한 기분이 들까?

내 컵이 텅 비면 바로 차를 따라주기도 하고, 텔레비전을 보며 웃기도 하는 아키요 씨는 역시 나보다 훨씬 어려

보였다. 어려 보이는 작은 얼굴에서 유일하게 입술 양 끝에만 잔주름이 있어 웃으면 눈에 띄었지만 나이 들었다는 느낌은 없다. 거기가 맞나 하고 고개를 갸웃거릴 만큼 코와 입술 중간쯤의 미묘한 위치에 작은 점이 있다.

버릇이 조금 잘못 들었는지, 반쯤 남은 감자 샐러드 팩을 냉장고에서 꺼내오더니 팩 그대로 젓가락으로 뒤적거린다. 테이블 아래로는 엄지발가락에 바른 연분홍색 반짝이 페디큐어가 절반쯤 지워진 맨발을 가볍게 떨고 있다. 나는 가게 상품인 하이힐 샌들이나 펌프스를 신고 일하기 때문에 구두 종류와 똑같은 수만큼 발 여기저기에 상처가 있다. 발목도, 엄지발가락과 새끼발가락도, 발등도 여기저기 색이 변해 있다. 그에 비해 아키요 씨는 변색된 곳도 없고, 발바닥도 보드라워 보였다. 종아리에는 모기에 물린 자국이 몇 군데 붉게 남아 있어, 텔레비전을 보면서 이따금 꼬리로 파리를 쫓는 소처럼 아무렇게나 붉은 자국을 긁어댔다.

아키요 씨를 보고 있노라니 류다이가 그녀를 사랑한 이유도, 그녀와 헤어진 이유도 어쩐지 알 수 있을 것 같았다. 아키요 씨에게는 뭔가 압도적으로 부족한 점이 있다. 예를 들어 번잡한 신주쿠 거리에서, 바삐 걸어가다가 아키요 씨에게 부딪쳐도 그 누구도 사과하지 않을 것 같다. 분명 존재하는데도 생명력이 너무 옅고 흐리다. 웃고 있는데 동시에 울음을 터뜨릴 것만 같다. 대화를 나눌 때는 자기주장이 강하지 않아 먼저 얘기하는 법 없이 고개를 끄덕거리며 상대의 말을 듣고 있지만, 남의 이야기를 잘 들어준다기보다 그저 멍하니 넋을 놓고 있다. 때문에 말하는 사람은 반응을 얻지 못해 아키요 씨가 제대로 듣고 있는지 불안해진다. 귀엽지만, 괜찮은 아가씨지만, 어딘가 딱하다. 큼직한 눈동자는 순박하고 귀엽지만 총기가 부족하며, 코는 주저앉았다고 해도 좋을 정도로 낮고, 동그스름한 작은 콧구멍이 아래쪽에 붙어 있다. 코 때문인지 잠자코 고개를 숙이고 있으면 축 처진 모습이 불만스러워 보인다.

지켜주고 싶은 보호 욕구도 충분히 자극하고, 얌전하기 때문에 걸리적거리지도 않지만 계속 함께 있으면 비참한 기분이 되는 기운을 내보내고 있다.

아니면 질투 때문에 점수를 짜게 주는 걸까? 내가 객관적으로 아키요 씨를 바라보고 있는지, 주관적으로 단정 짓고 있는지 알 수가 없다.

이 집에서 나가요.

만나면 그렇게 말하려 했는데, 얼굴을 마주 보니 말하기가 어렵다.

당신도 힘들겠지만, 나도 당신하고 류다이가 함께 산다고 생각하면 하루하루 힘겨워서 참을 수 없어요. 가장 심각하게 다퉜을 때는 류다이가 헤어지자는 말까지 꺼내서 얼마나 괴로웠는지 몰라요. 나가노 현의 고향에 돌아가도 일자리는 계속 알아볼 수 있을 거예요. 그러니까 부탁이야, 그만 나가줘요.

말하기 어렵다. 아무리 부드럽게 말해도 가시가 남는 내용이다.

"······직장은 구할 수 있을 것 같아요?"

큰마음을 먹고 물어봤는데 아키요 씨는 목을 움츠렸다.

"지금까지 떨어진 회사가 쉰한 군데."

"쉰하나?"

"그중에서 이력서를 보내 답장이 온 곳이 스물세 군데. 1차 면접을 받은 곳은 열여섯 군데. 2차 면접까지 받은 회사는 지금까진 없어요. 한심하지? 나보다 어린데 백화점에서 열심히 일하는 쥬리에 씨한테 이런 말을 하는 게 부끄러울 정도야."

"하지만 아키요 씨는 영어를 잘하잖아요? 그건 강점 아닌가요? 외국어 학원 강사는 물론이고 서비스업에서도 영어를 할 줄 아는 사람은 인기가 있어요."

"영어 하는 사람이 얼마나 많은데. 게다가 난 말만 할 줄 알지 자격증 하나 없는걸. 아르바이트 자리는 찾을 수 있겠죠. 하지만 가능하면 정사원으로 일하고 싶어요. 아르바이트는 급여도 낮고, 언제 잘릴지 모르니까."

"일자리를 구하면 이 집에서 나가줄 건가요?"

내 말에 아키요 씨는 애처롭게 웃었다.

"물론 나가야지. 그 사람한테도 신세만 지고 있고. 지금은 이 집에서 지낼 수 있어 얼마나 도움이 되는지 몰라요. 의지만 하고, 미안해요."

"알겠어요. 아키요 씨도 많이 힘들군요. 하지만 전 지금 평범하지 않은 이 상태를 받아들이려고 정말 애쓰고 있어요. 하다못해 걱정거리가 더 느는 것만은 피하고 싶으니 여기에서 지내도 류다이하고 다시 사귀지는 않겠다고 약속해주세요."

내가 진짜 애인이라고 아키요 씨에게 선언하고 싶어 입이 근질거렸다. 나는 류다이와 사귀고 있고, 진짜 애인 자리를 차지하고 있는 여자다. 아무리 옛 연인이라도 우리 사이에 끼어든 아키요 씨는 훼방꾼이고, 내가 허락하기 때문에 이곳에서 살 수 있는 거라고 주장하고 싶었다. 하지만 그러려고 할수록 나의 필사적인 모습이 허무하고 괜히 떳떳하지 못하게 느껴졌다.

"물론 다시 사귈 일은 없어요. 걱정하지 않아도 그 사람은 쥬리에 씨를 좋아해. 못 들었어요? 난 벌써 오래전에 차였는걸. 함께 산다고 해도 걱정할 일은 절대 생기지 않아요."

"하지만 아키요 씨는 아직 류다이를 좋아하잖아요."

아키요 씨는 갑자기 왈칵 울음이라도 터뜨릴 것처럼 얼굴을 일그러뜨렸다. 그러고는 내가 이미 몇 번이나 본, 파르르 떨다가 꺼져버리는 성냥불처럼 웃는 얼굴로 나를 쳐다보았다.

"응, 그래요. 끈질기죠? 하지만 애정이란 건 아무리 스스로 바꾸려고 해도 금방 바꿀 수 없는 감정인걸."

나는 약자를 괴롭히고 있다. 류다이의 연인이라는 특권을 휘둘러, 지금 정말 딱한 처지에 놓인 아키요 씨를 괜히 상처 입히고 있다.

사실은 알고 있었다. 입으로는 왜 옛 여자친구만 걱정하고 내 걱정은 안 해주는 거냐며 류다이에게 불만을 토로했지만, 마음속 어딘가에서는 지금 비상사태에 처한 사람은 내가 아니라 아키요 씨이고, 너무 힘든 상황이라 도움을 줘야 한다는 사실을. 나는 이 문제에 골머리를 앓고는 있지만 살 집도, 일자리도 있다. 반면 아키요 씨는 류다이와의 미래를 꿈꾸며 미국에서 일본으로 건너왔지만 이제는 사랑하지 않는다며 버림받고, 일자리도 없이 도쿄를 헤매다가 끝내 집세조차 못 내는 처지에 내몰렸다.

안 그래도 눈칫밥을 먹어가면서 자기는 좋아하지만 상대의 애정은 이미 식어버린 옛 연인과 불편한 동거를 하고 있는데, 자기보다 어린 상대의 연인이 들이닥쳐 갑자기 집에서 나가라고 구박한다면 당혹스럽기도 할 것이다.

초등학교 저학년 여름방학 때, 영화 《반딧불의 묘》를 본 기억이 문득 되살아났다. 한 장면이 머릿속을 스쳐간다. 전쟁으로 부모를 잃고 먼 친척집에 얹혀살게 된 어린 남매가 구두쇠 친척 아주머니에게 꾸지람을 듣는 장면.

당시 일본의 수많은 초등학생들이 여름방학이 끝나갈 무렵 텔레비전에서 방영해준 《반딧불의 묘》를 지브리 애니메이션과 비슷한 내용인 줄로 착각하고 봤다가 어린 마음으로는 미처 받아들일 수 없을 정도로 큰 충격을 받았다. 나 역시 그중 하나였다. 전쟁의 공습이나 폭격의 두려움도 한 이유였지만 무엇보다 무서웠던 것은 부모를 잃은 남매가 다른 어른들에게 어떤 도움도 받지 못하고 죽어가는 장면이었다.

《반딧불의 묘》. 고베에 살던 세이타와 세쓰코. 어머니는 대공습 때 죽고 아버지는 군인으로 전장에 나가 있어 의지할 데라곤 친척밖에 없었던 어린 두 남매는 니시노미야로 향한다. 하지만 그들을 기다리고 있던 것은 끔찍하게 심술궂은 친척 아주머니였다. 남매가 공습으로 불에 타 폐허가 된 집에서 가져온 소중한 식량을 가로채질 않나, 피아노를 치면서 놀면 미워죽겠다는 듯이 고함을 지르질 않나, 세쓰코가 밤에 울기라도 하면 시끄러워서 통 잘 수가 없다며 잔소리를 하는 등 정말로 끔찍한 아주머니였다. 초등학생이던 나는 내가 세쓰코의 처지였다면 어땠을지 상상하며 부르르 몸을 떨었다.

아무리 먼 친척이라지만 한 핏줄 아닌가? 그런데 긴급 사태가 벌어졌다고 저렇게까지 냉담하게 굴다니. 나도 어머니와 아버지가 돌아가시면, 어른들한테 저런 대우를 받을지도 모른다. 오사카에서 태어난 나는 간사이 사투리로 "나라 위해 일하는 사람하고 온종일 빈둥거리는 니들하고 똑같은 끼니를 먹을 줄 알았나!" "어쩌다 이런 화상들이 굴러들어와가꼬!"라며 빈정거리던 아주머니의 말을 잊을 수가 없다.

영화 속, 오싹할 정도로 냉정한 인간 사회의 단면이 백일하에 드러나는 처참한 상황을 보면서, 인간은 어른이 되었다고 마음이 너그러워지는 게 아니라 어디까지나 극히 일부의 사람만을, 본인을 중심축으로 컴퍼스로 그린 작은 동그라미 안에 있는 사람들만을 '가족'으로 생각한다는 걸 절감했다. 내가 볼 땐《반딧불의 묘》속에 나오는 아주머니의 친자식 두 명이나, 부모님을 잃은 세이타와 세쓰코나 똑같이 어린아이들이었다. 하지만 아주머니에게는 엄연한 잣대가 있었다. '온 세상 모두 웃으면 친구, 모두 함께 둥글게 손을 잡아요, 자그마한 세상.' 나는 초등학교 때 불렀던 노래의 가사보다《반딧불의 묘》가 훨씬 더 현실에 가깝다는 것을 본능적으로 깨달았다.

물론 생사가 걸린 전쟁이라는 가혹한 상황과는 비할 바가 못 되지만 나도, 그 아주머니도, 집이 없는 딱한 처지의 사람을 내쫓으려 하고 있다. 집세를 내지 못해 아파트에서 쫓겨나 갈 곳 하나 없는 아키요 씨를 또다시 몰아세워, 류다이의 집에서 나갈 처지가 못 된다는 것을 알면서도 쫓아내려 하고 있다. 그 아주머니에게도 사정은 있었을 것이다. 전쟁통에 가족만으로도 벅찬데 친척 아이까지 돌볼 여력은 도저히 없었다거나, 자기를 따르지 않는 남매의 반항적인 눈매가 마음에 들지 않았다거나. 하지만 결과적으로 그것은 딱한 처지의 약자를 돕지 않는 무자비한 행위일 수밖에 없었다. 남매가 의지할 사람이라곤 아주머니뿐이었는데도 보듬어주지 않았다. 집에서 나와 방공호에서 살아가던 두 남매는 고생 끝에 결국 죽고 말았다.

그 아주머니를 무서워했던 초등학생 여자아이가, 시간이 흘러 성장해서는 이제 그 아주머니와 똑같은 사람이 되었다니.

마음을 고쳐먹자. 나는 이 사람을 도와줘야 해.

아키요 씨는 불쌍하니까.

'불쌍하다'는 말은 곧잘 비판을 받는다. 우리 마음속에 확실하게 이 단어에 해당하는 감정이 있는데도, 좀처럼 쓰려고도 하지 않고 남이 쓰는 것도 싫어한다.

《반딧불의 묘》를 보았던 초등학생 때, 반별로 인권 포스터를 그린 적이 있었다. 우선 표어를 생각한 뒤에 거기에 맞는 그림을 그리는 것이었는데, 반장이었던 나는 '우리가 돕자, 불쌍한 사람'이라는 표어를 지어 발표했지만 선생님도, 친구들도 다들 마음에 들지 않는다며 채택해주지 않았다.

"'불쌍하다'는 단어의 어감이 조금 그렇구나."

선생님이 그렇게 말씀하시자 반 친구들도 동의하며 "진심으로 도우려는 마음이 안 느껴져" "업신여기는 것 같아" 하고 비판하기 시작했다.

"그런 마음은 없어요!"

"너 좀 못된 것 아니야?"

반론하는 나에게 똑똑한 남학생 하나는 그런 말까지

했다. 고개를 푹 숙이고 교단에서 내려올 때, 눈물이 날 뻔했다. 분했다. 내 작품이 떨어졌기 때문이 아니라 나는 정말 모두가 말하는 그런 의미로 '불쌍하다'는 단어를 사용한 게 아니었기 때문이다. '불쌍하다'는 말에 유독 민감하게 반응해 일심동체로 나를 비판한 사람들이 훨씬 더 나쁜 것 아닌가?

그때 느낀 반발심은 아직도 가슴속에 남아 있다. 어려운 사람을 보았을 때 솟아나는 자연스러운 동정심을 '불쌍하다'고 부르는 게 잘못됐다고 생각하지는 않는다. 그런 마음이 있기 때문에 '돕고 싶다'는 다음 단계로 이어지는 것이다. 동정이든 위선이든, 행동함으로써 누군가가 구원을 받는다. 이번 같은 경우라면 내가 아키요 씨를 불쌍하게 여기고 탓하지 않는다면 그녀는 직장을 얻을 때까지 살 곳을 확보할 수 있다.

나는 아키요 씨를 항상 류다이의 옛 연인이라거나, 류다이의 과거를 잘 알고 있다거나 하는 식으로 질투의 필터를 통해서만 보았다. 하지만 아키요 씨를 불쌍하다고 여기니 신기할 정도로 마음이 편안해지면서 자애심마저 솟아났다. 실제로 만나보니 잘 알 수 있었다. 류다이와 다시 어떻게 해볼 여유조차 없을 정도로 아키요 씨는 딱한 처지다. 밝게 행동하고 있지만 심신은 지쳐 있다. 서른이나 되었는데 마음 놓고 쉴 수 있는 보금자리인 집이 없으니 정신적으로도 육체적으로도 무척 힘들겠지. 여자는 특히나 익숙한 장소에서 편안히 쉴 수 있는 시간이 필요하다. 하지만 아키요 씨는 류다이와 함께 건너온 이 도쿄에서 어떻게든 혼자 살아가기 위해 매일 노력하고 있다. 류다이도 아키요 씨가 얼마나 힘든지 알고 있기에 누구보다 사랑하는 연인인 나와 헤어질 생각까지 하면서 아키요 씨를 응원하려는 것이다.

그래, 아키요 씨만 그런 게 아니라 류다이도 지금 딱한 처지다. 익숙하지 않은 일본 사회에서 일을 하고 있다. 그 역시 '불쌍하다'고 여기는 시선으로 바라보아야 할지 모른다.

언제였더라, 류다이가 드물게 회사일로 투덜거린 적이 있었다.

업무에 관해 뭔가 발언을 하거나 지금까지의 경험을 곁들여 이야기하면 일본인 상사가 쓴웃음을 지으며 "여기는 일본이잖나"라고 하면서 류다이의 입을 막아버린다는 것이었다.

"화가 났다기보다 섭섭했어. 일본에서 떠나든지, 그렇게 못하겠으면 이쪽에 맞추라는 거잖아. 입사 초기에는 반발도 했어. 하지만 지금은 포기하고 아무 말도 안 해."

일본에서만 산 나는 이해할 수 없는 문제지만, 쭉 익숙
했던 문화에서 벗어나 갑자기 새로운 문화 속에서 살아
가는 일은 힘들기만 한 게 아니라 자아정체성의 상실도
가져오리라.

나는 내 생각만 하고 있었다. 내 마음의 고통만 바라보
고 있었다.

"미국에 있을 땐 류다이네 집에 자주 묵었다면서요?"

"맞아요. 그 사람 가족은 친절했거든. 반년 정도 홈스
테이했나."

"반년? 남의 집에 반년이나 있었어요?"

"뭘 그렇게 놀라요? 생활비나 식비는 꼬박꼬박 냈어요."

"아니, 그런 뜻이 아니라 아무리 가족의 여자친구라고
해도 반년이나 집에 손님이 있으면 신경 쓰느라 지쳐 나
가떨어질 것 같아서요."

"류다이네 가족은 친절했지만 누구도 나한테 크게 신
경 쓰진 않았어요. 난 가능한 한 집안일을 많이 도왔고,
대신 집에 있을 때는 내 집처럼 편히 지냈죠. 난 손님이
아니었어요."

"혹시 약혼녀였나요? 결혼이 거의 확실해서 가족이나
다름없는 사이라 집에 있도록 허락해주었다거나."

"아니, 그냥 애인. 내가 아는 외국인 중에도 현지 가정

이나 친구 자취집에 오래 홈스테이하는 사람들은 많았어요. 딱히 홈스테이 제도를 이용하지 않고, 정말 그냥 얼굴만 아는 사람 집에도 다들 편하게 묵으러 간 적도 있고. 그때가 그립네. 류다이네는 나 말고도 친구들이 많이 찾아와서, 한밤중에 놀러 온 사람들하고 이튿날 아침에 2층 욕실에서 딱 마주치기도 했어요. 서로 잠에 취한 얼굴로 말이야."

아키요 씨는 그립다는 듯이 눈을 슬그머니 감았지만 나에겐 너무 딴 세상 이야기라 이해할 수가 없었다. 내 고향집에 손님이 자러 온 적은 손으로 꼽을 정도로 적었고, 그마저도 길어야 고작 이틀 정도 묵었을 뿐이다. 그 손님들은 우리 집에 묵을 땐 늘 손님이었고, 당연히 예의를 차려 행동했다.

하지만 이해할 수 없는 그 문화가 내 마음을 조금 편안하게 해주었다. 류다이와 아키요 씨가 살던 나라에서는 지금 상황이 그리 이상하지 않은 거야. 어쩌면 나 혼자만 유난스럽게 굴었던 건지도 몰라. 그렇게 생각하니 묘하게 이해가 갔다. 아키요 씨도 류다이도, 남을 배려할 줄 아는 다정한 사람들이다. 나에게 고통을 줄 사람들이 아니다. 두 사람은 몰랐던 것뿐이다. 다른 문화에서 자란 사람의 사고방식을 몰랐던 것뿐. 어라, 류다이는 그렇다 쳐도 아키요 씨는 중학생 때까지 일본에서 살지 않았던가? 아니, 사춘기 때 미국으로 건너갔으니 사고방식이 미국식으로 바뀌어 일본의 상식을 잊어버린 거겠지.

하지만 그들은 지금 일본에서 벽에 부딪혀 고생하고 있다. 상사에게 싫은 소리를 듣고, 쉬한 군데나 되는 회사의 취직 시험에서 낙방하고. 그들에 비해 평생을 자국에서 살며 안정된 직업도 있는 내가 두 사람을 이해해줘야지.

아키요 씨와 류다이를 응원해주자. 내 고통은 참아봐야지.

"아키요 씨."

"응, 왜요?"

"오늘은 갑자기 들이닥쳐서 미안했어요. 하지만 만나길 잘한 것 같아요. 취직 때문에 얼마나 힘든지 직접 듣고 나니 저도 생각이 바뀌었어요. 부끄러운 얘기지만 전 류다이의 집에 아키요 씨가 살고 있다는 얘길 듣고 나서 두 사람 사이가 달라지진 않았는지 망측한 생각만 했어요. 내 멋대로 괴로워했고요. 하지만 지금 아키요 씨하고 얘기해보니 이 상황은 불가항력이라는 걸 알겠어요. 그러니 특수한 상황이긴 하지만 저도 어떻게든 견뎌낼게요. 결국 우리 셋 모두 행복해질 수만 있다면."

"응? 어, 그래요? 고마워요."

아키요 씨는 당혹스러운 표정을 지었지만 곧 미소를 지었다.

"고마워요, 쥬리에 씨. 정말 큰 도움이 될 거야."

아키요 씨는 감격에 겨운 목소리로 그렇게 말하고 천천히 고개를 숙였다. 류다이를 난처하게 만들고 싶진 않아 그가 돌아오기 전에 떠나려고 그 후 바로 나왔다. 손을 흔드는 아키요 씨에게 배웅을 받으며.

*

"그걸 용서해줬단 말이에요?"

미역국을 마시던 아야하가 어이없다는 표정으로 나에게 물었다.

"왜, 안 돼?"

"안 돼죠! 진짜 이해할 수가 없어요. 선배, 집까지 쫓아간 거죠? 굉장히 용기를 낸 거잖아요. 그런데 어째서 거꾸로 설득당한 거예요? 적을 도운 꼴이라고요."

"아니, 설득당한 게 아니라 내 스스로 판단한 거야. 안 그래도 딱한 처지인데 더 몰아세우다니, 사람으로서 할 짓이 못 된다는 걸 깨달았거든."

"선배, 불쌍하다."

아야하가 인공적인 광택으로 까맣게 빛나는 인조 속눈썹의 부채꼴 그림자 밑으로, 내게 동정 어린 시선을 던졌다.

"내가 불쌍하다고? 어째서?"

"애인이 어지간히 좋은가봐요. 스스로를 속이면서까지 참으려고 하잖아요."

"속이긴 뭘 속인다고 그래? 있지, 난 아키요 씨를 만났을 때 《반딧불의 묘》가 떠올랐어. 아야하는 그 영화 본 적 있어?"

"그보다 그 두 사람, 분명히 잤을 거예요."

"자?"

머릿속에서 폭죽이 터진 듯 섬광과 폭음이 울려 퍼져 한순간 아무 소리도 들리지 않았다.

"아니야. 그런 분위기가 아니었다니까. 전혀 아니었어. 게다가 아키요 씨하고 잤으면 류다이는 나하고 헤어졌겠지."

그렇게 중얼거리면서 볶음밥을 먹으려고 했지만 좀처럼 벌어지지 않는 입에 수저가 들어가질 않아 밥알이 테이블에 떨어졌다. 손가락으로 줍다가 네모나게 썬 생강 초절임의 선명한 붉은색에 시선을 빼앗겼다. 나도 이런 여성스러운 붉은색으로 물들면 좀 더 인기가 있으려나?

　아니야, 안 잤어. 류다이의 말마저 믿을 수 없다면, 우리 사이는 끝이다.

　"한집에 살면 뻔하다니까요. 남자하고 여자 사이에, 그것도 예전에 사귀던 사인데. 선배 애인이 정말 선배를 사랑하는 거 맞아요?"

　"무슨 뜻이야?"

　"그야, 선배를 제일 좋아한다면 옛날 애인보다, 아니그 누구보다 선배를 가장 소중히 대해야 하잖아요. 보통은 아무리 돕고 싶은 사람이 있어도 사랑하는 사람을 슬프게 만들면서까지 멋대로 굴지는 않는다고요. 아, 담배좀 피우고 와도 될까요? 점심시간 끝나기 전에."

　"응, 그래. 다녀와."

　"선배도 그런 우울한 얘기는 그만두고 같이 피워요."

　옛날 한가락 하던 시절의 여운인지, 일어서면서 이미 담배를 물고 있는 아야하에게서 대찬 표정이 언뜻 보였다.

　"심술쟁이. 내가 담배 끊은 거 다 알면서. 그렇게 말하면 다시 피우고 싶어지잖아."

　"선배도 참 일편단심이라니까. 애인이 담배를 싫어한다는 걸 알고는 그날로 담배를 딱 끊다니. 노력한 만큼보답 받진 못하는 것 같지만요."

"이제 내 얘긴 그만! 빨리 피우고나 와."

"네에."

아야하는 멘톨 담배가 든 주머니를 들고 하얀 연기가 뭉게뭉게 피어오르는 아편굴로 변한 흡연실로 뛰어들었다.

아야하는 보통 여자들보다 조금 더 이기적인 타입이지만 관찰안도 예리하고, 엉뚱한 소리는 하지 않는다. 즉 방금 전 아야하가 한 말도 사실일 가능성이 높다.

'그 두 사람, 분명히 잤을 거예요.'

아야하가 한 말 때문에 겨우 얼러서 달랜 마음이 다시 울렁거린다. 무의식중에 항상 담배를 넣어두었던 작은 파우치로 손을 뻗을 뻔했다. 하지만 지금은 립크림과 손수건밖에 없다는 걸 기억해내고 그만두었다.

이를 악물고 담배를 피우고 싶은 충동을 참았지만, 도저히 견디기 어려워 프리스크 민트 사탕을 세 알, 입에 털어 넣었다. 요새는 민트 사탕을 이틀에 한 통 꼴로 비운다. 담배는 끊었지만 민트 사탕 중독자가 될 것 같다. 하지만 민트 사탕 중독이라면 숨결은 향기로울 테니 류다이하고 키스는 할 수 있다. 담배를 피우지 않는 류다이는 담배 냄새를 싫어한다. 하지만 아무리 그래도 기분이 이럴 땐 담배가 당겨서 미칠 것 같다. 담배에 불을 붙이고 깊숙이 빨아들여 허파 구석구석까지 니코틴을 침투시키면 아야하의 말도 잊을 수 있을 텐데.

나는 스스로를 속이고 있는 걸까? 아니, 류다이의 집에서 아키요 씨를 앞에 두고 치밀어 올랐던 동정심은 진짜였다. 극한까지 고민을 거듭해 내린 답이다. 나도 만족하고 있고, 질투가 사라지고 선의로 가득 찬 이 기분도 나쁘지 않다. 아야하를 포함해 지금의 내 상황을 이해해줄 친구는 얼마 없겠지. 분명 고독한 싸움이 될 것이다. 하지만 류다이도 연인인 내게 힐난을 들으면서까지 선행을 관철해왔으니, 나 역시 이해해주는 사람 하나 없어도 노력해야 한다.

오후, 일터로 돌아가자 오랜만에 화창하고 따뜻한 날이라 그런지 여성복 매장에 그럭저럭 손님이 있었다. 손님의 9할 이상이 여성이고, 정말 다양한 타입의 여성들이 가게를 찾아온다. 특히 해질 무렵의 '황혼 녘'은 인간의 본성이 드러나기 쉬운 시간대인지, 혼자서 훌쩍 가게에 들어오는 여성은 대개 괴짜다.

일을 마치고 녹초가 되었지만 물욕만은 그대로 남아 희번덕거리는 눈으로 권하는 족족 사들이는 손님. 점원을 상대로 한 시간 넘게 최근 남편이 선물해준 멋진 옷이나 옷장에 그대로 잠들어 있는 아름다운 신상품 자랑을 실컷 늘어놓은 뒤 가게에서 제일 저렴한 머리끈 하나만 사서 돌아가는 중년 손님.

도심의 역과 인접한 곳에 있어서 그런지 원래 백화점에 올 생각은 아니었지만 그냥저냥 발걸음이 가는 대로 들어오는 손님도 많다. 요전에는 코랄핑크색 스웨터를 입은 비쩍 마른 여자가 멍한 표정으로 옷을 구경하고 있었는데, 그녀의 머리에 껌이 붙어 있었다. 마치 매끄러운 감촉에서 안도감을 찾는 것처럼 색색의 옷들을 차례로 만지작거리던 그녀는 블라우스 한 장을 골라 거울 앞에 섰을 때에야 비로소 머리에 붙은 잇자국이 난 초록색 껌을 발견하고 얼어붙었다.

"얼음으로 굳혀서 떼어드릴까요?"

조심스럽게 묻자 그 손님은 멍한 눈빛으로 가위를 빌려달라고 고집을 피웠다. 어쩔 수 없이 카운터에 있던 가위를 건네주자 손님은 내 눈앞에서 껌이 붙어 있는 머리카락을 한 움큼 잘라냈다. 머리카락은 주머니 속에 쑤셔넣었지만 몇 가닥은 바닥에 떨어졌다. 가위만 돌려주고 가게에서 나가면 될 텐데, 그녀는 민망했는지 아마 딱히 탐나지도 않았을 하얀 티셔츠를 입어보지도 않고 한 장 사서 돌아갔다.

고개를 깊이 숙여 인사하면서도 나는 후회했다. 못 본

척할 걸 그랬다. 친절이란 그런 것이다.

혼자서 가게에 온 여성 고객에 비해 친구와 함께 옷을 구경하러 오는 손님들은 대개 품평회만 하고 아무것도 사지 않는다. 귀엽다, 귀엽다, 하고 모든 옷과 액세서리를 만지작거리며 가게 안을 한 바퀴 다 돌면 바로 나간다. 눈독을 들이고 있구나 싶어도 좀처럼 사지는 않는다. 친구와 함께 있으면 "뭐야, 그런 걸 사?" 하면서 서로 견제하는지도 모른다.

반대로 똑같이 둘이서 온 경우라도 모녀 사이라면 잘 사 간다.

"뭐가 좋을까? 엄마가 골라줘" 하고 조르는 딸에게, 볼을 감싸고 딸을 지켜보고 있던 어머니가 "지금 입고 있는 게 제일 예쁜 것 같네" 하고 거들면 구매는 따놓은 당상. 딸의 쇼핑을 따라다니느라 지쳐서 이제 그만 앉아 쉬고 싶은 어머니의 파인플레이. 점원은 옆에 서서 살살 웃기만 하면 끝나니 그렇게 고마울 데가 없다.

이케부쿠로의 인기 백화점 안에 있어 하루 약 80명의 손님들이 드나들지만 구매 고객은 3할, 아이쇼핑이 7할. 매상은 빠듯하다. 우리 가게 영업만 악화되고 있는 게 아니라 백화점 전체 매상이 침체 분위기다. 평일 낮에는 아이쇼핑을 하는 고객조차 없어, 나를 포함한 점원들은 카운터 뒤에서 몰래 다리를 스트레칭하거나 하이힐을 벗고 있기도 한다. 서서 조는 점원도 있을 정도다.

오늘은 우리 매장에 있는 구두를 거의 전부 신어보고도 아직 뭘 살지 정하지 못한 손님에게 찰싹 달라붙어 있다가 영업시간이 끝날 기세다. 어쩔 줄 모른 채 의자에 앉아 있는 손님을 가운데 두고 색색의 펌프스와 예쁜 보라색 종이가 튀어나온 구두 상자가 굴러다니고 있다. 옆에서 바닥에 무릎을 꿇고 똑같이 어쩔 줄 모르는 나와, 멀거니 선 채로 팔짱을 끼고 있는 손님의 여자친구들. 권하는 상품이 구두일 경우, 점원은 계속 몸을 숙이고 있어야 하기 때문에 굽힌 무릎과 체중이 실린 힐의 뒤꿈치가 아프다.

"아이참, 뭘로 하지? 모르겠어. 정말 모르겠어!"

대학생쯤 되어 보이는 손님은 고개를 푹 숙이고 머리를 쓸어올리며 발밑에 굴러다니는 갖은 펌프스에 발을 넣어보고 있다.

"이거 신고 조금 걸어봐도 되나요?"

"물론이죠, 가게 안에서는 괜찮습니다."

뒤뚱거리는 발걸음으로 가게 안을 돌아다니다가 떨떠름한 얼굴로 돌아오더니 다시 다른 펌프스를 신고 벌떡 일어서서 가게 안을 돌아다닌다. 그러고는 또 의자에 앉아 뒤꿈치와 구두 사이에 손가락을 넣어보고 고개를 갸웃한다. 색만 다른 똑같은 펌프스를 다른 쪽 발에 신고 어느 색이 좋은지 비교하더니 이번에도 역시 고개를 갸웃한다. 그녀를 따라온 친구가 아까부터 아무 말이 없어서 그런지 손님은 점점 더 초조해지는 듯했다.

"이 에나멜 펌프스가 마음에 들긴 하는데, 걸어보니까 발가락에 중심이 쏠려요. 뒤꿈치가 헐렁해서 벗겨질 것 같은 게, 좀."

"그럼 한 사이즈 작은 걸 신어보시겠어요?"

"한 사이즈 줄이면 발끝이 껴요. 끝이 뾰족한 디자인이다 보니."

"그럼 깔창을 넣어드릴까요?"

"깔창을 넣어도 역시 발끝만 갑갑해지지 않을까 싶은데."

입 밖에 내지는 않지만 나는 안다. 이 가게에 그녀의 발 모양에 맞는 구두는 없다. 원래 우리 가게에서 가장 종류가 많은 품목은 옷이다. 가방이나 구두는 전문점에 비하면 수가 적다. 종류별로 다 내놓았지만 그녀의 개성적인 안짱다리 걸음에 맞는 펌프스는 한 켤레도 없었다. 어느 펌프스를 신어도 벗겨질까봐 발에 힘을 주고 질질 끄는 걸음걸이가 된다. 손님이 평소 신는 구두 사이즈는 240 이라고 하는데, 똑같은 240이라도 우리 매장 구두는 그녀의 발등 높이에 맞지 않는다.

"지금은 저녁때라 발이 제일 많이 부어 있을 때니 지금 약간 타이트하게 신는 게 정사이즈일 거예요. 그리고 구두 폭은, 저희 제품은 천연가죽이라 신다 보면 조금 늘어나서 발에 익숙해진답니다."

죄책감이 들었지만 뻔한 수완으로 어떻게든 팔아보려 했다. 역시 사지 않겠다고 하면 포기하겠지만 망설이는 동안에는 상품을 추천해야 한다. 특히나 오늘, 나는 아직 양복 한 벌밖에 팔지 못했다. 라이벌 점원보다 매출 실적이 떨어지는 것도, 상사에게 잔소리를 듣는 것도 피할 수 없는 길이다. 아야하는 오늘 한 벌도 팔지 못해 파리만 날렸다. 구두를 살까 말까 망설이고 있는 이 손님은 설마 자기가 오늘 이 가게에서 물건을 사는 극히 소수의 고객이라고는 생각 못하겠지.

"이걸로 살까? 이거 어때?"

손님이 자줏빛 악어가죽 펌프스를 신고 친구에게 의견을 물었다. 처음 세 켤레 정도는 열심히 손님이 신은 구두를 보고 있던 친구도 지금은 어딘가 먼 곳을 바라보며 완전히 무표정. 흥미를 잃고 참모습으로 돌아간 여자는 무섭다. 평소에는 생글생글 애교를 떠는 만큼 더욱.

친구는 손님의 발치에 시선만 흘깃 던졌다.

"음, 좀 암컷 냄새 나지 않아?"

암컷……

그 말을 듣고 보니 확실히 암컷 느낌으로밖에 보이지 않았다. 나, 재료도 싸구려고 디자인도 요란하지만 남자는 좋은 사람으로 낚고 싶어~. 펌프스가 멍청한 목소리로 조잘거리기 시작하자 손님이 말없이 구두에서 발을 뺐다. 안 되겠다. 오늘은 안 팔린다.

류다이를 만나고 싶은 생각이 간절했다. 이런 피로도 그의 미소를 보며 널찍한 품에 안기면 굳은 어깨가 풀리면서 정말 편안해질 텐데.

하지만 아키요 씨가 나타난 뒤 류다이는 방금 전 손님처럼 어느 한쪽으로 결정을 내리지 못하고 넋 빠진 표정으로 나를 바라보기만 한다. 한번은 우스갯소리로 "두 여자 사이에 껴서, 인기도 참 많네" 하고 말했더니 "아니, 그렇게 좋은 일이 아니야" 하고 한숨 섞인 목소리로 대답했다. 분명 여자 둘 사이에서 휘둘리는 상황은 실제로는 양손에 꽃이라는 이미지와는 꽤 거리가 있겠지. 구두를 사지 못한 손님과 마찬가지로 류다이도 못 정하겠어, 이젠 정하기도 싫어, 하고 도망칠 것 같다.

어젯밤, 전화로 류다이네 집에 가서 아키요 씨를 만났던 일을 사과했다. 이어서 류다이와 함께 아키요 씨를 도울 결심을 한 일, 류다이를 탓했던 것을 이제는 반성하고 있다는 이야기를 하려 했지만 류다이는 극단적으로 말수가 줄더니 내일도 출근해야 한다면서 서둘러 전화를 끊었다. 나와 아키요 씨가 얼굴을 마주한 것이 어지간히 충격이었던 모양이다.

몸이 지치면 류다이가 그리워진다. 그의 듬직한 기운을 온몸으로 느끼고 싶다고 반사적으로 갈망하지만, 곰곰이 생각해보면 지금 류다이에게는 매달릴 수 없다. 오히려 내가 어려운 상황에 처한 류다이의 마음을 보듬어주어야 한다.

"아야하, 다음 시즌 발주표는 왔어?"

"왔어요. 저도 같이 볼래요! 신상품 중에 점찍어놓은 거 있어요?"

"요전에 쇼에서 봤던 미니 원피스 있잖아, 역시 사야겠다 싶어서."

애인에게 매달릴 수 없다면 스스로 위로하는 수밖에 없다. 다행히 마음은 울적해도 치장하고 싶은 욕구만은 늘 왕성한 나에게 쇼핑은 힘이 된다.

"비싸니까 안 살 거라고 하지 않았어요? 직원 할인으로 사도 2만 엔은 넘는다면서요?"

"하지만 진짜 예쁜걸. 봄이 되면 분명 생각날 거야."

아야하가 가지고 온 두꺼운 발주표에서 흰색과 모카색이 교차된 원피스를 찾아내 M사이즈의 주문 수량을 3에서 4로 고쳤다.

"그럼 나도 검정 반바지 확 질러버릴까? 오늘 한 장도 못 팔았으니."

"그런 이유로 살 필요는 없어. 손님 수 자체가 적었잖아."

"하지만 해고당하는 것도 싫고, 전부터 갖고 싶긴 했어요. 역시 살래요."

의외로 책임감이 강한 아야하는 진지한 표정으로 주문 수량을 수정액으로 지우고 고쳐 썼다.

열심히 일해도 월급이 옷값으로 사라진다면 일하는 의미가 없고, 무엇보다 회사의 작전에 말려드는 꼴 같다. 하지만 원래 패션에 관심이 많은 데다, 늘 접하다 보니 집착이 더 강해져 우리는 자사 상품을 끊을 수가 없다. 최고의 단골은 점원이라는 아이러니한 도식이 완성된다. 사서 몸에 걸쳐 직접 마네킹 역할을 하는 편이 더 잘 팔린다고, 열혈 직원 같은 변명까지 해가며 스스로를 속인다.

"그리고 이것도 사버릴까."

방금 전 손님에게 보여주었던 자줏빛 악어가죽 펌프스를 손에 들고 모델처럼 우아하게 카운터에 내려놓자 아야하가 손뼉을 치며 웃어댔다.

"멋져요, 그 펌프스! 아까 손님보다 선배한테 훨씬 잘 어울려요."

"암컷 냄새 나는데?"

"좀 그렇긴 하죠. 하지만 코디만 잘 하면 좋은 아이템이 될 거예요. 청바지랑 같이 신어도 어울릴 것 같고."

"나도 그렇게 생각했어! 캐주얼하게 입고 이것만 포인트로 넣으면 귀여울 거야. 하얀 셔츠에도 어울릴 것 같지?"

판매 영업은 신기하다. 손님에게 상품을 권하다 보면 점점 내가 사고 싶어지니. 물론 손님을 대하는 중에는 상품을 파는 일만 생각하지만, 일이 끝나고 한숨을 돌린 후에 문득 '낮에 그거, 내가 살까?' 하는 마음이 든다. 자신의 영업 멘트에 자기가 빠져 있으니 구제불능이다. 칭찬을 하다 보면 진심으로 좋아지는 심리는 인간관계에서도 써먹을 수 있을 것 같다. 다소 억지로 장점만 찾아내다 보면, 아무 관심 없거나 혹은 불편했던 사람도 좋아질지 모른다.

또한 일하다가 몇 번이고 눈에 들어오거나 몇 번이나 접었던 옷, 즉 팔다 남은 상품도 사고 싶어진다. 처음 봤을 때는 그렇지 않아도, 하루에 몇 번이나 보다 보면 그 상품의 장점을 발견하게 되니까. 이 심리 역시 인간관계에 똑같이 작용한다면, 매일 얼굴을 마주하면 호감도가 올라간다는 뜻이다. 류다이 눈에도 매일 '잘 잤어?' 하고 인사를 나누는 아키요 씨가 귀여워 보일까? 잠이 덜 깬 아키요 씨, 하품을 하는 아키요 씨, 그런 그녀를 류다이 가 언젠가 '사야겠다'고 생각하는 날이 오면 어쩌지?

아야하와 나는 집에 돌아갈 생각도 않고 옷을 입어보 며 서로를 칭찬해댔다. 가게는 폐점 후 어두침침한 카운 터 조명만 남았을 때만 우리의 것이 된다. 우리는 손님이 놓친 수많은 보물들을 어루만진다.

직원 할인가로 펌프스 값을 대장에 기입하고 별생각 없이 오늘 매상 영수증을 확인하는데 값이 크게 잘못된 게 있었다.

"어머? 이 영수증, 카드 결제액이 왜 이렇게 커? 오늘 은 아무도 5만 엔짜리 상품 팔지 못했잖아?"

내가 든 영수증을 들여다보고는 카운터 장부 담당인 아야하의 안색이 바뀌었다.

"정말, 5만 엔으로 찍혔네! 아까 확인했는데 몰랐어요. 분명 금액을 두드릴 때 5천 엔하고 착각했나봐요. 신용 카드여서 카운터를 본 직원도 손님도 둘 다 몰랐나 보네. 모두 잠깐! 오늘 4시쯤 셀렉트 상품으로 내놓은 5천 엔짜 리 스커트 판 사람 누구야?"

아야하가 사무실 문을 벌컥 열고 화를 내자 오늘 저녁

시간대에 들어온 아르바이트생이 새하얗게 질린 얼굴로 튀어나왔다.

"죄송해요, 저예요."

"이거 카드 결제액이 한 자릿수 틀렸잖아! 손님한테 카드하고 영수증 돌려드릴 때 왜 확인 안 했어?"

"죄송해요, 신용카드 결제 처리는 아직 익숙하지가 않아서. 하지만 제대로 한 줄 알았는데, 정말 죄송해요."

"못하면 못한다고 말해야지! 쓸데없이 일만 귀찮아졌잖아."

아르바이트생은 이미 눈물이 그렁그렁하다. 요새는 현금이 아니라 신용카드를 쓰는 손님이 많지만 카드리더기 조작은 확실히 익숙하지 않은 사람에게는 어려운 일이다.

"카드 회사에 연락해서 스커트를 사 간 손님과 연락해보자. 다행히 사인도 정자체라 이름이 남아 있어. 가시마 료코 씨인가봐. 오늘은 카드 회사도 문을 닫았을 테니 내일 아침 일찍 내가 연락할게. 카드 회사에 사정을 설명하면 원래 금액으로 결제액을 수정해줄지도 몰라. 그게 안 되면 손님에게 우리가 직접 차액을 현금으로 돌려드리는 수밖에 없겠지. 어쨌든 내일 손님께 사과하러 가야 해. 함께 가줄게."

"고맙습니다!"

아르바이트생은 죄송해죽겠다는 듯이 몇 번이나 고개를 조아리며 사과했다. 미숙한 아르바이트 한 명에게만 카운터를 맡겼으니 상사인 내 책임도 있다. 그녀를 탓할 수는 없다.

하지만 한 자리나 틀린 금액을 멋대로 카드로 계산하다니, 생각도 할 수 없는 실수다. 손님도 충격을 받을 테고, 상부에 보고하면 엄청나게 깨지겠지. 경우에 따라서는 주임까지 함께 손님 댁에 찾아가야 할지도 모른다. 제품 불량 문제 때문에 손님 댁까지 사과하러 간 적은 몇 번 있었다. 그럴 때 제일 마음이 무거운 것은 쇼핑을 할 때는 반짝반짝 빛나는 눈으로 들떠 있던 손님의 얼굴이 우리를 경계하며 굳어가는 일이다. 화를 내는 손님도, 쌀쌀맞게 대응하는 손님도, 괜찮다고 말해주는 손님도 있다. 하지만 그 얼굴에 똑같이 떠오르는 것은 철석같이 믿고 있던 사람에게 속았다는 생각에 나타나는 경계심, 더 정신을 바짝 차려야 한다고 스스로를 다스리는 표정. 그걸 보면 모처럼 손님이 즐거운 쇼핑을 했는데 망쳐버렸다는 생각에 진심으로 죄송할 따름이다.

"다들 그만 돌아가도 돼. 수고했어."

"선배는 어쩌려고요?"

아야하가 걱정스럽다는 듯이 물었다.

"난 혹시 모르니 신용카드 영수증을 다시 확인해야겠어."

"저도 도울게요."

"아니, 괜찮아. 고마워."

아무도 없는 가게에서 조명 하나만 켜놓고 카운터 위에 영수증을 늘어놓고 확인했다. 우리 고향에서는 백화점 영업시간이 8시까지인데, 도쿄는 9시까지 여는 탓에 이것저것 정리하다 보면 항상 밤늦은 시간에 퇴근한다. 야마노테 전철이 다니니 불편 없이 돌아갈 수는 있다. 하지만 집에 돌아갈 핑계로 막차 시간을 댈 수 없다는 게 요즘은 원망스럽다. 오늘도 막차를 타기는 싫어 영수증만 재빨리 확인하고 백화점에서 뛰쳐나왔다.

*

전철에서 내려 집으로 돌아가는 길에 류다이에게 전화를 해보았지만 역시 받지 않는다. 류다이의 목소리를 들을 수 없다는 섭섭한 마음은 물론이고 지금 옆에 아키요 씨가 있어서 전화를 받지 않는 건가 싶은 의심까지 든다. 괜히 전화했다. 휴대전화는 손쉽게 걸 수 있다는 점이 장점이기도 하지만 단점이기도 하다. 내 손으로 끝을 보고야 말았다. 지금 나는 물에 흠뻑 젖은 종이 상자보다도 약하다.

휴대전화를 귀에 몇 번이나 대며 비틀비틀 걷느라 맞은편에서 걸어오는 사람과 부딪칠 뻔해 죄송하다고 사과했다. 사람이 많은 도시에서 아무하고도 부딪치지 않고 걷는 것은 시민의 매너이자 기본 소양이다. 거리에까지 요란한 소리가 새어나오는 파친코 가게의 음악 리듬에 발걸음이 따라가는 게 부끄러워 일부러 빨리 걸어 박자를 어그러뜨렸다. 걸어가는 방향만 살짝 틀어서, 도로 구석 전봇대에 이마를 처박고 괴성을 지르며 중얼거리는 사람을 피해 멀리 돌아간다. 피하고, 흘려보내지만 표정은 변하지 않는다.

고개를 숙이고 걷다 보니 길에서 보고 싶지 않은 것까지 보여 시선을 돌렸다. 누구야, 이런 길에 몬쟈야키*를 부쳐 놓은 인간은.

태어나서 처음으로 쓰키시마에서 몬쟈야키를 먹은 어머니가 "오코노미야키가 값은 비슷해도 배가 더 든든하데이. 밀가루를 많이 써서 그런 거 아니겠나. 몬쟈야키는 꼭 오코노미야키가 진화하다 멈춘 것 같구마"라고 잘난

---

* 밀가루에 물과 소스, 채소 등을 함께 버무린 반죽을 주걱으로 잘게 다져가며 철판에 부쳐 먹는 요리. 물기가 적은 반죽에 재료를 그대로 부치는 오코노미야키의 원형.

척 말하는 걸 보고 울컥했던 기억이 되살아났다. 도시에서 시골로 갔든, 도시 혹은 시골에서 자랐든, 자기가 나고 자란 장소의 문화만 좋다고 여기고 새로 접하는 문물에 거부 반응을 일으키는 사람은 감성이 둔한 촌뜨기다. 게다가 자기가 새로운 문물을 받아들이지 못한다는 사실을 일부러 말로 내뱉으면서 고향에 대한 사랑을 다시 불태우려 하다니, 궁상도 유분수지. "모처럼 쓰키시마까지 데려왔는데 무슨 소리야?" 하고 화를 내는 내게 어머니는 미안하다며 웃었다.

"어데 오사카 길바닥에서 이리 많은 몬쟈야키 가게 구경이나 해봤나?"

봉인했던 간사이 사투리가 무심코 혼잣말로 튀어나와 얼굴을 찌푸렸다. 직장에서도 사생활에서도, 생각조차 표준어로 교정하고 있는데 문득 정신을 놓으면 튀어나온다.

상점가에 들어서니 벌써 11시가 다 되어가는데도 복합빌딩 4층의 영어 회화 학원은 아직 환했다. 바이어가 되면 해외 대리인과 말할 기회가 올지도 모른다는 생각에 벌써 2년째 다니고 있다. 류다이와 사귀기 시작한 후로는 어렸을 때부터 그의 몸에 밴 영어로 언젠가 대화를 해보고 싶어 목표가 두 배로 늘었다. 하지만 요새는 바빠서 직장인반 수업 시간을 맞추지 못해 3주나 못 나갔다. 빌딩 밑에서 창을 올려다보고, 사람 그림자가 몇 개 보이는 것을 확인한 뒤에 좁고 작은 엘리베이터를 탔다. 오늘은 수업이 있는 날이 아니지만 혼자 사는 집으로 바로 돌아가고 싶지 않았다. 누군가와 이야기하고 싶다.

　문을 열자 두 개뿐인 교실의 작은 공간에 여러 나라 선생님들이 아직 남아 있었다. 따뜻한 히터의 열기와 이국의 향기가 섞인 공기가 가득해 마치 남쪽 나라 같았다. 천장에는 운동회처럼 여러 나라의 작은 국기가 걸려 있다. 담임인 마이크 선생님이 교실 문에 기대어 서 있는 게 보였다.

　"헬로, 마이크, 오랜만이에요!"

　"오, 쥬리. 이렇게 늦은 시간에 뭐 하고 있어? 죽은 줄 알았는데."

　가벼운 발걸음으로 다가오는 마이크 선생님의 너무 뻔한 농담에 어떻게 대답해야 할지 몰라 애매한 웃음을 지으며 권해주는 대로 휴게실 의자에 앉았다. 친구처럼 편안한 수업이 인기인 이 학원에서는 선생님들이 항상 커피나 자기 나라의 과자를 가져와 학생들과 잡담을 하곤 한다. 권해준 의자에 앉는데 요전 수업에서 명품을 좋아하는 일본인들의 마음을 잘 모르겠다고 한 마이크 선생님의 말이 생각나 가방을 의자 등받이와 내 등 사이에 놓아 구찌 로고를 슬그머니 숨겼다.

"정말 어떻게 지냈어? 한 번도 안 오고 말이야."

"죄송해요, 일이 바빠서."

"그러면 영어 안 늘어!"

"죄송해요."

"그런데 오늘은 웬일이야? 수업은 다 끝났는데."

"실은…… 연애 상담 좀 하고 싶어서요."

쓸쓸해서 왔다는 말은 차마 못 하겠는데 정신을 차리고 보니 그런 말이 튀어나왔다.

"Oh, really? Of course, I will! (정말? 물론 들어줄게!)"

오랜만에 듣는 영어를 머릿속으로 황급히 번역했다. 다소 모르는 부분이 있어도 억지로 이런 뜻이겠지 하고 해석하면서 듣지 않으면 영어는 한쪽 귀에서 다른 쪽 귀로 그냥 흘러가버리고 만다.

"지금 제 연인은 미국에서 자란 일본인이에요. 취직 때문에 사귀던 일본인 여자친구랑 같이 일본으로 돌아왔죠. 그리고 옛 애인하고 헤어지고 저랑 사귀기 시작했는데, 옛 애인이 돈이 없어서 자기 집에 재우고 있어요. 내가 반대했더니 헤어지겠다고 그러고요. 결국 두 사람은 지금 함께 살고 있고, 저도 애인하고 헤어지진 않은 상태예요. 이런 일을 마이크는 어떻게 생각해요? 이상하지 않은가요?"

"Are you asking me what I'd do if I were you? (만약에
내가 당신 입장이었다면 어떻게 했을 건지 묻는 거야?)"

"Yes."

짧은 회색 머리카락의 마이크는 요란스럽게 팔짱을 끼
더니 바닥을 바라보며 생각에 잠겼다가 고개를 들었다.

"Forgive. (용서할 거야.)"

"농담이죠? 아니, 농담은 아니겠지만 It's only you, 그
렇게 생각하는 건 당신뿐이겠죠? 여자라면 절대 용서 못
해요."

"Well, let's get a woman's opinion, then. Melissa! (그
럼 여성의 의견도 들어보자, 멜리사!)"

마이크가 부르자 한 여성이 뒤를 돌아보았다. 처음 보
는 선생님이다. 새로 들어온 걸까? 타고난 곱슬인지, 스
파이럴 파마처럼 굽슬굽슬한 헤어스타일에 피부가 가무
잡잡한 여성이 내 앞의 빈 의자에 앉았다. 이 학원엔 통
통한 선생님이 많은 편인데 날씬한 그녀는 짧은 래글런
티셔츠를 입고 있다. 넘치는 에너지가 오라로 바뀌어 밖
으로 흘러나오고 있었다. 마이크처럼 일본어를 잘하진
못하는 듯했다.

"마이크, 멜리사에게 방금 전 그 질문을 해줘요. 만약

당신이 나라면 용서할 수 있겠느냐고 물어봐요."

마이크가 재빨리 나와 류다이의 사정을 멜리사에게 설명하고, 당신이라면 어떻게 하겠느냐고 묻자 그녀 역시 마이크와 똑같이 팔짱을 끼고 생각에 잠겼다.

"Alright, I have an answer. (알겠어, 답이 나왔어.)"

멜리사가 집게손가락을 세워 나와 마이크의 시선을 모았다.

"I'd forgive him. (용서할 거야.)"

"Really?!"

여자가 말하는 의견이니 마이크 때보다 신빙성이 있어 더 놀랐다.

"I think it's great that he's helping her. Japanese people are nice to tourists but they're not so friendly to foreigners, who live here. (여자친구를 도와주다니 훌륭한 일이야. 일본인은 관광객한테는 친절하지만 여기 사는 외국인에게는 별로 친절하지 않아.)"

꽤 자기주장이 강해 보이는 멜리사가 쏟아내는 영어에 마이크가 고개를 끄덕였다.

"I know what you mean. People in the U.S. are more open to foreigners. (확실히 맞는 말이야. 미국인은 외국인에게 훨씬 개방적이지.)"

독신으로 일본에 건너온 외국인이라 그런지 두 영어 강사는 아키요 씨의 역성을 들었다. 아야하와는 완전히 다른 의견이다.

"혹시 국가뿐만 아니라 종교나 사상하고도 상관이 있을까요? 이웃을 사랑하라는 기독교적 사고방식 때문에? 마이크, Are you Christian? (기독교인인가요?)"

"I am. But I'm not that religious. (그래. 하지만 딱히 릴리저스한 건 아니야.)"

"How about you, Melissa? (멜리사는 어때요?)"

"Same. I'm Christian but I don't really practice the religion. (나도 마찬가지. 기독교인이지만 열심히 릴리전 연습을 하는 건 아니야.)"

릴리저스는 뭐고 릴리전은 또 뭐지? 종교나 그 비슷한 뜻인가?

"그래요? 그럼 종교는 상관없는 걸까요?"

중얼거리는데 머리가 조금 어지러웠다. 두 사람의 영어에 귀가 따라가질 못한다. 뜻을 모르는 단어가 속출해서, 듣느라 지치고 무슨 말을 하고 있는지 알 수가 없다. 두 사람은 활기를 띠고, 내가 빠른 영어는 알아듣지 못한다는 걸 잊어버린 듯 둘이서만 빠른 속도로 화제를 확장시키고 있었다.

"I think Christianity instills a sense of morality in its believers. (난 기독교의 정신은 신자의 도덕심에 있다고 봐.)"

"Just look at our boss. He's Christian and he's such an angel! He made me give lessons on Christmas Day! (우리 보스를 봐. 기독교인이고 천사 같지! 크리스마스에 나한테 수업을 하게 했다니까.)"

멜리사가 마이크의 어깨를 두드리며 웃어댔다. 그들의 보스란 예수 그리스도를 말하는 걸까? 일단 두 사람의 분위기에 맞추어 함께 웃고 본다.

"Christian or not, helping a person from another country is the right thing to do, regardless of whether an ex is involved. (기독교도든 아니든, 다른 나라에서 온 사람을 도와주는 건 옳은 일이야. 그게 비록 '엑스'라고 해도.)"

마이크가 진지한 표정으로 말하자 그 말을 들은 멜리사가 깜짝 놀란 표정을 지었다.

"Wait a second, an ex is involved? You only mentioned that the person, who's staying over, is just a girl coming back from the U.S. (잠깐만, '엑스'가 얽힌 거야? 당신은 미국에서 온 여자애가 홈스테이하고 있다고만 말했잖아?)"

"Oh yeah, I forgot. Well it doesn't matter anyway. (아, 깜빡했어. 어쨌든 별다를 거 없잖아.)"

"It's different with women! Living with an ex is out of the question. They're definitely hooking up. (여자는 다르지! '엑스'하고 함께 살다니 말도 안 돼. 그 사람들 분명 후킹업하고 있을 거야!)"

영문은 모르겠지만 둘이서 다투기 시작했다. 나는 두 사람의 대화에 모르는 단어가 너무 많이 나와서 하나도 못 알아듣고 그저 기독교도의 독실한 이웃 사랑 정신을 알게 되어 감동하고 있었다. '엑스'란 X, 즉 크리스마스나 십자가란 뜻이겠지?

"귀중한 의견 고마워. Thanks, Melissa and Mike. Goodbye."

웃는 얼굴로 학원을 뒤로했다. 이야기를 들으러 오길 잘했다. 마이크와 멜리사가 류다이의 행동에 찬성했다는 것이 예상외로 기뻤다. 지금 우리의 상태는 미국에서는 전혀 이상하지 않은 일이다. 류다이는 서양 감각으로 아키요 씨의 홈스테이를 받아들인 것이고, 그것은 자유정신과 기독교 정신에 부합하며 아름다운 행동이다. 그런데 이웃 사랑 문화가 없는 일본에서 자란 내가 이해를 못한 것이다. 평범한 일일 뿐인데, 누구보다 사랑하는 현재 애인인 내게 타박을 들었을 때 류다이의 마음은 어땠을까? 분명 고독했을 것이다. 나는 여기는 일본이라고 류다이를 비웃었던 상사와 똑같은 수준이었다.

하지만 앞으로는 아니다. 나는 이문화(異文化)를 이해한다. 이문화에서 자랐다는 점도 포함해, 나는 지금의 류다이를 사랑하니까. 글로벌한 감각을 익혀 그에게 어울리는 여자가 되어야지.

*

생각해보면 일본인들은 타인에게는 예의 바르고 배려심도 깊은데 그 사람이 자기에게 성가신 존재가 되면 갑자기 냉담하게 변한다.

일본인이 중시하는 조화의 정신은 사실 서로에게 가지는 깊은 친절함을 기반으로 성립하는 것이 아니라 그저 표면적인 것에 불과할지도 모른다. 냉혈한이라고 욕먹지 않을 정도의 친절과, 가족 이외의 사람들에게 폐를 끼칠 바에는 차라리 할복한다는 체면을 기반으로, 겨우 기능하고 있는 섬세한 유대인 것이다. 말하지 않고도 알아주는 문화에서 서로를 지탱하고 있는 우리는 그 규칙을 무시하는 사람을 만나면 크게 분개하며 소외시킨다. 분개는 동요의 또 다른 모습, 소외는 두려움의 또 다른 모습이다.

부서진 유대를 수복하기 위한 해결책은 규칙을 지키지

않는 사람을 배제하거나, 먼저 도망치는 방법뿐이다. 토론을 거듭해 해결하는 길은 택하지 않는다. 말하지 않아도 서로 알아주는 것으로 커뮤니티가 성립된다. 조화가 최고의 미덕, 본심과 체면, 외유내강 같은 말도 이런 문화가 배경에 있기 때문에 생겨난 말이리라.

그러고 보니 류다이도 아키요 씨도 집에서나 바깥에서 보이는 모습이 별로 다르지 않았다. 외국에 여행을 가보면 두 사람처럼 밖에서도 편안한 옷차림을 한 사람들이 많다. 일본인은 대개 실내복과 외출복이 상당히 다르다. 집에서는 아무렇게나 입고 있어도 밖에 나가려면 남자나 여자나 꼼꼼하게 치장하는 점도, 안과 밖의 차이를 크게 의식하고 있다는 사실의 표출일지 모른다.

한번 생각하기 시작하니 재미있어 인터넷으로 미국의 문화에 대해 조사도 하고, 일본에 온 외국인이 일본인을 어떻게 생각하는지 써놓은 블로그도 읽었다.

요새 류다이를 만나지 못해 남아도는 시간을 미국을 조사하는 데 썼다.

*

"있지, 크리스마스 땐 미국으로 돌아가? 일본인은 크

리스마스를 커플끼리 보내는데, 미국인은 가족이나 친구하고 보낸다면서? 일본인의 정월하고 비슷한 것 같아."

거리가 크리스마스 일루미네이션으로 가득 찬 12월 초, 오랜만에 만난 류다이에게 그렇게 묻자 그는 고개를 가로저었다.

"일이 바빠서 돌아갈 여유가 없어. 이브에도 당일에도 일해야 해."

"나도. 매년 그렇지만 크리스마스 시즌은 손님이 많아서 정말 힘들어."

"그럼 이브엔 서로 일 끝난 후에 만날까?"

류다이의 말에 고개를 끄덕이려 했지만 잠깐, 이브에 함께 지낼 수 있는 건 기쁘지만 그 후 류다이는 분명 다음 날 회사에 가야한다며 아키요 씨가 있는 집으로 돌아가겠지? 지금까지는 잠자코 보냈지만 이브에도 그러면 너무 슬프다. 어떻게든 류다이와 하룻밤 함께 지낼 방법이 없을까?

"그래, 류다이네 집에서 아키요 씨랑 같이 모이면 어떨까? 셋이서 케이크도 먹고 게임도 하고. 난 하루 자고 류다이네 집에서 바로 출근할게."

"어째서 쥬리에가 우리 집에 와야 해? 둘이서 만나면 되잖아."

"그래도 크리스마스이브잖아. 아키요 씨도 미국에서 살았으니 미국식으로 지내는 게 좋을 테고."

그렇게 말하면서도 죄책감이 쌓였다. 내가 류다이네 집에 가고 싶은 이유는 아키요 씨를 염려해서가 아니라 이브 심야에 류다이와 아키요 씨가 단둘이 한집에 있는 꼴을 보기 싫어서다. 하지만 진심을 털어놓으면 류다이가 나를 어린애처럼 보겠지.

"그보다 내가 당신 집에 가는 걸 왜 그렇게 싫어해? 전에 막무가내로 찾아갔을 때, 나하고 아키요 씨는 아무렇지도 않게 즐겁게 얘기했어. 내가 아키요 씨한테 싸움을 걸거나 상처 입힐 것 같아서 그래? 날 좀 믿어줘."

"아니, 쥬리에가 어떻다는 게 아니라 그냥 내가 싫어서 그래. 그렇잖아, 역시 셋이면 좀 거북하잖아."

"왜 거북한데? 미국에서는 홈스테이도 크리스마스 때 친구랑 함께 지내는 것도 일상적인 일 아니야?"

"어쨌든 난 찬성 못하겠어."

모처럼 미국식 사고에 따라 의견을 내놓았는데 류다이는 좀처럼 수긍하지 않았다. 그럼 대체 어쩌라는 거야?

"아키요 씨 구직 활동은 어떻게 됐어? 시작한 지 벌써 몇 달이나 지났는데, 괜찮은 회사는 있대?"

"모르겠어. 안 물어봐서."

"왜 안 물어봐?"

"닦달하기 싫어서. 노력하고 있다는 건 아니까."

"하지만 류다이도 힘들잖아? 계속 소파에서 자고 있지? 아무리 소파베드라고 해도 몸이 쑤실 거 아니야?"

"지금은 소파에서 안 자. 침대에서 자고 있어."

"뭐? 무슨 소리야? 아키요 씨는 어디에서 자는데?"

굳이 거울로 보지 않아도 얼굴이 새하얗게 질린 게 느껴졌다.

"소파. 여기저기 몸이 쑤시기 시작해서 바꿨어."

"하지만 침대는 지금 아키요 씨가 쓰는 다다미방 안에 있지? 잘 때는 그 방에 들어간다는 말이야?"

"응."

이런 식으로 두 사람의 경계선이 모호해지는 것이리라. 하지만 함께 산다는 건 그런 뜻이다. 가족 같은 거니까.

"그만 됐지? 듣고 있자니 머리가 아파. 나도 굉장히 스트레스가 심하단 말이야."

"스트레스? 왜?"

"아니, 아무것도 아니야."

류다이가 입을 다물고 고개를 숙였다. 류다이에게 스트레스를 주기 싫어 지난 두 달 가까이 류다이와 있을 때 아키요 씨 이야기는 한 마디도 하지 않았다. 그런데 어째서 류다이가 스트레스가 심하다는 걸까? 확실히 자세히 보니 누적된 피로가 얼굴에 드러나 있었다. 류다이도 아키요 씨와 오래 지내는 생활에 지쳤는지 모른다.

류다이도 처음에는 아키요 씨를 잠깐 동안만 재워줄 것처럼 말했으니, 이런 사태는 예상하지 못했는지 모른다. 불평을 하고 싶지만 자기가 꺼낸 말이니 참고 있는 건지도 모른다. 손으로 이마를 짚고 눈을 꾹 감고 있는 류다이는 처음 만났을 때보다 두 살은 더 나이 들어 보였다. 나는 류다이를 이렇게까지 피폐하게 만든 적이 없다.

"알았어. 류다이도 힘들겠다. 게다가 둘 다 바쁘니까 이브에도, 크리스마스 당일에도 과연 여유가 있기나 할지 모르겠어. 만날 수 없으면 그런가 보다 해야지."

그만 허세를 부리고 말았다. 결국 류다이하고는 서로 결론을 내리지 못하고 크리스마스이브를 맞이했다.

*

설날만큼이나 거대한 이벤트로 성장한 크리스마스는 그해의 성적표 역할도 겸하고 있다. 올해를 충실하게 보내고 사람들과 좋은 관계를 맺은 사람들은 시끌벅적 친한 사람들과 즐겁게 크리스마스를 보낼 수 있고, 혼자서도 충실한 하루하루를 보낸 사람이라면 크리스마스에도 혼자 딱히 우울해하지 않고 담담히 보낼 수 있을 것이다. 하지만 외로움을 타면서도 인간관계에 무심했던 사람이나, 나처럼 인간관계에서 생긴 문제를 해결하지 못하고 12월을 맞이한 사람은 최악의 성적표를 받는다.

선물을 사러 백화점을 찾은 행복한 손님들을 하루 종일 상대한 뒤에 집으로 돌아가니 반겨주는 것은 연인이 아니라 정적. 정적은 배반하지 않는다. 직장에서 사람들에게 치여 녹초가 되어 돌아온 나를 언제나 서늘한 모포로 감싸준다. 현관 스위치를 켤 때 오늘도 전기가 제대로 들어오는 이유는 내가 한 사람 몫의 전기세를 매달 꼬박꼬박 납부하고 있으니까. 수도꼭지를 틀면 물이 나오고, 가스레인지를 켜면 가스불이 켜지고, 커피를 마시려고 물을 끓이고, 욕조에 따뜻한 물을 가득 받을 수 있는 것은 내가 꼬박꼬박 수도와 가스요금을 내고 있으니까. 훌륭하다. 내 앞가림도 제대로 할 줄 알고, 사회에 폐도 끼치지 않는다.

크리스마스지만 단칸방은 평소와 똑같다. 어디에도 들뜬 분위기가 없다. 갓 상경했을 때 샀던 작은 트리는 창고 속에 처박혀 있다. 아크릴로 된 전나무 가지에 작은 알전구를 돌돌 감은 트리를 혼자서 바라봤다간 분명 울음을 터뜨릴 테니 옳은 판단이라 할 수 있다. 오늘은 이미 충분히 크리스마스를 널리 팔고 왔으니, 내 크리스마스는 그만 끝내도 이의는 없다. "부러워요, 이렇게 멋진 선물을 사주는 연인이 있다니! 전 크리스마스에도 일뿐인데" 하고 자학하는 영업 멘트를 몇 번이나 썼는지 모른다.

텔레비전도 아마 징글벨이니 산타니 하며 들떠 있을 테니 켜지 않았다. 크리스마스 노래는 괜찮다. 성가나 동요를 빼면 의외로 어두운 가사가 많으니까. 너는 분명 오지 않겠지, 혼자만의 크리스마스이브 어쩌고저쩌고. 외국곡이지만 어차피 혼자니까 눈이나 펑펑 쏟아지라는 가사의 노래도 있다. 하지만 듣기는 싫다. 지금 기분에 너무 딱 맞아떨어져서 우울해지니까. 가족이나 연인과 함께 있는 집에서 들으면 단팥죽에 소금을 뿌리는 것처럼 딱 알맞게 단맛을 조절해주겠지만, 혼자서 들으면 내 얘기가 따로 없다. 백화점 지하에서 사 온 말랑말랑한 수플레 세 개를 테이블 위에 올려놓고 바로 포장지를 뜯어 입 안에 쑤셔 넣었다. 달걀노른자 맛이 진한 커스터드 크림과, 말랑말랑하고 촉촉한 스펀지 빵이 잘 어우러져 일품이다. 평소에는 하나만 먹으면 충분할 정도로 달지만 오늘은 특별한 날이니까.

그 양과자 매장에서 빨간 산타클로스 옷을 입은 아르바이트생들이 다양한 크리스마스 케이크를 팔고 있었지만 못 본 척했다. 몇 년 전에 한 친구가 "어렸을 때부터 꿈꿔왔던 대로, 케이크 하나를 통째로 사서 크리스마스에 자취집에서 혼자 먹었는데 괜히 기분이 우울해져서 반은 남겼어"라고 한 얘기를 잊을 수가 없다.

부스럭부스럭, 현관문 너머에서 신문 배달 때나 들리는 소리가 났다. 하지만 지금은 심야 12시를 앞두고 있으니 신문은 고사하고 전단지도 돌릴 시간이 아니다. 게다가 부스럭거리는 소리는 그치지도 않고 계속 들렸다. 현관의 우편함에 뭘 넣으려는 기척이 복도도 없고 텔레비전도 켜지 않은 집 안에 고스란히 울려 퍼졌다.

빈집털이? 테러? 아니면 그리스도의 생일이니 부디 이번 기회에! 하고 종교 관련 전단지라도 뿌리러 온 걸까? 고타쓰에서 빠져나와 소리를 죽이고 일어선 나는 현관까지 까치발로 다가가 도어렌즈를 들여다보았다.

문 밖에 있는 사람은 류다이였다. 황급히 문을 열었다.

"류다이, 뭐 하는 거야?"

"집에 있었어? 미안, 이것만 전해주고 바로 돌아갈 생각이었어."

동요한 류다이는 우편함에 억지로 쑤셔 넣으려고 했

던, 빨간색과 초록색이 섞인 포장지의 선물 상자를 내게 건넸다.

"그럼 이만."

"잠깐 기다려. 집에 들어왔다 가."

"아니, 불쑥 찾아와서 미안하니 그만 돌아갈게. 문 앞에 서 있었는데 조용해서 쥬리에가 아직 회사에서 안 돌아온 줄 알았어. 선물만 우편함에 넣고 그대로 돌아갈 생각이었어."

텔레비전도 켜지 않고 묵묵히 수플레만 먹고 있었으니 조용하기도 했겠지.

"벨이라도 누르지. 문밖에서 소리가 나서 이상한 사람인 줄 알았잖아."

"스토커인 줄 알았어?"

"응. 하지만 류다이라 다행이야. 혼자 보내는 이브는 외로웠어. 와줘서 기뻐."

솔직한 말과 함께 눈물도 나왔다. 스토킹당할 정도로 사랑받고 싶다. 내 곁에 있어줘, 언제나 날 바라봐줘. 두근거리는 가슴으로 류다이에게 매달렸다. 추운 거리를 걸어와서 그런지 그의 다운재킷은 바깥공기를 품어 차가웠다.

"메리 크리스마스, 쥬리에."

"메리 크리스마스. 말로 하니까 왠지 민망하네."

가슴에 매달린 채로 올려다보니 류다이는 왜 민망한지 이해하지 못하는, 어리둥절한 표정이다. 미국에서 자란 사람은 '메리'라는 말이 민망하지 않은 모양이다.

류다이가 온 것뿐인데 집 안 분위기가 갑자기 밝아졌다. 지금이라면 크리스마스트리도 어울리겠지. 급히 창고 속에 있던 트리를 꺼내 걸레로 먼지를 닦고 테이블에 올려놓았다. 작년에 대충 넣어놔서 그런지 가짜 전나무 잎이 한쪽만 찌그러져 있었다.

"이 트리 누워 있었나봐. 머리가 엉망이네."

그렇게 말하며 잎을 찔러대는 류다이가 어찌나 사랑스러운지. 비좁은 내 방에서 류다이의 몸집은 평소보다 더 크게 보였다. 가구를 하나 더 들여놓은 것처럼 공간이 줄어들었다. 보일러를 켜도 어쩐지 쌀쌀했던 방이 열원이 한 사람 늘었다고 포근해진다. 그 존재감도 너무나 사랑스럽다.

"샴페인이라도 사둘걸 그랬네. 와인밖에 없는데 괜찮아?"

"뭐든 좋으니 일단 앉아봐. 난 쥬리에하고 함께 보낼 수만 있다면 그걸로 족해."

나는 류다이 맞은편에 앉아 줄곧 품에 안고 있던, 류다이가 우편함에 억지로 쑤셔 넣으려 한 탓에 포장지 귀퉁이가 찢어진 선물을 다시 바라보았다.

"이거 뜯어봐도 돼?"

"물론이지. 쥬리에한테 준 거잖아."

새 종이 냄새가 나는 포장지를 뜯어 안에 들어 있는 작은 상자를 열자, 가느다란 사슬의 금발찌가 나왔다. 무심코 고리 부분의 각인을 눈여겨보고 재빨리 18금인지 확인하고 만 게 민망하면서도, 머릿속이 멍해질 정도로 기뻤다.

"고마워! 비쌌지? 내가 갖고 싶다고 말한 거 기억해줬구나?"

좋아하는 소설 속 주인공이 늘 애용하는 발찌를 차고 있는 묘사를 읽고 왠지 부럽다고 류다이에게 말한 적이 있었다. 꽤 오래전 일인데 잊지 않고 기억해준 것이다.

얼른 차보았더니 발찌는 겨울엔 거의 부츠에 가려 눈에 띄지 않는 발목 복숭아뼈 위에서 반짝반짝 빛났다.

"밖에서는 보이지 않는 액세서리라니, 순수하게 나만을 위한 패션 아이템 같아서 너무 멋져. 앞으로 항상 차고 다닐게. 미안해, 오늘 류다이를 못 만날 줄 알고 난 아직 선물 준비 못했는데. 다음에 만날 땐 꼭 줄게."

"괜찮아. 잘 어울리네."

류다이의 커다란 손이 발찌를 어루만졌다. 이 손가락이 서툴게 섬세한 동작을 하는 모습을 보면 언제나 애타고 사랑스러운 마음이 동시에 솟아오른다.

"오늘 자고 가도 돼?"

"물론이지. 내가 오늘 밤 얼마나 류다이랑 함께 있고 싶었는데."

"그랬어? 그럼 1월엔 휴가를 받을 수 있을 것 같으니 어디 가까운 데로 여행이라도 갈까?"

"가고 싶어! 나, 온천이 있는 여관에 가고 싶어."

문득 시계를 보니 벌써 12시가 넘어 이브는 끝나고 25일이 되어 있었다. 진짜 크리스마스. 하지만, 어렸을 때부터도 그랬지만, 아무리 아직 뜯지 않은 선물이 트리 밑에 있어도 크리스마스는 25일 밤에 끝나는 게 아니라 24일과 25일 사이에 끝난다.

나와 류다이는 입술을 포갰다. 그 순간 말로는 결코 전해지지 않는 어떤 감정이 빛을 내며 사라졌다.

*

드라이브를 할 때 조수석에 앉은 애인의 역할은 흐르는 음악의 선곡과 내비게이션 조작, 그리고 운전자의 입에 과자를 넣어주는 일. 그 모든 역할을 좋아하는 나는 오랜만에 여인에서 소녀로 돌아간다. 후진할 때 운전하는 남자의 동작이 섹시하다고 말하는 여자가 많은데, 나는 앞유리로 쨍쨍 비쳐드는 햇빛에 눈살을 찌푸리며 운전석 차양을 내리거나, 그늘로 들어가면 차양을 다시 제자리에 돌려놓는 류다이의 동작이 섹시하다고 생각한다. 별날지도 모르지만 내 마음은 조금 신경질적인 남자의 동작에 두근거린다.

렌터카를 빌려서 찾아간 오쿠타마는 도로가 엄청 막혔다. 큰 도로를 피해 샛길로 들어갔지만 그 길도 막혀서 운전하는 류다이는 짜증을 냈다.

"도쿄에서 차를 타면 정체 때문에 최악이야. 전철로 올걸 그랬나봐."

"그래? 난 너무 즐거운데."

"그야 쥬리에는 운전을 안 하니까 그렇지. 아아, 목이 뻐근해."

빨간 신호일 때 류다이의 어깨와 목을 주물러주자 기분이 좋은지 눈을 감는다.

막히는 길에서 빠져나와 산길로 들어가자 살짝 연 차창 사이로 차가운 산바람이 들어왔다. 주위가 앙상한 나무들의 겨울 풍경으로 바뀌었다. 류다이는 짜증스러웠던 지금까지의 정체를 털어내려는 듯 힘껏 스피드를 내서 커브가 많은 산길을 쭉쭉 올라갔다. 위험하다고 말리고 싶었지만 류다이가 운전을 잘하는 건 알고 있었고, 벌써 세 시간 넘게 정체 속에서 운전을 했으니 이 정도는 봐줘도 될 것 같아 잠자코 있었다. 커브를 돌 때마다 차가 흔들려서, 원심력이 실려 몸이 여기저기로 쏠리는 바람에 멀미가 났다. 하지만 아무 말도 할 수 없어 시트 끝에 머리를 대고 축 처져 있는 사이에 목적지에 도착했다.

우리가 묵을 여관은 다마가와 강 위로 뻗어 있는 가파른 벼랑 위에 위치해 있었다. 여관의 노천 온천부터 여관 밑을 흐르는 웅대한 강, 가을이면 단풍나무로 색색이 물드는 산의 풍경을 볼 수 있어 인기가 많은 곳이다.

"오늘 밤은 여자분만 노천탕을 사용할 수 있고, 내일은 아침부터 남자분이 이용할 수 있습니다."

직원이 설명해준 후 방에서 나가자 류다이는 불평을 늘어놓았다.

"노천탕에 여자만 들어갈 수 있다니, 처음 듣는 소리야. 노천탕 때문에 온 건데."

"하나밖에 없으니까 하루씩 번갈아 사용하는 거겠지. 아침에 목욕해도 아침 해가 비쳐서 기분 좋을 거야."

"나는 오늘 밤하고 내일 아침, 못해도 두 번은 들어갈 생각이었단 말이야."

목욕을 좋아하는 류다이는 재빨리 입욕 준비를 마치고 욕탕이 있는 1층으로 내려가 노천탕 마크가 붙어 있지 않은 남색 포렴 뒤로 들어갔다. 나는 붉은색 포렴 뒤로 들어갔다. 저녁이라 아직 사람이 별로 없는 목욕탕에서 몸을 씻고, 거품탕이니 대욕탕이니 하는 실내 욕탕은 쳐다보지도 않고 노천탕으로 향했다.

하늘 밑에 있는 암반탕은 사방이 뚫려 있고 굵은 나무 기둥만 네 개뿐이라 이렇게 높은 곳까지 콸콸 흐르는 물소리가 들리는 다마가와 강을 굽어볼 수 있었다. 욕탕 끝에 팔을 걸치고 경치를 바라보니 저 멀리 산과 산을 잇는 작은 붉은색 철교가 보였다. 자연 속에서 페인트로 칠한 붉은색이 선명하게 도드라졌다. 뜨거운 물은 물론 내 몸에서 내뿜는 김이 강렬한 힘과 살아 있는 증거처럼 느껴지고, 알몸으로 자연에 둘러싸여 있는 탓도 있어 야성적인 기분이 들었다.

"좋구나."

물은 매끄럽고 뜨거웠다. 집에서 데우는 물과는 달리 온천수는 특유의 강도가 있다. 굳은 몸이 살살 녹는다. 누가 주물러주기라도 한 것처럼 등 근육이 풀려 평소보다 몸을 쭉쭉 뻗을 수 있었다. 일할 때 늘 하이힐을 신고

서 있기 때문에 굳은살이나 찰과상이 잔뜩 있는 다리에 뜨거운 물의 황산 성분이 스며들어 따끔거렸다.

노천탕에는 나밖에 없었다. 조금만 독점해야지. 엎드려서 손으로 욕탕 바닥을 짚고, 다리를 뻗어 몸을 물에 띄운 다음 손으로 걸어보았다. 욕탕 바닥은 바위라서 만져보니 의외로 까끌까끌했다. 밖에서 들리는 강물 소리 때문인지 강에 사는 정체불명의 양서류가 된 기분이다. 온천은 발가벗어도 된다는 점이 좋다. 전부 벗어던지고, 온갖 연령대의 여자들의 알몸을 바라보며 목욕을 즐길 수 있다. 유리문 너머로 하얀 수건으로 앞을 가리고 천천히 실내 대욕탕에 몸을 담그는 여자를 몰래 쳐다보았다. 여탕은 좋다. 열기 때문에 복숭앗빛으로 물든 여자의 엉덩이나 목덜미는 같은 여자 눈으로 봐도 왠지 섹시해서 시선을 빼앗기고 만다.

류다이는 지금쯤 노천탕을 부러워하면서 몸을 씻고 있겠지? 왠지 머리를 감고 있을 것만 같다. 남탕에 비치된 샴푸를 듬뿍 써서 머리를 벅벅 감는 류다이의 모습이 눈에 선하다. 이건 분명 텔레파시겠지? 서로 이어져 있는 사람들 사이의 텔레파시. 떨어져 있어도 서로의 일을 자연히 안다.

오쿠타마는 같은 도쿄 안이지만 우리 생활권에서 조금

떨어진 곳이다. 우리가 아키요 씨하고 멀리 떨어져 있다는 사실이 기뻤다.

기대했던 식당에서의 코스 요리는 메뉴는 엄청나게 많았지만 실제로는 양도 종류도 평범했다.

"이 법련초 국화 나물이라는 거, 이름은 거창하지만 그냥 시금치를 참깨랑 된장으로 버무린 거 아냐?"

류다이가 하는 귓속말에 그만 웃고 말았다. 장인이 만들어 하나하나 다른 모양과 색감으로 작은 접시에 올라온 요리는 죄다 한입에 쏙 들어가는 것들뿐이라 욕탕에서 체력을 다 써버리고 허기진 우리 성에는 차지 않았다.

메인 요리인 멧돼지고기 전골을 끓이려고 종업원이 작은 고체 연료에 점화기로 불을 붙였다. 종업원이 멧돼지고기는 붉은색이 남아 있어도 먹을 수 있다고 하기에 일찌감치 젓가락으로 고기를 건져 먹어보니 달콤하고 부드러웠다. 냄새도 전혀 없고, 소고기나 돼지고기와는 달리 어딘지 야성적인 풍미가 나지만 맛있었다. 곁들여 나온 채소나 팽이버섯과도 잘 어울렸다.

"멧돼지고기는 처음 먹어보는데 쫄깃하고 맛있네."

류다이는 코스 마지막에 나오는 밥을 먼저 갖다달라고 해서 전골을 반찬 삼아 쌀밥을 먹었다.

다음으로 나온 민물고기 소금구이도 맛있어 그럭저럭

만족스러웠다고 평가하고 방으로 돌아가니 종업원이 이미 찻상을 구석으로 치우고 이불을 깔아놓은 뒤였다. 여관은 다양한 서비스를 해주는데 개인적으로는 이부자리를 깔아주는 이 서비스가 제일 기쁘다. 목욕하고 밥을 먹고 돌아오면 이미 이불이 깔려 있다. 당연한 광경인데도 장지문을 열 때마다 어째선지 늘 깜짝 놀라고 굉장히 호사스러운 기분이 든다.

저녁 식사 전에 편의점에서 사 냉장고에 넣어두었던 맥주를 마시면서 트럼프로 부자 게임*을 했다.

"둘이서 하니까 시시하네."

두 번 연달아 진 뒤에 류다이는 카드를 내던지고 다다미에 벌렁 드러누웠다. 맥주를 큰 캔으로 네 개나 비워서 그런지 꽤 취한 듯했다.

"쥬리에, 다음엔 져줘."

"응, 좋아. 무슨 게임 할래?"

"농담이야. 트럼프는 그만하자. 억지로 이겨봤자 재미없어."

류다이는 조금 부루퉁한 얼굴로 일어나서는 트럼프는

---

* 우리나라의 원카드와 유사한 트럼프 게임으로, 플레이어 전원이 카드를 나누어 갖고 일정한 규칙에 따라 카드를 버리는 게임. 첫 번째 게임의 결과로 부자, 평민, 거지를 정하고 이후 거지가 선을 잡는다.

쳐다보지도 않고 고개를 홱 돌리고 창을 열더니 밤바람을 쐬었다.

"류다이는 일본 트럼프 게임을 거의 해본 적이 없으니 질 수도 있지. 다음엔 미국 게임을 할까? 규칙 알려줄래?"

"쥬리에는 정말 너그러워. 의외로 다소곳하고 다정하고."

"그건 류다이 얘기지. 다정하고 정의감이 강하고. 너무 강할 정도야. 신념을 굽히지 않지. 좀 난처할 때도 있지만 남자답다고 생각해."

"난 그렇게 훌륭한 남자가 아니야. 쥬리에는 착각하고 있어."

"어떻게 착각하고 있는데?"

"설명하고 싶지 않아. 실망할 테니까."

"실망 안 할 테니까 말해줘."

"난 나를 강한 남자라고 생각하고 싶은 거야. 실제로는 그렇지 않다 해도. 그러니까 정의감이 강한 게 아니야."

아키요 씨의 이름은 나오지도 않았는데 어쩐지 나도 류다이도 아키요 씨를 떠올리며 이야기하고 있다는 걸 어렴풋이 느꼈다.

류다이의 뒤로는 창문이 활짝 열려 있고, 가로등이 없어 깜깜한 산의 밤하늘이 펼쳐져 있다. 정말 바깥공기를 좋아하는 사람이다. 카페에서는 테라스에 앉으려 하고, 틈만 나면 산책을 하고, 집에 돌아가면 바로 창문을 여는 내 연인. 책상다리를 하고 앉아 유카타 옷깃이 흐트러진 류다이. 어느덧 자라서 귀를 덮은, 드라이어로 대충 말렸는지 조금 푸석한 머리카락. 취기로 몽롱한 눈은 붉게 물들었다.

나는 류다이를 정확하게 보지 못했던 건지도 모른다. 미국에서 살다 왔네, 겉모습이 늠름하니 남자답네, 멋대로 만들어낸 필터를 통해서만 그를 이해했던 건지도 모른다. 아키요 씨를 집에 들인 것을 그의 사상, 신조 때문이라고 생각했지만 어쩌면 거부할 수 없는 감정 때문인지도 모른다. 독점욕이라고 부르는 종류의.

정의감이 없어도, 강하지 않아도, 언젠가 진심으로 류다이의 모든 면을 좋아한다고 말할 수 있는 사람이 되고 싶다. 진실한 그를 좀 더 자세히 알고, 그러면서도 온전히 사랑하는 것이 분명 진정한 사랑이니까.

새벽녘, 희미한 소리에 눈을 뜨니 류다이가 가방 앞에 앉아 짐을 뒤적이고 있었다.

"류다이, 벌써 일어났어?"

"잘 잤어? 나 목욕 다녀올게. 쥬리에는 어떻게 할래?"

"난 조금 더 잘래."

"알았어. 그럼."

"다녀와."

목욕도구를 들고 방에서 나간 류다이의 발걸음이 복도를 지나 멀어져간다. 발소리가 완전히 사라지자 나는 방금 전까지 졸고 있던 사람 같지 않게 민첩한 동작으로 벌떡 일어났다. 이불이 내 어깨에서 툭 떨어졌다. 어제부터 내내 이 기회를 노리고 있었다.

재빨리 문으로 다가가 문을 잠그고 체인을 걸었다. 이로써 혹시나 류다이가 돌아와도 시간은 벌 수 있다. 체인까지 건 이유를 물으면 여관이라 어떤 사람이 묵고 있는지 모르고, 혼자 있다 보니 왠지 무서워서 그랬다고 하면 되겠지. 신중하게 창문까지 닫아 외부를 완전히 차단한 뒤에 찻상 옆에 놓인 류다이의 여행 가방으로 다가갔다. 떨리는 손으로 지퍼를 열고 속을 뒤지자 손끝에 딱딱하고 차가운 감촉. 있다, 있어! 역시 류다이는 목욕하러 갈 때는 들고 가지 않았던 것이다, 휴대전화를.

류다이의 손안에 있거나, 테이블에 방치되어 있는 그의 휴대전화는 지금까지 몇 번이나 보았지만 내 손에 그의 휴대전화를 넣은 건 이번이 처음이었다. 검은 사각형, 소중히 다룬 듯한 그 기계는 내 손에는 맞지 않아 내가 진짜 주인이 아니라고 주장하고 있었다.

여행이 즐거운 것도, 어젯밤 류다이의 약한 면을 알고 그의 전부를 사랑할 수 있는 사람이 되고 싶다고 생각한 것도, 몸을 겹치고 오랜만에 그의 살갗의 온기에 사랑이 깊어진 것도 사실. 하지만 그건 그거고 이건 이거다. 결백하다면 정말 결백한지, 잘못을 저질렀다면 정말 잘못을 저질렀는지, 내가 모르는 세계를 확인해보자 이거야. 자, 새로운 세계의 문을 열어보자. 어떤 변명도 통하지 않을 비겁한 방법으로.

떨리는 손으로 폴더를 열자 뼈가 삐걱거릴 때처럼 빠각 소리가 났다. 그것만으로도 가슴이 벌렁거렸다. 휴일이면 반드시 요요기 공원에 출몰하는 사람이 연주하는, 원시적이고 규칙적인 북소리가 귓가에 들렸다.

류다이가 언제 돌아올지 모른다, 서둘러서 나쁠 건 없다.

류다이의 휴대전화를 건드리는 건 처음이다. 내 휴대전화와는 기종이 달라 조작 방법도 완전히 달랐지만 긴급사태라 그런지 야성의 감이 작용해 어느 단추를 누르면 정보를 끄집어낼 수 있는지 정확하게 알 수 있었다. 나는 10초도 지나지 않아 류다이의 휴대전화를 완벽하게 조작할 수 있게 되었다.

비밀번호가 걸려 있지 않은 휴대전화는 단추 하나만 눌러도 리본 끝을 잡아당긴 것처럼 술술 풀렸다.

From 아키오

〈머리로는 이해하지만 역시 쓸쓸해. 자기야, 빨리 돌아와.〉

빛나는 액정 화면의 수신 목록에 눈길을 빼앗겨 숨을 삼켰다. 발신인에 표시된 이름은 어제까지 '아키요'만으로 가득했다.

아키요 씨의 가장 최근 문자는 어제 저녁 5시에 보낸 것으로, 그 전 문자도, 전전 문자도 아키요 씨가 보낸 것이었다. 내용은 하나같이 거의 똑같아서, 쓸쓸하다, 만나고 싶다는 말을 쉴 새 없이 반복하고 있었다. 매일 한집에서 자면서 류다이가 여행 때문에 고작 하루 외박하는 걸로 이 야단이라니.

류다이는 문자에 답장을 보내지 않았지만 어제 우리가 코스 요리를 다 먹었을 즈음 아키요 씨에게 전화를 건 발신 이력이 있었다. 그러고 보니 방으로 돌아온 류다이가 맥주를 사 오겠다며 밖으로 나간 적이 있었다. 마냥 기다렸는데 좀처럼 돌아오질 않았다. 한참 만에 돌아온 류다이는 편의점이 생각보다 붐볐다고 했다. 그건 거짓말이고, 아키요 씨에게 전화를 했던 모양이다.

아무리 연인이라지만 절대 발을 들여놓아서는 안 되는 사적인 영역을 헤집고 있다는 죄책감과, 아키요 씨에 대한 질투, 지금까지 줄곧 궁금했던 두 사람의 관계를 겨우 엿볼 수 있다는 해방감이 탁류가 되어 망설임을 밀어냈다. 머리는 어질어질했지만 손가락만은 감정 없이 꾹꾹 버튼을 연타해 수신 리스트를 내렸다. 휴대전화 버튼을 꾹꾹 눌러 엄청난 속도로 문자를 읽어내려갔다.

From 쥬리에
<생일 축하해!
스물여덟 살의 류다이와 함께 있을 수 있어 행복해.
아직 사귄 지 오래되진 않았지만 앞으로도 잘 부탁해.
오늘 밤은 8시에 에비스 역 개찰구에서 만날까?>

From 아키오
<Happy birthday 자기야!
작년 생일은 로스앤젤레스의 리틀 도쿄에서 보냈지. ^^
참 즐거웠는데~!
주고 싶은 게 있으니 만나고 싶어☆
Hug, Akiyo ◇◇ >

6월 22일, 류다이의 생일에 나와 아키오 씨가 보낸 문자. 생각해보면 나는 그 무렵이 가장 행복했다. 하지만 그때부터 이미, 아니, 내가 류다이와 사귀기 훨씬 전부터 아키요 씨의 공격은 내가 전혀 알지 못하는 곳에서 류다이를 향하고 있었던 것이다. 아키요 씨는 이미 헤어졌으면서 류다이에게 하루에 한 통 꼴로 문자를 계속 보내고 있고, 류다이 역시 가끔 답장을 하고 있다.

그리고 아키요 씨가 류다이 집에 얹혀살게 되었을 때 내가 보낸 문자.

From 쥬리에

〈카페에서 얘기한 뒤로 계속 고민했어.

당신 집에 아키요 씨가 산다는 사실은, 생각할수록 힘겹고 괴로워.

내가 힘들다고 하면 류다이는 괜히 의심하지 말라고 하겠지만, 상스러운 상상 때문에 괴로운 게 아니라 사실 그 자체가 괴로운 거야.

하지만 류다이 마음도 이해해.

어떻게 해야 좋을지…….〉

From 아키요

〈오늘 이케아에서 욕실 매트를 구경하고 왔어♪

진짜 귀여운 게 있지 뭐야!

덜컥 사버렸는데 욕실이나 화장실에 깔아도 될까?

허락해줘~ ♡♡〉

From 쥬리에

〈류다이, 오랜만!

드디어 9월이다 싶은데 아직도 덥네.

더위에 지치진 않았어?

출근 전에 하늘을 올려다보니 맑은 가을 하늘에 비늘구름이 떠 있었어.

너무 예뻐서 조금 힘을 얻었어!

사진 찍었으니까 보낼게.〉

From 아키오

〈미안, 우편함에 열쇠 넣는 거 깜빡했어 ⌒,

점심시간에 자기 회사로 가서 전해줄게~ 점심 같이 먹자 ^-^

일식 먹고 싶어☆〉

From 아키오

〈오늘, 저녁밥 집에서 먹을 거야?〉

From 아키오

〈9시 반이지? 알았어☆

된장국 데워놓을게!〉

From 아키오

〈아이 참, 언제 올 거야?

외박할 땐 연락해줘 ♥ෙ

어디서 자지 말란 소리는 절대 안 할 테니까!

다만 연락은 꼭 해줘☆〉

From 아키오

〈어제 왜 잠자코 있었어?

목욕물도 자기만 씻고 먼저 빼버리고 말이야.

어른스럽지 못해.)ㅅ(〉

From 쥬리에

〈오랜만! 요새 연락이 없는데 잘 지내고 있어?

어젠 회사에서 돌아오는 길에 영어학원에 들렀어.

원어민 선생님하고 개인적인 얘기를 나눴는데 즐거웠어!

역시 나라마다 사람들 사고방식은 다른가봐.

류다이하고 사귀려면 나도 더 배워야겠지?

그나저나 류다이나 류다이네 가족은 기독교야? 아니면 불교?〉

From 아키오

〈자기야, 어젠 정말 고마웠어. ෙ

솔직하게 말해줘서.

울음을 터뜨린 날 다정하게 안아줘서.

자기도 힘들었지?

이젠 절대로 절대로 자기 탓하지 않을게.

그냥…… 좋아하는 마음은 변함이 없어. ❤

이 따뜻한 마음만은 어떻게 해도 버릴 수가 없어~〉

From 쥬리에

〈메리 크리스마스!

24일이 진짜인 것 같지만 사실은 오늘이 진짜 크리스마스. 후후.

어제는 고마웠어!

발치는 당연히 차고 출근했어.

옷을 갈아입을 때 예리하게 눈치챈 후배가 칭찬해줬어. 후후.

나도 곰곰이 생각해서 고른 선물을 줄 테니까 기대해.

정말 고마워.〉

From 아키오

〈어젠 너무 마셨나봐~ ´;

숙취 때문에 메슥거려.

하지만 케이크 참 맛있었지☆

크리스마스를 함께 보낼 수 있어서 정말 기뻤어!

내년에도 우리, 분명 함께 있겠지? ◇◇〉

문자를 읽다 보니 류다이가 마치 슈퍼맨 같았다. 두 여자 사이를 이렇게나 깔끔하게 오가다니 용하기도 하다. 경이로운 체력이다. 피곤하다, 피곤하다 하더니 그야 피곤하기도 하겠지. 생일이나 크리스마스 같은 기념일은 거의 분 단위 스케줄로 보냈다. 두 여자의 환심을 사느라 딱하기도 하지. 류다이는 이렇게까지 해가며 대체 뭘 지키고 싶은 걸까?

From 아키요

<어제는 참 많은 얘기를 했지☆

어째서 자기 여자친구는 자기를 탓하는 거야? ⌒

난 모르겠어.

괜찮아~

자기한테는 자기를 너무너무 좋아하는 내가 있잖아.♡♡>

From 아키요

<어젯밤은 멋대로 이불 속에 들어가서 미안해.˘ͧ

함께 있는데 따로 자는 게 쓸쓸해서.

그렇잖아, 좀 이상한걸.

자기도 사실은 그렇게 생각하지?

그래도 줄곧 머리를 쓰다듬어줘서 고마워.>

이불 속에 들어갔다고? 역시 그 여자, 반칙을 했구나. 처음부터 정정당당하다는 개념을 가진 여자가 아니었다. 겉과 속이 다르지 않은 대신 규칙도 하나 없다. 발신함을 열어 류다이가 보낸 답장을 쭉 훑어보니 아키요 씨가 보낸 문자에는 항상 퉁명스럽게 짧은 답장만 하는데, 이 문자에는 답장을 보내지 않고 어젯밤처럼 문자를 받은 후 바로 전화를 걸었다. 어떤 대화를 나누었는지 궁금했지만 통화 내용까지는 훔쳐볼 도리가 없다. 중요한 대화는 문자가 아니라 전화나 직접 만나서 끝낸다는 점에서 류다이의 떳떳하지 못한 마음이 엿보였다.

From 아키요

〈자기 마음이 지금 내게서 떨어졌다는 건 알아.

하지만 난 기다릴 거야.

자기 마음이 돌아올 때까지.

언제까지나 자기를 좋아할 거야.

누구보다 자기를 행복하게 해줄 자신이 있으니까☆

기다리는 동안 자기가

깜짝 놀랄 정도로,

멋진 여자가 될 거야!

사랑해! ♡♡〉

머리가 지끈거려 문자 읽기를 그만두었다.

류다이의 휴대전화 문자함에서 보이는 건 류다이와 아키요 씨가 사귀었던 긴 세월뿐이었다. 내 존재는, 비늘구름 사진은, 아키요 씨가 보낸 대단히 친밀한 문자에 완전히 파묻혀 있었다. 아키요 씨의 문자에 내가 튀어나온 건 딱 한 번뿐. 이름도 아니고 '여자친구'라고 부르고 있었다. 아키요 씨 안에 마치 나는 존재하지도 않는 듯했다.

류다이가 아침 목욕을 마치고 상쾌한 모습으로 돌아왔을 때, 나는 다시 이불을 둘둘 감고 있었다. 휴대전화는 이미 제자리에 넣어둔 뒤였다.

아야하가 의심했던, 둘이서 잠자리를 함께 하고 있다는 증거는 문자로는 찾을 수 없었다. 하지만 육체관계의 증거보다도 더 농밀한 관계를 엿보고 말았다. 아키요 씨에게 '자기야'라고 불리는 류다이는 그녀 앞에서 어떤 얼굴일까? 화가 나면 멋대로 욕조 마개를 뽑아버려 아키요 씨에게 어른스럽지 못하다는 말을 듣는 류다이, 나는 지금까지 한 번도 그런 식으로 행동하는 류다이를 본 적이 없다. 이불 밑에서 슬그머니 훔쳐본 그는 지금까지와 또 다른 남자로 보였다.

류다이와 함께 온 여행은 오늘 밤이면 끝난다. 그는 또다시 아키요 씨가 있는 집으로 돌아간다.

*

　자, 뭔가 기분 전환을. 아니, 기분이 아니라 내 인생을 바꿀 만큼 압도적으로 후련한 전기 충격급 전환을. 여행도 갔겠다, 온천에도 들어갔겠다, 기분 전환은 얼마 전에 한 게 분명한데, 그 여행지에서 또 스스로 스트레스를 가져오다니 이게 무슨 꼴이람? 류다이의 휴대전화 수신함 속에서 본 엉뚱하기 짝이 없는 내 문자에는 두 손을 들 수밖에 없었다. 비늘구름이 예쁘다고? 웃기지도 않지, 연인이라기보다 친척 아주머니 같은 친근함이다. 잊고 싶은데 자꾸만 몇 번이고 머릿속에 재생된다. 매순간마다 뭔가가 머릿속에 떠오른다는 건 말이 멋지지, 손님을 대할 때나 양치질을 할 때나 내가 보낸 문자가 생각나 비명을 지르고 싶어지다니, 정신 나간 행동에도 정도가 있다.

　아플 정도로 술을 마시고, 바람을 피우고, 날뛰어볼까? 콜라도 탄산이 목구멍을 자극해 아픈 것처럼, 아플 정도가 아니면 기분이 풀리지 않는다. 목구멍 속의 오열 덩어리를 녹이기 위해, 펄펄 끓는 질투에서 달아나기 위해 행운을 기원하는 주문을. 나와 똑같은 키, 똑같은 몸무게에 새틴 리본을 목에 두른 곰인형을, 산속 기념품 가게에서 파는 눈물점이 있는 우스꽝스러운 표주박 부적을 나에게

주세요. 그 부적에 불을 붙여 연기를 하늘로 돌려보내면 지금 품고 있는 모든 문제, 재난에서 해방될 거예요. 지금 이 순간, 신경이라는 이름의 이 차가운 얼음가루에 마취라는 붉은 시럽을 뿌려 마구 퍼먹는 짓을 빨리 멈추지 않으면 나는 살아 있는 시체가 되고 말 거야.

하지만 내 인생이 미쳐버렸다는 건 절대 인정할 수 없다. 누구의 인생도 분명 적당하게 미쳐 있겠지만, 미쳤다는 건 망신거리니까 다들 감추고 있을 뿐. 그야 사람도 원래 동물이니 이성만으로 매일 통제할 수는 없다. 술을 마실 때만 비틀거리며 실실 웃는 건, 죽을 정도로 짧은 치마를 입고 역 계단에서 자기보다 아랫단에 있는 사람들이 전부 자기 팬티를 들여다보는 상황에서도 패션이라고 주장하는 건, 자기보다 입장이 약한 사람에게만 성희롱을 하거나 만원 전철처럼 들키지 않을 장소에서만 엉덩이를 주물러대는 건, 욕망은 비정상이라 해도 행위는 꼭 숨을 곳을 준비해놓아 정상의 영역을 벗어나지 않았다고 안심하고 싶으니까.

일상 속에서, 가령 대낮에 집에서 잠옷을 입고 우동을 먹을 때 갑자기 진심으로 내가 미쳤다는 걸 인정할 수 있다면 뭔가에서 해방될 텐데, 일상을 지키기 위해 목숨을 걸고 놀기를 포기한 겁쟁이들, 더없이 가련하도다. 알몸으로 거리를 달리고 싶어도 체포되면 어쩌나 걱정돼서 결국 그만두다니. 젖꼭지가 차가운 공기에 닿아 딱딱하게 굳는 감각이 얼마나 기분 좋은지도 모르고 평생을 살아야 하다니. 헛일이다. 생명의 연쇄 끝에 있는 우리의 장절하고도 헛된 오페라다.

그렇지만 해방된 사람들의 눈동자를 상상하니 무서워서, 그런 사람하고는 절대 친구가 되고 싶지 않다. 1분도 얘기하고 싶지 않고, 그 사람이 벌거벗고 있다면 파출소로 뛰어들어가 역시 튼튼한 수갑을 채워달라고 하겠지.

나는 이성적인 인간을 사랑한다. 나는 돌발적인 분노도, 의미 없는 웃음도, 밑 빠진 슬픔도, 벌거벗은 신경을 직접 망치로 힘껏 두드려야만 얻을 수 있는 환희도 사랑하지 않는다. 별 의미 없는, 그저 친절함만 깃든 미소가 나를 적당히 치유해준다. 그러니 제발, 딱 그 미소만큼의 일상으로 돌아갈 때까지만.

비명을 지르면 될까? 머리카락을 자르면 될까? 정수리만 남겨놓고, 그러니까 도깨비로 치면 뿔이 난 부분만 남겨놓고 나머진 싹 밀어버린 다음, 날 때부터 양 갈래 머리였다고 해볼까?

머리를 잘라 후련해졌다고 하면 더러움을 씻어낸 것 같아 귀에는 듣기 좋지만 사실은 그저 자해 행위다. 과거가 들러붙어 있는 자기 모습을 싹둑 잘라내어 새롭게 다시 태어나고 싶다는 강한 바람이다. 즉 지금까지의 자신을 전면 부정하는 꼴이니 머리카락을 자른다는 건 일상적인 생활 같지만 사실은 대단히 커다란 자기부정이기도 하다. 변하고 싶다는 강한 바람을 실행하는 건 지금까지의 자신을 죽여버리고 싶다는 간절한 소망의 표현이다. 머리카락에 피가 통하지 않는 덕에 목숨을 구한 여자가 얼마나 많은지 모를 것이다.

머리카락은 절대 안 자를 테야. 우리 브랜드에 어울리도록 얼마나 열심히 기르고 다듬은 머리인데. 염색도 지난주에 했단 말이야. 머리카락을 손보기 전에 30분 상담을 해주는 스타일리스트가 어떤 색으로 염색하고 싶은지 묻기에 고민 끝에 세실 같은 색으로 해달라고 중얼거렸다. 그게 무슨 색이냐고 바로 되물을 줄 알았는데 미용사는 생긋 웃으며 "모델 말씀이시죠? 인터넷으로 검색해볼 테니 잠깐만 기다려주세요" 하고 자리에서 일어서려 했다. '아니, 아니에요. 딱히 모델은 없어요. 세실처럼, 세실 같은 머리색으로 해주세요. 아몬드를 씹고 있는 세실의, 아니, 아몬드색이라는 게 아니라 앞니로 아몬드를 씹으면서 창가에 서 있는 쇼트커트의 프랑스 여자 머리색인데요. 아니, 사진은 없고 그냥 이미지예요. 세실은 마로 짠 긴 스웨터와 소년 같은 반바지를 입고, 지루한 눈빛으로 밖을 바라보며 한쪽 무릎을 세우고 손톱을 물어뜯듯이 아몬드를 씹고 있죠. 여기까지 말했는데도 모르겠어요?' 이런 말은 차마 하지 못하고, 미용실에 있던 헤어스타일 잡지에서 내 마음속 세실의 머리카락 색에 가장 가까운 색을 찾아내 부탁했다. 한 가지 컬러가 아니라 하이라이트도 블리치도 넣어 깊이 있는 색조로 완성된 헤어스타일에 나는 만족했다. 그러니까 절대 자르지 않을 테다.

마음에 드는 헤어스타일. 담배와 마찬가지로 내가 지키겠다고 결심한 것을, 아키요의 출현으로 바꾸는 것만은 절대 용납할 수 없다. 비록 아키요가 류다이의 이부자리에 파고드는 영상이 몇 번이나 머릿속에서 재생된다 해도 아무도 내게서 머리카락을 빼앗아갈 수는 없다. 그렇다, 그 누구도.

대신 발끝이 해져 못 신게 된 검은 재즈슈즈에 커터를 꽂아 끝을 잘라내 샌들로 만들었다. 마이클 잭슨이 어렸을 때 신었을 법한 검은 재즈슈즈는 산양 가죽으로 만든 거라 일단 실외용으로 판매된 제품이지만 실제로 신어보니 금방 가죽이 상해서 닳아버렸다. '그야 난 춤을 위한 구두니까'라고 말하는 듯한 이기적인 영혼을 높이 사서 구입했던 신발이지만 역시 금세 못 신게 된 건 분했으니까 리폼해줬다.

하지만 잘라낸 구두에 발을 넣어봐도 브라운골드 매니큐어가 군데군데 벗겨진 발끝이 보일 뿐, 기발한 디자인에는 한발 못 미치는 평범한 샌들로 전락하고 말았다. 글래디에이터 샌들이나 본 샌들처럼 시장에는 기발한 구두가 잔뜩 나오는데, 이 구두는 디자인조차 참신하지 않다. 내년 봄에 이 수제 샌들이 유행한다고 잡지에 실린다면 매장에서 몇몇 손님은 사갈 법한 제품이다. 만일 매장에 내놓는다고 해도 지금까지 유행했던 구두 중 최저 랭크의 디자인이니 나는 별로 권하지 않겠지만.

"에이, 이젠 못 신겠네."

현관에 주저앉아, 구두 밖으로 튀어나온 발끝을 바라보며 중얼거린 내 목소리가 너무나 기계음 같아 소름이 끼쳤다. 하지만 실제로는 미치지 않았다. 쉽게 미칠 수 없으니 괴로운 것이다.

구두를 버리기까지의 10초 동안 가만히, 튀어나온 발끝을 바라보고 있었다.

이것 봐요, 아키요 씨. 일자리는 이제 찾았어요?

　돌격, 개시! 다시 시작하자! 딱히 아키요하고 싸우고 싶은 건 아니다. 류다이를 몰아세우려는 것도 아니다. 두 사람은 각자의 의지로 함께 살고 있으니, 나도 내 의지로 두 사람이 사는 집에 쳐들어간다. 그저 그뿐이다. 모두 하고 싶은 대로 하면 그만인 것이다. 나만 참을 필요는 없다.

　아키요는 정말 너털웃음이 나올 정도로 자기밖에 모르는 여자다. 나라는 애인이 있다는 걸 알면서도, 류다이에게 수작을 걸고 있다. 류다이와 함께 살면서 나보다 류다이와 함께 있는 시간이 긴데도, 쓸쓸하다느니 보고 싶다느니, 급기야는 사랑한다는 문자까지 보냈다. 역시 아키요는 류다이가 생각하는 그런 타입의 여자가 아니다. 동성인 내가 보면 참으로 뻔뻔한 여자다. 게다가 선수다. 그 여자는 사악한 민폐녀, 백치의 탈을 쓴 얄미운 인간이다. 나도 질 수만은 없지. 그렇다고 해서 딱히 싸우고 싶다는 건 아니다. 류다이 집에 언제까지 들러붙어 있을 건지 물어보려는 것뿐. 당연히 친구에게 같이 가달라고 하지 않고, 나 혼자서.

　하지만 역시 류다이에게 혼날까봐 무서워서, 류다이가

아직 회사에서 돌아오지 않았을 퇴근 전 저녁 시간에 그의 아파트를 찾아갔다. 류다이가 벌써 돌아와 있으면 현관에 발 한쪽 들여놓지 못하고 쫓겨날지 모른다. 그러면 미치도록 분하겠지. 류다이 집에서 자는 아키요와, 집에도 들어가지 못하는 나. 그 불공평한 처지를 아키요 앞에서 드러내고 싶지 않았다. 게다가 류다이는 이번 사건의 주인공이긴 하지만 지금의 내게는 이미 아무래도 상관없는 존재였다. 나는 아키요하고 대화하고 싶은 것이다.

얄팍한 문 너머에서 텔레비전 소리가 들린다. 역시 아키요는 있었다. 아직 초저녁인데 일자리를 찾아 면접을 보러 다니지도 않고, 집에서 뭘 하고 자빠진 거야? 그 답은 문 옆의 환기팬에서 새어나오는 저녁 식사의 향기가 말해주었다.

벨을 누르자 아키요는 집 안에서 "네에" 하고 대답하더니 또 조심성 없게 인터폰도 받지 않고 문을 벌컥 열었다.

"어머나, 쥬리에 씨?"

"……제가 또 왔어요."

헤헤거리고 살살 웃으며 어색한 분위기를 얼버무리려 했지만 잔뜩 굳은 아키요의 표정을 보니 순간 내가 빚쟁이라도 된 기분이었다. 기일을 어기고 곤궁에 처한 고객 집에 쳐들어온 독촉꾼. 남의 행복을 송두리째 빼앗아가는 밉상.

"불쑥 찾아와서 미안해요. 지금 잠깐 괜찮아요?"

"아, 지금은 정리를 못해서."

아키요가 허둥지둥 내 뒤를 쫓아왔다. 복도를 지나 거실에 발을 들여놓은 순간 입이 떡 벌어졌다. 류다이의 집은 완전히 변해 있었다. 전에 왔을 때와 완전히 딴판이다. 전에는 다다미방에만 처박혀 있던 아키요의 짐이 집안 전체에 퍼져, 테이블 위에 나뒹구는 화장품과 여성잡지 등, 그녀의 소지품이 너무나 자연스럽게 온 집에 흩어져 있었다.

예의 소파베드에도 아키요의 물건으로 보이는 디즈니 미니마우스 이불이 엉망으로 덮여 있었다. 전에는 절반은 닫혀 있던 다다미방의 장지문도 지금은 활짝 열려 있어서 아키요의 옷과 가방으로 가득 찬 그 방 안에 류다이가 쓰고 있다는 침대가 보였다.

남녀가 함께 사는 잔재가 집 안 구석구석에 스며들어 있어 민망했다. 여기가 내 연인의 집이라니. 이곳은 내가 그를 만나 처음으로 초대받았던 류다이의 집과 똑같은 집이지만 똑같은 집이 아니다. 이젠 완전히 다른 집이다. 정리정돈을 좋아하던 류다이의 집이 이렇게 엉망이 된 꼴을 보다니 믿을 수가 없었다.

몸을 빙글 돌려 아키요를 마주 보았다.

"취직은 어떻게 됐어요?"

"뭐 그냥 그럭저럭. 보통이에요."

"보통?"

"아, 오늘 오전에 응시한 회사는 2차 면접까지 갔어요. 어쩌면 채용될지도 몰라. 휴대전화 회사 접수 일인데, 그런데 접수는 딱히 내가 하고 싶은 일도 아니고, 벌이도 아르바이트하고 비슷한 수준밖에 안 돼서…… 고민하고 있어요."

고민하고 있다니 어디서 배부른 소리를 하느냐고는 말 못하겠다. 나 역시 희망하는 직종과 다른 쪽에서 일하게 되는 건 싫고, 실제로 지금 나는 내가 선택하고 좋아하는 직종에서 일할 수 있어 행복하니까, 남에게만 어떤 일이든 괜찮지 않느냐고 말할 수는 없다. 하지만 뭔가 하고 싶은 말이 목구멍 속에서 치밀어 올랐다.

"쥬리에 씨도 함께 저녁 먹고 가면 좋겠는데…… 저기, 오늘 여기 온다는 거 그 사람한테는 말했어요? 이제 곧 돌아올 텐데, 만약에 말 안 했다면 그 사람, 깜짝 놀랄 텐데."

아키요가 거북한 듯 말끝을 흐렸다. 마치 자기가 류다이를 염려하는 것처럼.

"류다이한테는 말 안 했어요. 하지만."

그때 눈에 들어온 광경 때문에 뒷말을 이을 수가 없었다.

막 빨았는지 아직 축축한 아키요의 팬티가 거실 문 위쪽 턱에 걸려 있었다. 행거도 사용하지 않은 채, 행거를 걸기 위한 S자 고리에 그냥 널려 있었다. 그것도 세 장이나. 하나는 핑크색 T팬티이고 두 번째는 손바닥만 한 천에 보라색과 검은색이 섞인 화려한 팬티, 세 번째는 리본을 살짝만 잡아당겨도 툭 풀릴 것처럼 약해 보이는 새빨간 끈팬티.

어머나, 아키요 씨는 의외로 과격한 팬티를 입는군요. 역시 미국 물 좀 먹은 사람은 다르네요. 마치 봉춤을 추는 댄서가 입을 법한 속옷 아니에요? 밤에는 꽤 과격한 타입인가봐요? 헤헤헤. ……아니, 내가 이럴 때가 아니지.

"아, 요즘엔 방에 널지 않으면 잘 마르질 않아서."

내 시선을 먼저 알아차린 아키요는 팬티를 치우지도 않고 태연히 식탁 의자에 앉으려 했다.

머릿속에서 뭔가가 하나로 이어졌다.

보통, 사람은 갑자기 머리에 피가 쏠릴 때 '퓨즈가 나갔다', '정신줄을 놓았다'라고들 한다. 하지만 나는 연결되었다. 지금까지 고의로 잇지 않고 내버려두었던 선이, 마침내 하나로 이어져 전기가 통했다. 충전 완료.

뭐라카노, 라는 말이 저 멀리서 들려와서 귀를 기울였다. 웬 아저씨가 고함을 질러대는 소리 같았지만 잘 들어보니 그건 내 목소리였다. 점점 다가오고 있다.

뭐라카노, 뭐라카노,

니 지금 뭐라카노.

"니 지금 뭐라카노!"

아아, 그런 말씀이셨군요. 너무 억양이 강해서 못 알아들었어요. 손님 혹시 간사이 지방에서 태어나셨나요? 이런 우연이, 저도 그래요. 머릿속으로 멋대로 손님을 맞고 있는 사이 내 손은 테이블 위의 찻잔을 모두 밀쳐내고 있었다.

"방에서 말린다캤나? 니한테는 축축한 빤쓰로도 충분하다!"

아아, 바보 같아. 내가 류다이에게 사랑받기 위해 그를 몰아세우지 않고, 내 모습마저 바꾸려고 한계까지 참고 있을 때, 이 여자는 내 애인의 집에서 팬티나 말리고 있었다니.

"호박씨를 까도 정도가 있지. 이 뻔뻔한 상판대기 좀 봐라. 머시마 집 거실 문에다가 빤쓰를 넌다고?"

문턱 밑까지 달려가 세 장의 팬티를 잡아채 아키요에게 집어던지고, 가장 증오스러운 대상인 소파베드를 걸

어차고, 또 걷어찼다. 발끝에 미니마우스의 웃는 얼굴이 엉켜서 발을 마구 휘둘러 털어냈다.

"갑자기 왜 그래요, 쥬리에?"

사방에 너저분하게 흩어져 있는 여성잡지 하나를 움켜 쥐어 세로로 북 찢었다. 종이에 손가락을 베어 날카로운 통증이 느껴졌다. 집게손가락 두 번째 관절에 가느다란 선이 생기더니 피가 맺혔다.

"언제까지 이 집에 들러붙어 있을 낀데? 빈대 잡을라 다가 초가삼간 다 태워뿔라고? 이 문디가시나야!"

앗, 속담을 잘못 썼다. 머릿속으로는 깨달았지만 파괴 적인 행동은 멈춰지지 않는다. 테이블 위에 널브러진 감 자칩 봉지를 움켜쥐고 벽에 냅다 집어던졌다. 하지만 아 키요가 감자칩을 거의 다 먹어치운 뒤라 봉지는 멀리 날 아가지 못하고 팔락거리다가 과자 부스러기를 쏟아내며 벽에 닿기도 전에 툭 떨어졌다.

"그만해요! 쥬리에! 그 사람이 슬퍼할 거야!"

"'그 사람'이 아니라."

아키요가 멋대로 장식했을 터인 선반 위의 봉제인형들 에게 옆차기를 먹이자 봉제인형과 함께 선반도 옆으로 쓰러졌다.

"가시나야, 지금은 니 목숨이나 걱정해라!"

눈이 홱 뒤집혀버린 것을 스스로도 알 수 있었다. 성큼 성큼 큰 걸음으로 방을 가로질러 아키요 앞까지 다가갔다. 아키요는 잔뜩 겁을 집어먹고 사발만 해진 눈으로 나를 보고 있었다.《반딧불의 묘》에서 그 심술쟁이 아주머니를 만난 더부살이 남매도 그만큼 겁에 질린 표정은 짓지 못했으리라.

"썩 꺼지삐라!"

방에 있던, 화려한 잡화점에서 팔 법한 내 팔뚝만 한 길이의 미니 빗자루를 잡았다. 분명 아키요는 '이 빗자루만 있으면 다다미방 청소를 편하게 할 수 있을 테지'라는 생각으로 할인점에서 구입했을 것이다.

"이따구 허접스러븐 빗자루로 바닥에 널린 물건들 틈새만 살살 쓰는 것보다, 바닥 싹 치우고 청소기만 돌리는 게 몇 배는 깨끗하데이! 이게 어데서 농땡이질이고?"

나는 빗자루를 들어 원피스를 입은 아키요의 엉덩이를 내리쳤다.

"아파! 무슨 짓이야!"

마귀할망구, 탄생. 미숙한 감정과 성숙한 외견의 차이가 여자를 마귀할망구로 변신시킨다. 움직이기도 힘들어 보이는 몸에 딱 붙는 검정 스커트를 입고 도망치는 아키요를 쫓아가서 엉덩이에 한 번 더 명중시켰다. 아키요의 눈에도 비로소 투지가 떠올랐다.

"잠깐, 쥬리에! 아무리 질투가 난다고 해도 그렇지, 나한테 폭력을 휘두르거나 이 집 물건을 부수는 건 잘못된 짓이야! 솔직히 말해서 정상이 아니라고!"

"그래, 니 말 한번 잘했다. 그런데 니가 내한테 정상이다 아니다 할 말은 아니지. 헤어진 머시마 집에 몇 달이나 빌붙어 사는 니는 어데 정상이가?"

류다이는 오사카 사투리를 싫어했다. 내 고향을 몰랐을 때 류다이는 하카타 사투리는 톡톡 튀는 게 경쾌해서 깜찍하고, 교토 사투리는 차분하니 운치가 있지만 오사카 사투리는 사나워 보여서 싫다고 했다. 그 순간부터 나는 오사카 사투리를 봉인하고 고향에 전화할 때에도 표준어를 써서, 어머니가 나에게 도시 물 먹은 티를 낸다며 비웃을 정도였다.

그런데 기어코 오늘, 폭발하고 말았다. 하지만 의외로 입에서 튀어나오는 오사카 사투리는 내가 고향에 있었을 때 쓰던 말이 아니라 요시모토 희극에 똘마니 역으로 나오는 남자가 쓸 법한 오사카 사투리였다. 이런 표현들이 내 안에 미리 탑재되어 있었다는 사실을 나는 여태껏 모르고 있었다.

류다이는 내가 오사카 사투리를 쓴다고 해서 나를 다

르게 평가하지는 않았을 것이다. 류다이는 내 본모습을 좋아해주었다. 그런데 나는 그의 사랑을 더 많이 차지하려고, 스스로를 속였다. 애틋한 순애보 같기도 하겠지만 그건 잘못이었다. 그런 식으로 사랑받으려 해도, 언젠가는 지금의 나처럼 파탄이 날 것이다.

"제발 진정하고 얘기 좀 해. 날 위협해서 쫓아내려 하다니, 쥬리에는 그렇게 비겁한 사람이 아니잖아?"

"아니, 가시나 니가 몇 배는 더 비겁하지. 니 고래 심줄 같은 신경을 내도 좀 배워야겠다!"

이미 사용하고 부엌 개수대에 가득 쌓아놓은 식기 중에서 유리컵을 움켜쥐어 벽에 던졌다. 날카로운 소리와 함께 예상보다 훨씬 넓은 범위에 유리 파편이 흩어졌다.

이 사태를 곁에서 냉정하게 바라보는 나와 분노에 사로잡힌 내가 자꾸만 분리된다. 어째서 지금까지 내가 정상이라고 생각했을까? 방금 전까지 백화점에서 생글생글 웃으며 옷을 팔고 있었다니, 스스로도 믿을 수 없었다.

아키요는 조금만 있으면 휴대전화 회사의 채용 시험에 붙을지도 모른다고 했다. 조금만 더 기다리면 아키요는 약속대로 이 집에서 나가고, 류다이와 나는 원래대로 평온한 사이로 돌아가 셋 다 행복해질 수 있었을지 모른다. 그랬는데, 지금까지 참아왔는데, 지금 폭발해버리다니.

하지만 이제는 더 이상 걷잡을 수 없다. 현관 신발장 위에 놓인, 과자를 사면 딸려오는 야생동물 피규어를 빗자루로 싹 쓸어 넘겼다. 이런 건 류다이의 취향에 전혀 안어울린다. 아키요가 마치 이 집이 자기 영역이라고 주장하는 것처럼 하나둘 늘어놓은 싸구려 피규어. 바닥에 나동그라진 동물들은 눈 깜짝할 사이에 동강나서 조립하기 전의 모습으로 돌아갔다.

"아아, 그만해, 이것만은! 모으느라 얼마나 고생했는데!"

아키요가 동물들에게 달려가 무릎을 꿇고 줍기 시작했다. 어린애 같은 여자다. 사람에 따라 소중한 것이 이렇게나 다를 수도 있는 걸까? 나는 철이 들고 나서는 장난감을 만져본 적이 없다. 초등학교 6학년 때 이미 진짜 가죽으로 만든 부츠를 크리스마스 선물로 받았다.

"냉큼 꺼지뻬라니까!"

나는 현관문을 열고 아키요를 다그쳤다. 문틈으로 복도의 차가운 바람이 들어왔다.

"안 나갈 거야."

아키요의 목소리가 온화하게 변했다. 무심코 내 손도 멈췄다. 아키요는 더 이상 허둥대지 않았다. 좋다, 여자는 여자의 히스테리를 두려워하지 않는다. 나는 치켜들고 있던 미니 빗자루를 바닥에 집어던졌다.

관자놀이에 땀이 맺혀 있었지만 아키요는 편안한 표정이었다. 하지만 아스팔트 바닥에 흘러 번들거리는 가솔린처럼, 깊이는 없지만 묘하게 번쩍거리는 빛을 눈동자 속에 감추고 있었다. '저 여자를 잡아먹어'라고 남자가 명령하면, 차분히 달려들어 내 머리를 물어뜯을 것 같은 야성적이고 생생한 암컷의 빛나는 눈동자. 이윽고 그녀가 나를 쳐다보았다. 마침내 그녀가 나와 똑같은 무대로 내려왔다.

"쥬리에. 난 당신한테 관심 없어."

아키요의 목소리는 처음으로 서른 살 여자에 어울리는, 나직하고 부드러운 음색을 띠고 있었다.

"알아. 그래서 용서할 수 없었어. 당신 목적을 이루는 데만 정신이 팔려서 답답함에 발버둥치는 나를 무시하고 있잖아."

"무시하는 게 아니라 정말로 그냥 관심이 없는 거야. 그럴 여유가 없어. 당신은 어떻게 하면 내일도 살아갈 수 있을지 진지하게 고민해야 하는 상황에 처해본 적 있어?"

"있어. 그러니까 당신하고 달리 매일 일하러 가는 거잖아. 부모님하곤 사이가 좋지만 나도 딱히 부모님께 용돈을 받아 생활하는 건 아니야."

"인생 계획을 말하는 게 아니야. 내일이야. 내일 일조차 어떻게 될지 몰라서 다리가 움츠러든 적 있느냐고?"

"없어. 그런 상황에 내몰리지 않으려고 매일 머리를 굴려서 성실하게 살아가고 있으니까."

"나도 성실하게 살고 있어. 당신은 인정하지 않겠지만. 성실함이 보답 받는 건 굉장히 운이 좋은 경우야."

옛날 일을 떠올렸는지, 아키요의 눈동자에 문득 그늘이 내려앉았다. 어떤 과거가 있었는지, 당연한 말이지만 나는 상상도 할 수 없다.

"난 지금 행복해. 이런 상태지만 행복하다고. 방금 쥬리에는 답답해서 발버둥친다고 했지만, 그건 나도 마찬가지야. 이런 생활이 답답하지 않을 리 있겠어?"

아키요는 방을 흘긋 보았지만 그 시선에 내가 날뛰어서 처참하게 만든 꼴을 슬퍼하는 기색은 전혀 없었다. 아무 표정도 없었다. 이 집엔 아키요의 물건이 가득하지만, 역시 이곳은 누가 뭐래도 류다이의 집이다. 그리고 류다이의 마음은 아키요에게서 이미 떠나 있다.

"하지만 행복해. 마음은 아무리 아파도 어차피 마음이지, 눈에는 보이지 않아. 형태도 없어. 기분에 따라 달라지는 불확실한 감정이야. 형태가 없는 걸 아무리 상처 입혀봤자, 어쨌든 죽지는 않아. 난 사는 것만으로도 힘드니까, 힘에 부치는 일들은 마음에 떠넘기는 거야."

진심으로 밝은 그 목소리에 깜짝 놀라 아키요를 정면에서 똑바로 쳐다보았다. 연로한 면과 소녀다운 면을 동시에 지닌 그녀가 가만히 웃고 있었다.

문을 여는 소리가 들리더니 류다이가 들어와 현관 앞에 있는 우리를 보고 흠칫 놀랐다.

"쥬리에? 여긴 왜?"

류다이.

그의 가슴에 뛰어들어 펑펑 울고 싶었다. 하지만 나보다 한 발 먼저 류다이의 모습을 보고 안색을 바꾼 아키요가, 울음이라도 터뜨릴 것처럼 애절한 표정을 짓더니 잽싸게 류다이의 팔에 매달렸다.

"자기야, 나 도망치고 싶어. 쥬리에 씨가 이상해."

어머, 언니, 역시 동작이 빠르시네요.

"집을 이 꼴로 만든 게 대체 누구야?"

거실로 들어간 류다이는 손을 허리춤에 짚고, 엉뚱하게도 엄격한 아버지 같은 얼굴로 나와 아키요를 내려다보았다.

류다이가 현관에 내려놓은 회사 가방을 집어 그를 향해 던졌다. 가방은 재빨리 팔로 얼굴을 감싼 류다이의 팔꿈치에 맞고, 그 뒤에 숨어 있던 아키요의 팔을 스친 다음 바닥에 떨어졌다. 아키요는 가방이 스친 팔을 요란하게 문

질러댔지만 사실 멍 한두 개 정도는 신경도 안 쓸 여자다.

"내가 그랬다. 불만 있나?"

류다이는 믿을 수 없다는 얼굴로 나를 보며 꼼짝도 하지 않았다. 지금까지 본 적 없는 내 모습에 화를 내기에 앞서 놀라고 있다.

이건, 끝장이네. 완전히 끝났다. 하지만 이게 내 본성.

"내 꼴이 하도 기가 막혀가, 꼭지가 확 돌아삐가 방금 전에 쳐들어왔다. 저 가시나한테 언제 이 집에서 기어나갈 긴지 물어봤더니, 구렁이 담 넘어가듯 헛소리나 씨부렁대길래 마 혼이 쏙 빠졌네."

"어이, 쥬리에, 정신 차려!"

내 어깨를 붙잡은 류다이의 손을 힘껏 뿌리쳤다.

"뭘 정신을 차리란 말이고? 그런 말밖에 안 나오나? 야, 이 가시나야, 맘 푹 놔라. 이런 머시마는 니한테 줄 테니까."

아아, 주고 자시고 할 것도 없다. 처음부터 내 것이 아니었으니. 연인이라고 부르는 관계에 대체 무슨 의미가 있었을까? 사람과 사람의 마음이 깊이 이어지는 것에 이름은 아무 상관이 없다. 필요한 건 언제나 거부하기 힘든 인력(引力)과, 시선을 나눈 뒤의 자연스러운 미소뿐.

남자친구, 여자친구, 남편, 아내, 이름이야 어쨌든 교신은 한순간에 이루어지고, 주위 사람은 모래가 되어 사라진다. 남자는 '두고 보자'고 말하면서, 여자는 '난 이제 어떻게 되어도 상관없으니 마음대로 하라'고 허세를 부리면서 달아난다. 패배한 자신의 모습을 상대의 기억에 남기기 싫기 때문이다. 사랑에 가치가 사라졌다고 말해야만 떠날 수 있는 것은 구제할 길 없이 나약하기 때문이지만, 마음만 그 자리에 두고 떠날 수 있는 강인함을 모든 여자가 가지고 있는 것은 결코 아니다.

"쥬리에, 정신 차려. 네가 그러면 나까지 미칠 것 같아. 몇 번이나 말했지만 아키요를 집에 재워주거나 친절하게 대하는 건 연애 감정 때문이 아니야!"

이젠 못 참겠다는 듯이 류다이가 내 어깨를 붙잡고 흔들어댔다.

"왜 의심하는 거야? 왜 집이 없어 난처한 친구를 돕는 걸 허락해주지 않아? 아키요가 불쌍하지도 않아?"

류다이는 지금까지 내게 이렇게 큰소리를 낸 적도, 감정을 드러낸 적도, 내 몸에 힘을 가한 적도 없었다. 억눌러왔던 마음을 더 이상 참을 수 없는 것은 류다이도 마찬가지인 것이다. 류다이 뒤에서 연애 감정이 아니라는 류다이의 말을 들은 아키요의 얼굴이, 마음을 나이프에 싹둑 베인 사람처럼 일그러졌다. 하지만 고함을 질러대진 않는다. 류다이의 뒤에서 저런 표정을 짓고 있으면서도,

그를 탓하지 않고 말을 삼키고 있다.

아키요도 스스로를 불쌍하다고 느끼진 않는다. 류다이에게 똑바로 말하면 될 텐데, 답답한 한편으로 이곳에서 류다이 뒤에서 말없이 참고 있는 아키요에게는 역시 못 당해내겠다는 생각이 뒤섞여 어떻게 할 도리가 없었다.

"쥬리에한테 거짓말을 하기 싫어서 아키요를 집에 들이기 전에 숨기지 않고 얘기했잖아. 그때는 정말 괴로웠어. 널 잃을지도 모른다는 사실이 진심으로 두려웠어. 그래서 나도 나름대로 노력했어. 내가 약해빠진 놈으로 보이겠지? 하지만 그런 약한 면도 내 일부야. 강한 면만 있는 게 아니야. 내 전부를 사랑해줘. 그리고 지금 이 힘든 상황을 함께 헤쳐나가자. 내가 사랑하는 건 쥬리에 뿐이야."

네 전부를 사랑해, 류다이. 지금은 이해하지 못하겠지만 언젠가 알게 될 날이 오겠지.

"으라차차!"

몸을 날려 류다이를 들이받았다. 류다이가 휘청거리자 그의 뒤에 있던 아키요가 나동그라졌다. 치마가 뒤집혀 아키요의 허여멀겋고 물렁한 다리가 드러났다.

"썩 꺼지라. 니가 무슨 영웅이라도 되는 줄 아나? 재수도 지지리 없지. 지랄도 풍년이네."

일단 온 아파트에 쩌렁쩌렁 울리도록 큰 소리로 고함

을 질러댔다.

"사랑을 할라 카면 좀 지대로 해라. 니가 쬐매만 더 정신 차렸어도 이렇게 힘들 일은 없었다 아이가? 결국 가시나 둘만 울고 자빠지게 됐네."

류다이의 안색이 바뀌었다. 참지 못하고 눈물이 흘러내렸다. 마지막 정도는 류다이 앞에서 귀여운 여자로 남고 싶었다. 하지만 나는 체면을 벗어던지고 본모습을 드러내야만 그에게 부딪칠 수 있다. 류다이에게 고함을 질러대는 내 모습에 아키요 역시 놀랐는지 넋이 빠져 나를 쳐다보고 있다.

"두 사람 다 돕고 싶다카면 귀에는 듣기 좋제. 글타고 연애 감정 얽힌 복잡한 남자 여자 셋 사이에서 그기 제대로 될 것 같나? 하나를 얻을라 카면 하나를 잃는 게 인생의 기본이데이. 미국에서는 다르나? 그라면 일본에서 새로 배워라."

"그만 됐어. 무슨 말을 하고 싶은지 이제 알겠어."

류다이가 창백하게 질려 차가운 목소리로 말했다.

"쥬리에가 이해해주지 못하다니 안타까워. 네 말대로 내가 여기서 나갈게. 하지만 냉정하게 생각해. 여기는 내 집이니 언제까지 나가 있을 수는 없어. 억지로라도 마음을 가라앉히고 쥬리에도 그 점을 잘 생각해서 행동해."

"충고 억수로 고맙네. 그치만 아키요랑 같이 살겠다는 말 듣고 반년 동안 고민한 끝에 나온 결과가 이거니까 이젠 생각 같은 거 안 할 기다."

큰 걸음으로 거칠게 방을 가로지르는 류다이와 그 뒤를 따르는 아키요가 내 앞을 지나갔다. 쾅, 문 닫히는 소리가 현관에서 들리자 갑자기 다리 힘이 풀려, 혼자 남겨진 집에서 풀썩 주저앉았다.

아아.

저질렀다.

결국 류다이와 헤어지고 말았다.

아니, 우리는 정말 사귀었던 걸까? 일단 나는 애인이고, 아키요는 옛 애인이라는 역할이었지만, 나는 정말 류다이의 애인으로 존재했던 걸까?

아니, 아니다. 나는 분명 오래전에 차였던 것이다. 류다이가 고민 끝에 내린 결론이 '아키요를 집에 못 들일 바에야 쥬리에와 헤어지겠다'였던 시점에서 나는 이미차였다. 머리는 복잡하지만, 어째선지 그냥 괜히 후련했다. 이렇게 자유로운 기분은 오랜만이다. 실컷, 내가 원하는 대로 행동해서 그런 걸까? 화를 내면서도, 고함을질러대면서도, 손익을 따지지 않고 진심을 쏟아낼 수 있어 마음이 편했다. 불쌍하니까 도와줘야지, 하고 스스로를 속였을 때의 가짜 같은 내 모습보다 지금의 내가 훨씬 좋다. 지금이라면 '불쌍하다'라는 단어를 싫어하는 사람들의 마음도 알 것 같다. 상대를 동정하기에 발동하는 동정심은 역시 어딘가 추하다. 모두들 타인에게 조금 더 진한 자비심을 원하고, 자신에게도 진한 자비심이 싹틀 가능성을 믿고 있다.

어려운 사람은 있어도, 불쌍한 사람은 아무도 없다.

한신·아와지 대지진 때 사탕을 줬던 자원봉사자 선생님, 죄송해요. 그때 저랑 언니는 한 알씩이라도 그 사탕을 받았어야 했어요. 사탕은 지진으로 집을 잃고 곤경에 처한 불쌍한 아이들만을 위한 건 아니었다. 인류 전체를 향한 친절과 격려였는데, 우리 자매는 우리는 불쌍하지 않다는 이유로 사탕을 먹지 않았다. 그건 착각이었다.

주인을 잃은 집은 엉망진창이긴 하지만 어딘가 한산해서, 기가 막히게 상쾌했다. 내가 오기 전에 아키요가 창을 열어두었는지 시원한 밤바람이 들어온다. 싸우는 소리가 들렸을 테니 이웃집 사람들은 깜짝 놀랐겠지.

시간이 흘러 냉정해지면 분명 절망이 밀려들 것이다. 절망을 정면에서 받아들이는 건 괴롭다. 어두운 동굴 속에서 몇 번이나 암벽을 두드리며, 어렴풋한 메아리에 귀를 기울이는 작업이다. 낮고 묵직한 소리밖에 반사되지 않는 줄 알면서도 몇 번이나 두드리고 만다. 하지만 진심으로 사람을 사랑한다면, 절망의 소리에 귀를 막을 수는 없다.

집이 삐걱대는 소리가 들리나 싶더니 방이 흔들리기 시작했다. 너무 날뛰어서 빈혈을 일으킨 줄 알았는데, 아니었다. 정말로 흔들리고 있다. 주기가 긴, 횡파 지진이다. 보트를 천천히 한 번, 두 번 노 젓듯이 옆으로 흔들리는 느낌에 류다이와 이노카시라 공원에서 보트를 탔던 기억이 떠올랐다. 그날은 바로 맞은편에 앉은 류다이가 내내 노를 쥐고 저어주었다. 화창한 공원, 보트를 따라 헤엄쳐 온 깜찍한 오리들, 그리고 이마에 송골송골 땀이 맺힌 류다이의 미소.

지금은 혼자다. 불안하지 않다고 하면 거짓말이다. 하지만 '위험할 땐 대체 누가 날 구해줄까?' 하고 벌벌 떨었던 때에 비하면 어째선지 마음의 부담이 적다. 한 치의 오차도 없이 정확히, 내 생명 하나만큼의 무게가 손바닥 위에 실려 있다.

여전히 조금씩 흔들리는 가운데, 아키요의 장난감 같은 핑크색 미니 옷장을 한 단, 한 단 뒤져보니 아니나 다를까 멘톨 담배와 라이터가 들어 있었다. 우연히도 내가 좋아하는 담배. 우리, 죽이 잘 맞네. 한 남자를 두고 싸우기도 했고. 내게 관심이 없다고 했던 아키요의 그 눈동

자. 그녀가 그런 마음가짐으로 인생을 살고 있다는 걸 좀 더 일찍 알았더라면, 뭔가 달라졌을지도 모른다.

한 대에 불을 붙여 깊숙이 빨아들이자 맛이나 니코틴보다도, 오랜만에 그리운 동작을 했다는 데 벅찬 환희를 느꼈다. 담배는 배신하지 않는다. 니코틴이나 담뱃진처럼, 몸에 유해한 빚이 쌓인다는 건 안다. 마지막에 얼마나 대단한 빚을 갚아야 할지는 모르지만, 그래도 담배는 한 대를 피는 그 순간만큼은 절대로 배신하지 않는다.

"아, 억수로 맛나네."

앞으로 슬퍼지겠지. 울며 후회하겠지. 하지만 그건 지금이 아닌, 먼 미래의 일. 지금은 이 담배 한 대가 먼저. 한 대를 피울 때마다 니코틴이 온몸 구석구석에 퍼진다. 손끝이 찌르르 떨릴 정도의 쾌감. 두 대를 한꺼번에 피우고 싶을 정도도. 연기가 시야를 덮었다.

이 기분을 제대로 표현할 고향 말이 있었는데. 뭐였더라? 유감스럽지만 깔끔하게 포기할 수 있는, 적당히 현실에서 달아날 수 있는 말. 아, 생각났다.

욕봤다.

아미는 미인

1

사카키는 미인. 그렇지만 아미는 더 미인. 그림동화 《백설공주》에서 계모로 등장한 여왕은 요술 거울에게 "여왕님은 아름답습니다. 하지만 백설공주는 더 아름답지요."라는 충격적인 고백을 듣고 거울을 깨버렸다. 하지만 요술 거울에게 물을 필요도 없다. 사카키는 미인, 그렇지만 아미는 더 미인.

명백한 사실.

취향은 사람마다 다르니 어느 쪽이 미인이라고 일률적으로 말할 수 없다고 생각하는 사람도 있다. 물론 그 말도 일리는 있다.

사카키도 못생긴 건 아니니까. 확실히 아미보다 이목

구비는 수수하지만 올리브색 피부는 매끈하고, 곧게 뻗은 건강한 검은 생머리에 팔다리도 늘씬하다. 눈은 가늘지만 눈동자가 크고 검은자위가 진해서 총명한 빛을 띤 사카키가 날쌔게 상대를 노려보는 모습에는 야성적인 색기마저 감돈다.

아미 곁만 아니라면.

두 사람이 나란히 다니면 사카키는 아미에게 빛을 흡수당해, A 옆에 붙어 있는 A′가 된다. 어딘지 모르게 두 사람의 헤어스타일이나 패션 센스가 비슷한 탓일까? 사카키가 가진 개성적인 매력이 전부 결점이 되어, 동경하는 사람을 따라하는 조악한 복제품으로 전락한다.

실제로는 아미가 사카키를 따라하고 있지만.

옆에 선 아미의 얼굴을 비스듬히 밑에서 훔쳐볼 때, 사카키는 늘 넋을 잃는다. 옆얼굴이 아름다운 아이다. 오뚝한 콧날도, 여유로운 미소가 감도는 입술도, 조각으로 만들면 어디 외국의 동전이 될 것 같은 정교한 완성품. 특히 턱에서 목까지 내려오는 곡선이 상큼하고 깨끗하며, 소년처럼 탄탄하고 완벽한 라인을 만들어낸다. 그 라인은 가녀린 목에서 화사한 쇄골이 드러난 어깨까지 이어지다가 가슴께에 이르러 갑자기 사랑스러운 곡선을 띤 풍만한 선으로 바뀐다.

거리를 걷다 보면 자기가 아니라 일단 아미에게 가장 먼저 시선이 모이는 것이 사카키는 싫기는커녕 자랑스러웠다. 하지만 언제부터일까, 아미와 함께 있는 것이 갑갑해진 것은.

아미의 성격이 나빴다면 더 당당하게 대항할 수 있을 텐데. 사카키는 속이 탔다. 하지만 아미는 성격이 좋다. 좋다고 해야 할까, 악의가 없다. 그저 그뿐. 정말 성격이 좋은 사람이라면 분명 내가 이런 생각을 하게 만들지도 않겠지. 눈치 없는 아이라 갑갑하고 괴로운 것이다.

곁에 있는 아미에게 들키지 않도록, 사카키는 눈을 감고 마음속으로 중얼거렸다.

아미, 어쩌면 나, 널 싫어하는 것 같아.

고등학교 입학식에서 여자 선배들이 신입생을 보면서 키득키득 웃으며 속닥거리는 모습을 보고 사카키는 이미 이 학교에 엄연히 존재하는 카스트제도를 꿰뚫어보았다. 즉 귀여운 외모는 권력, 촌스러운 외모는 사형. 입시 당일 고열이 나 운 나쁘게 지망 학교의 시험을 치르지 못하고 수준이 한참 떨어지는 고등학교에 입학한 사카키에게는 선입관도 있어서 그런지 새로운 고등학교 학생들은 다들 불성실하고 멋만 부리는 아이들로 보였다. 교칙 위반인 줄 알면서 첫날부터 이미 교복을 멋대로 수선해 입은 아이가 몇 명이나 있는 반을 사카키는 겁먹은 눈으로 둘러보았다. 나만 너무 촌스러운 거 아닐까?

사카키가 속한 문과반은 여학생과 남학생의 비율이 4:1로 여학생이 많고, 3년 동안 반이 바뀌지 않는다. 교장 선생님이 단상에서 신입생을 위한 축사를 읊는 사이, 이름 순서대로 줄을 선 사카키네 반에서는 일찌감치 여학생들끼리 나누는 귓속말이 주위를 시끄럽게 채우고 있었다. 오히려 수가 적은 남학생들은 잡담은 자제하고 얌전히 교장 선생님의 이야기를 경청하고 있었다.

"애, 입학식 몇 시까지 하는지 아니?"

앞에 서 있던 여자애가 고개를 돌려 그렇게 물었을 때, 사카키는 곧바로 대답하지 못했다. 뒤에서 봐도 몸매가 괜찮다고는 생각했지만, 이렇게 예쁜 아이였을 줄이야. 충격적인 산뜻함. 고등학생 중에 성인 여성이 섞여 있는 것처럼 그 아이는 완벽했다. 너무 완벽한 탓에 오히려 특징이 없어 기억하기 어려울 정도인 이목구비는 성장기 특유의 미성숙한 부조화나 불균형도 한 조각 없이 깔끔했다. 차분하지 못하게 흔들리는, 몸보다 먼저 성장해 길게 뻗은 가녀린 팔만이 유일하게 소년 같은 인상을 주었다.

"11시까지."

"잘 아는구나. 어디에서 들었어?"

소리를 죽이고 있는데도 원래 목소리가 높고 귀여워서 주위에도 다 들린다. 또르르, 살얼음이 얇은 공기막 위를 굴러가는 듯한 속삭임은 아이처럼 어린 느낌을 주었다. 그러면서도 머리는 사카키보다 훨씬 높은 곳에 있었다.

"안내문……."

"아, 이거야?"

그녀는 쑥스러운 듯 웃으며 손에 들고 있던 입학식 안내문을 쳐다보았지만 이내 사카키의 손목을 붙잡았다.

"앗, 이 팔찌 귀엽다. 어디 거야?"

그녀는 사카키의 손목을 요리조리 뒤집어가며 사카키가 천으로 직접 꼰, 포인트로 튀르쿠아즈색 비즈를 넣어 짠 부드러운 팔찌를 살펴보았다. 그때 사카키는 자기를 부러운 눈길로 바라보는 몇몇 여학생들의 시선을 느꼈다. 별로 예쁘지도 않은데 화장만 진하고 드세 보이는 여학생 둘이 사카키를 노려보았다.

다들 이 애하고 얘기하고 싶은 거야. 귀엽고 눈에 띄니까 친구가 되고 싶겠지. 자기 그룹에 끌어들이고 싶어서 입학식이 끝나면 바로 말을 걸려고 타이밍을 노리는 거야.

이 애는 특별하다. 여고생에게 예쁜 외모는 인간의 가치 그 자체로 직결된다. 성격이 못돼먹어도 외모가 예쁜 아이는 특별히 높은 점수를 따고, 반에서 군림하고, 제멋대로 군다. 그 반대인 아이는 고등학교 1학년 1학기 시점에 이미 부모와 교사끼리 언제 전학시킬지 몇 번이나 의논할 정도로 반에서 구석으로 내몰린다.

이 아이와 친구가 되면 내 고등학교 생활도 천국이겠지.

"이 팔찌, 내가 만든 거야. 만들기 쉬우니까 너한테도 만들어줄게. 이름이 뭐야?"

"사이토 아미."

2

사카키의 예상대로 아미는 눈 깜짝할 새에 반에서 가장 영향력 있는 여학생이 되었다. 반 여학생들에게 아미는 패션리더이자, 패션 잡지 그 자체였다. 그녀의 헤어스타일과 화장, 치마 길이가 변하면 그것이 최신 유행이 되고, 모두가 따라했다.

반 아이들은 물론이고 선배들까지 아미와 한 마디라도 나눈 날에는 미칠 듯이 기뻐했고, 교내를 돌아다니기만 해도 이름도 모르는 아이가 말을 걸었으며, 악수를 청해오는 일도 있었다. 여학생이 많은 반이다 보니 허물없는 즐거운 수다가 교실을 가득 채우는 가운데 당연히 질투나 험담도 있었다. 하지만 아미만은 감히 범접할 이가 없을 정도로 예쁜 탓에 모두가 진심으로 '예쁘다'고 칭찬했다. 권력의 순위가 숨 가쁘게 교체되는 교실 안에서 아미만은 불가침조약, 평화지대로 존재했다. 그녀의 이야기가 나올 때만은 모두 비판을 거두고 여자아이들 특유의 간드러지는 목소리로 침이 마르도록 칭찬했다.

아미와 사카키가 잘 어울리는 그룹의 아이들은 전부 여섯 명이었다. 화려하고 예쁜 아이와 운동을 잘하는 운동부 아이가 낀 학급의 카스트제도에서 상위 계급들만 모인 최상위 그룹으로, 성적밖에 내세울 게 없는 사카키가 껴 있는 것은 기적에 가까웠다.

아미는 잘난 척하거나 수다스럽게 조잘거리는 타입이 아니었기 때문에 리더 이미지는 아니었지만 그룹 전체가 아미를 중심으로 움직인다는 사실에는 의심할 여지가 없었다. 이 아이들은 아미에게 섣불리 접근하는 사람들을 쳐내는 친위대 역할도 겸했다.

"1B반 요시오카가 아미한테 데이트 신청을 했대."

"진짜? 걘 인기가 없으니까 조바심이 나서 고등학교 때 총각 딱지만은 떼겠다고 야구부 애들하고 교실에서 떠들어댔다던데. 머릿속에 그 생각밖에 없을걸."

"그보단 분수를 알아야지. 어차피 야구부 애들이 부딪쳐보라고 부추겨서 정신 못 차리고 그런 거겠지만. 아미가 불쌍해. 불편해하진 않았어?"

"그러진 않았지만 마음속으로는 싫어했을 거야. 괜찮아, 요시오카가 다가오면 내가 얼씬도 못하게 할 테니까."

소프트볼 동아리 부원인 나나가 메치는 시늉까지 해가며 여학생들에게서 환호를 이끌어냈다.

남의 연애사에 이렇게까지 관심을 갖는구나. 사카키는 친구들의 이야기에 고개를 끄덕이면서도 약간 심드렁한 기분으로 대화를 들었다.

어느 날, 새로운 헤어스타일로 학교에 온 아미는 아침부터 벌써 교실 뒤에서 친구들에게 둘러싸여 있었다.

"예쁘다! 많이 잘랐네?"

"응. 이상해?"

"최고로 잘 어울려! 자르기만 한 게 아니라 염색도 했나봐? 햇살에 비치니까 정말 예쁘다."

"그래? 다행이다. 캐러멜허니라는 색으로 한 거야."

"부러워. 나도 똑같은 색으로 염색하고 싶어! 어디에서 한 거야?"

"아리엘에서."

"아리엘이면 학교 뒷길에 있는 미용실이지? 동네에 있

는 그런 가게는 별로일 줄 알았는데 이렇게 예쁘게 해주는구나! 몰랐어!"

"나도 가야지. 일부러 멀리까지 가서 최근 오픈한 살롱에 다녔는데, 돈이 아깝네."

"사카키, 이 머리 어때?"

아미는 자기를 올려다보며 환성을 질러대는 여학생들의 원을 헤치고 나와 사카키가 앉아 있는 자리 앞까지 왔다. 다들 잘 모르지만 좋은 가게니까 아리엘에 가보라고 조언해준 것은 사카키였다. 아미가 머리카락을 살랑살랑 흔들어 귀 뒤로 넘기자, 아련한 샴푸 향기가 앉아 있는 사카키에게까지 풍겼다.

한창 1교시 예습을 하고 있던 사카키는 시선만 슬쩍 들어 관찰했다. 색은 좋다. 전에는 너무 밝은색으로 염색해 미트소스 스파게티 같았다. 하지만 지금은 방금 전 아미를 둘러싸고 있던 한 여학생이 말한 것처럼, 쏟아지는 햇빛과 잘 어울리는 색으로 예쁘게 물들었다. 하지만.

"앞머리가 약간 기네. 눈썹 정도까지 자르는 게 어때?"

사카키가 손을 뻗어 아미의 오른쪽 눈을 덮고 있는, 비스듬히 흘러내린 묵직한 앞머리를 손가락으로 쓸어올리자 아미는 생긋 웃었다.

"응, 자를게."

아미는 파우치에서 작은 눈썹 정리용 가위를 꺼내 거울을 보면서 사카키가 말한 길이로 앞머리를 능숙하게 잘라 냈다. 가느다란 머리카락이 교복 옷깃에 떨어지는 광경을 다른 여학생들이 충격을 받은 표정으로 쳐다보았다.

처음에 예상했던 대로, 아미와 친구라는 사실은 사카키에게 여러 모로 도움이 되었다. 베스트 지니스트 상*을 밥 먹듯 받는 스타나 자이언츠 야구단의 종신 명예 감독처럼, 적이 없는 부동의 1위인 아미 옆에 있으면 순위 다툼에 휩쓸리지 않고 '예외' 취급을 받았다.

사카키가 내심 거북하게 생각하는데도 아미는 사카키에게 찰싹 달라붙어 다른 아이들보다 사카키와 함께 있는 시간을 소중히 여겼다. 그리고 사카키의 의견을 존중했기 때문에 주변에서도 사카키를 높이 평가했다. 아미가 인정하니까 분명 특별한 존재일 거라고. 사카키조차 이해가 안 갈 만큼 아미는 사카키를 특별하게 여겼다.

무적의 통행증이라는 역할 외에 아미 그 자체에 가치가 있다는 것을 사카키는 인정하지 않을 수 없었다. 아미는 종종 거리낌 없이 몸을 건드렸는데, 그때마다 손이 닿은 부분에서 뭐라 표현할 수 없는 관능적인 감각이 잔물

---

* 일본 청바지 협의회가 주최하는, 청바지가 가장 잘 어울리는 연예인에게 주는 상.

결처럼 온몸으로 퍼져나갔다. 동성을 좋아하는 것도 아닌데, 그만 와락 끌어안고 싶은 마음이 거의 본능처럼 치밀어 올랐다. 전철 안에서 자연스레 어깨에 머리를 기댈 때의 달콤한 무게. 아무렇지도 않게 손을 얽을 때 아름다운 손끝이 이루는 곡선, 아이처럼 따스한 손바닥. 점심시간, 의자에 앉아 있는 사카키의 무릎 위에 폴짝 올라와 앉았을 때는 정교하고 따스한 향기가 나는 예술품이 무릎 위에 올라온 것 같아 혹여나 부서질세라 꼼짝도 할 수 없었다.

아미가 별 뜻 없이 스킨십을 할 때마다, 사카키는 남자라면 이 순간에 사랑에 빠질 거라고 냉정하게 분석했다. 물론 나는 빠지지 않는다. 하지만 그 대신 막 선물 받은 바비 인형의 매끈한 머리카락을 처음 쓰다듬을 때와 같은 아름다운 존재를 만지는 순수한 기쁨, 마음의 떨림이 있었다.

그래도 역시 사카키는 아미를 좋아할 수 없었다. 마음의 떨림이라고 해도 표면에서 발생하는 미약한 물결이라, 마음속 깊이 흔들리는 일은 없었다. 오히려 아미가 천진하게 자기 얘기만 끝도 없이 늘어놓을 때는 애는 자기만 알고 남한테는 관심이 없구나 싶어 경멸하고 싶은 기분도 들었다. 자기 이외의 것에 관심이 없기는 사카키도 마찬가지였지만, 사카키는 그걸 속없이 밖으로 드러내는 아미의 천진함과, 자기 얘기밖에 하지 않는데도 주위에서 들어주는 환경이 아미에게 존재한다는 사실이 짜증스러웠다.

둘 다 동아리에는 들어가지 않았기 때문에 방과 후에는 거의 매일 함께 전철을 타고 번화가로 나가 놀았다. 전철을 탈 때, 자리가 하나밖에 없을 때는 꼭 사카키가 서고 아미를 앉혔다. 아미는 가끔은 자기가 서겠다며 버티기도 했지만 아미를 세워두는 건 뭔가 사회의 뜻에 부합하지 않는 것 같아 억지로라도 앉혔다. 아미도 점점 앉는 입장에 익숙해져, 하굣길 전철 안에서는 사카키가 손잡이를 잡고 서고, 아미가 사카키의 짐을 무릎에 얹고 고개를 들고 이야기하는 게 일상이 되었다.

쇼핑을 할 때 아미는 자칫 마음을 놓으면 원래 센스가 그런 건지, 교풍에 물들어서 그런 건지, 건들건들한 날라리 같은 옷을 자주 골랐다. 그래서 사카키가 궤도를 수정해 객관적으로 보아 아미에게 어울리는 옷을 권해주고 그것을 사게 했다.

그 성과인지, 번화가라고는 해도 하라주쿠나 시부야도 아닌 지방 도시인데 패션 잡지 기자나 연예인 기획사에서 달려온 어른들이 아미를 찾았고, 일부러 아미의 집까지 찾아가 명함을 두고 가는 사람도 생겼다. 하지만 아미 쪽에서 연락하는 일은 없었다.

"아미 남자친구가 와 있대!"

체육대회 날, 한 여학생이 뉴스를 가지고 운동장에 있는 학생 응원석으로 돌아왔다. 청명한 가을 하늘 아래 교실에서 들고 온 의자에 앉아 다른 학년의 경주를 관전하고 있던 같은 반 여학생들은 구경하러 가자며 한껏 들떠서 차례로 자리에서 일어났다. 아미가 대학생과 사귀는 건 다들 알고 있었지만 남자친구의 실물을 본 적은 없었다.

"달리기를 하는 여자친구를 응원하러 일부러 와준 거야? 진짜 다정하다! 어디 있어?"

"보호자 입석 자리에. 방금 아미가 가르쳐줬어."

"나도 보고 싶어!"

우르르 몰려가는 친구들에게 팔을 붙들려 사카키도 재학생 응원석에서 보호자석으로 운동장을 가로질렀다.

구경하러 온 수많은 사람들 가운데 눈에 확 띄는 젊은 남자가 있어, 그 사람이 일단 사카키의 눈에 처음으로 들어왔다. 키가 큰 그 사람은 보호자석에 서서 구경하는 관객들 속에서 약간 목을 뻗어 운동장에서 펼쳐지는 경기를 구경하고 있었다.

설마 저 사람은 아니겠지. 이렇게 사람이 많은데 아무 상관도 없는 내가 대번에 찾아낼 리가 없잖아. 그렇게 생각하면서도 사카키가 그를 힐끗힐끗 쳐다보는 사이에, 인파를 헤치고 그에게 다가간 체육복 차림의 아미가 웃는 얼굴로 손을 흔들며, 티셔츠 소매 사이로 뻗어나온 탄탄한 그의 팔에 가녀린 팔로 팔짱을 꼈다.

"아, 모두 이쪽으로 와! 소개할게."

목을 쭉 빼고 두 사람을 바라보는 반 친구들과 사카키를 발견한 아미가 그렇게 말한 순간, 사카키는 혼자서 쏜살같이 내뺐다. 두 사람이 뿜어내는 행복한 빛에 압도되어 갑자기 가슴이 벌렁거리고 부끄러워 민망해 죽을 것 같았다. 다행히 체육복 차림에 운동화를 신고 있어 선수처럼 빠르게 달릴 수 있었다.

굉장해, 굉장해! 진짜 사귀고 있구나. 남자하고 여자란 그냥 나란히 서 있기만 해도 저렇게 페로몬을 뿜어내는구나. 그나저나 난 내 남자친구도 아닌데 왜 이렇게 부끄러운 거지? 순정만화나 드라마는 고등학교가 무대인 작품도 많지만 주인공이 아무리 같은 또래여도 다른 세상 이야기라는 생각밖에 들지 않았는데, 지금 아미를 보고서야 비로소 자신이 청춘의 중심에 있다는 것을 깨달았다.

관객석에서 멀리 떨어진 운동장 구석에서 그라운드를 등지고, 바람을 맞아 차가워진 손끝으로 그저 달려서 그렇다는 말로는 변명이 되지 않는 뜨거운 뺨을 눌러 식혔다.

방금 전 그 두 사람. 자연스럽게 남자의 팔에 팔짱을 낀 아미, 그것을 지켜보는 남자의 다정한 시선. 너무나 자연스러워서, 주위 풍경이 환해질 정도로 행복해 보였다고 하면 본인들은 놀라겠지.

또한 사카키는 남자를 고르는 아미의 뛰어난 안목에도 깜짝 놀랐다. 물론 멀리서 본 것뿐이니 그 남자의 성격까지는 알 수 없지만, 같은 또래 여자들이 잘 속아 넘어가는, 겉모습만 꾸미며 으스대는 남자와는 수준이 달랐다. 동급생 중에는 없는 타입, 다정하고 포용력 있는 성인 남자. 언뜻 본 바로는 이목구비는 수수하지만 웃을 때와 평소의 얼굴이 완전히 달랐다. 무표정에 가까운 평소의 얼굴이, 웃으면 눈가가 처지면서 정말이지 다정하게 변한다. 아미에게 미대생이라는 말을 들은 적이 있는데, 저렇게 다정하고 온화한 표정을 지을 줄 아는 데다가 미술 센스까지 갖추었다니 정말 환상적이다. 말랐지만 볼품없는 게 아니라 키가 크고 몸이 탄탄해 한 그루 나무처럼 듬직하다.

사카키는 아미의 남자친구에게 첫눈에 반했고, 바로

다음 순간 실연했다. 몇 초 만에 끝난 승부였다. 학급 대항 릴레이경주가 시작되어 운동장이 온통 들썩이는 가운데, 문득 불안이 가슴속을 스쳤다.

나도 언젠가 남자를 사귈 수 있을까? 혹시 평생 인기 없이 아무하고도 사귀지 못하는 건 아닐까?

3

고등학교 입시 때와 같은 실수는 두 번 다시 하지 않으려고 사카키는 미친 듯이 공부했다. 시험 날에도 최상의 컨디션을 유지한 결과, 염원하던 1지망 국립대학에 합격했다. 아미는 사립대학에 입학해 두 사람의 진로는 달라졌지만 외로움을 타는 아미가 사카키의 대학에 자주 놀러왔다.

"대학은 다르니까 적어도 동아리는 같은 곳에 들어가자. 사카키네 학교는 크니까, 다른 대학교 학생도 받아주는 연합 동아리 많지?"

억지를 부리는 아미를 차마 내치지 못하고 결국 둘이서 사카키네 대학의 동아리를 찾아보게 되었다. 겨우 아미하고 떨어져 생활할 수 있다는 생각에 안도하고 있던 사카키는 복잡한 심경이었지만, 수업이 끝난 후에만 하는 활동이니 괜찮을 거라고 마음을 바꿨다. 결국 사카키도 아미와 마찬가지로, 서로 전혀 접점이 없는 생활은 어색했던 것이다.

둘이 함께 캠퍼스로 나가자 신입생을 끌어들이려고 눈에 불을 켠 재학생들이 우르르 몰려와 전단지를 내밀었다. 눈 깜짝할 사이에 가방이 가득 차서 손에 들고 있어도 주르르 떨어질 정도였다. 그래도 두 사람이 들고 있는 산더미 같은 전단지 위에 억지로 안내문을 올려놓는 동아리가 줄을 이었다.

다른 신입생에 비해 두 배는 더 되는 전단지를 받은 두 사람은 결국 캠퍼스를 한 바퀴 도는 건 포기하고 건물 앞 벤치에 전단지를 내려놓고 한 장 한 장 체크했다. 궁도부, 카페 동호회, 여행 동아리, 광고 연구회, 스포츠 관전 동아리, 스키부, 온갖 동아리가 있었다. 색색의 전단지 속에서 사카키가 고른 것은 사전에 인기 최고라는 정보를 들은 테니스 동아리였다. 대학 생활을 즐기고, 은근히 남자친구도 만들고 싶었던 사카키는 화려한 부원들이 많고 인기도 많은 테니스 동아리를 동경하고 있었다.

"시험 삼아 여기 신입생 환영회에 가보자. 술도 공짜래."

전단지를 보고는 있었지만 어디든 상관없는 눈치였던

아미는 그 자리에서 찬성했다.

신입생 환영회가 열리는 술자리에서, 신입생들이 한차례 자기소개를 마치자마자 동아리 선배들의 관심은 바로 아미 한 사람에게 쏠렸다.

"너 진짜 예쁘다. 아까 가게에 들어왔을 때 깜짝 놀랐어. 연예계 스카우트 같은 건 받은 적 없어?"

"있어요. 두세 번이었지만."

"그럴 줄 알았어. 연예인도 될 수 있는 거 아냐? 한번 해봐."

"별로 관심 없어요. 바빠 보이잖아요."

"하지만 유명해질 수 있잖아. 다들 잘해주고."

"에이, 오히려 귀찮을 것 같은데요."

남학생들은 아미의 말에 일제히 웃음을 터뜨렸지만 사카키는 뭐가 우스운지 이해할 수 없었다.

"아미, 너 성격 진짜 좋구나. 연예계에 들어가도 성공할 것 같은데 아까워."

아미를 찬양하는 남자들 중 하나가 흘낏 사카키를 쳐다보았다.

"그럼 이 친구가 매니저야?"

또 웃음바다가 되었다. 이번에는 사카키도 뭐가 우스운지 이해했지만 당연히 웃기지는 않았다. 하지만 상처 입었다는 걸 들키기 싫어 억지로 웃음을 지었다.

"그럼요. 실력파 매니저랍니다. 오늘 이 자리에서도 아미한테 접근하는 남자가 있으면 뺑 날려버릴 거예요!"

이 대답이 실수였다. 술에 취해 해이해진 자리에서 '사카키한테는 무슨 말을 해도 된다'는 분위기를 만들고 말았다. 사카키는 완전히 놀림거리가 되었고, 그녀가 무슨 말을 할 때마다 "매니저는 입 다물고 있어!" "참견쟁이는 꺼져!" 하고 험한 말이 날아왔다. 그때마다 다들 웃느라 바빴다. 사카키도 중간부터 이미지를 바꿀 수도, 화를 낼 수도 없어 "너무들 하시네요" 하고 얌전히 반응했지만 마음속으로는 울고 있었다.

고등학교 때는 아미가 함부로 대하지 않는 사카키라는 존재를 반 친구들도 존중해주었지만 처음 만난 남자들은 잔혹할 정도로 정직해, 거추장스러운 필터는 빼고 외모만으로 두 사람의 관계성을 결론지어버렸다.

하지만 남자들이 생각하는 것처럼 여자들 사이에 명확한 '역할'이 있는 건 아니다. 이 애는 공주님이고 이 애는 얼마든지 골려도 된다는 식으로 마치 텔레비전 속 아이돌과 여자 개그맨처럼 순식간에 입지를 정하려 들지만, 여자들의 세계에 확실한 입지란 없다. 다들 똑같은 가치를 지닌 여자로 존재한다. 분명 사카키는 전철에서 자리가 하나만 비면 언제나 아미에게 양보했다. 하지만 그것은 아미가 존중받아야 할 사람이어서가 아니었다. 앉아 있는 아미도, 서 있는 사카키도 입장만 다를 뿐 모두 똑같은 존재였다.

정신을 차리고 보니 어느 촌구석에서 올라왔는지 모를 촌스러운 차림으로 넋을 놓고 아미를 쳐다보는 여학생 하나만 빼고는 여자 신입생과 선배들은 다들 멀리 떨어진 다른 테이블에서 그룹을 지어 떠들고 있었다. 아미 곁에 있어봤자 아무 득도 없다는 것을 일찌감치 알아차린 여자들이 도망친 것이다. 그 재빠른 판단에 깜짝 놀란 사카키가 자신의 둔한 머리를 원망했지만 이미 늦은 일이었다.

"그렇게 예쁘면 오히려 힘들지 않아? 여자들 질투도 굉장할 것 같은데."

술에 취해 얼굴이 벌겋게 달아오른 남자 선배가 아미를 꾀려고 집요하게 칭찬해댔다.

"그런 면도 있죠. 아르바이트할 때 싫은 소리를 들은 적은 있어요. 혼자만 튀려고 하지 말라고요. 그럴 생각은 없었는데."

"아, 이해가 가! 아미 씨는 그냥 있어도 눈에 확 띄니까."

"아, 그 말도 자주 들어요."

아미는 빈말을 듣고 신이 나서 으스대는 게 아니다. 그게 사실이라 긍정했을 뿐이다. 알고는 있지만 남학생들의 명백한 차별 대우를 보고 기분이 울적해진 사카키는 아미의 언동에도 슬슬 화가 났다.

자랑이 아니라 천진난만하게 그저 사실을 말하는 건 분명 본인의 죄가 아니다. 오히려 그 언동에 일일이 화를 내며 어두운 질투의 소용돌이를 가슴속에 키우는 사람이야말로 훨씬 시샘이 많고 성격이 나쁘다. 알고는 있는데. 사카키는 1분 1초가 흐를수록 점점 아래로 처지는 입가를 억지로 끌어올리며 생각했다.

아미는 지나치게 천진하고, 잔혹하다. 보통 이런 상황은 사카키를 놀려대는 사람들에게 아미가 진심으로 화를 내며 사카키를 감싸면 금방 끝날 일이다. 하지만 아미는 사람들과 함께 웃고 있다. 나를 괴롭히려고 그러는 게 아니라, 내가 놀림받고 있다는 사실을 정말로 모르는 것이다. 둔하니까. 자기는 그런 취급을 받아본 적이 없으니까. 내가 그저 웃고 있으면 정말 즐거워서 그러는 줄 안다. 사람의 아픔을 이해 못하는 아이다.

"아미 씨는 꼭 고양이 같아. 눈꼬리가 싹 올라간 게 말이야."

"아니야, 동물로 따지자면 토끼지. 얌전하지, 환하지,

귀엽기까지 하잖아."

"그렇게 말하면 돌고래 아닐까? 항상 웃고 있는 입매가 닮았어."

"그럼 옆 친구는?"

그 자리의 분위기에 편승해 뭔가 재미있는 말을 하려고 머리를 굴리던 선배가 심술궂게 웃으며 사카키를 쳐다보는 바람에 사카키는 흠칫 움츠러들었다.

"……매미?"

어느 남학생의 말에, 또다시 웃음바다가 되었다.

동물이 아니라 곤충이었다. 그만 상처 입은 표정을 내비친 사카키를 보고 당황한 그 남학생이 얼른 뜻 모를 변명을 했다.

"아니, 오늘 아침 학교 오기 전에 건널목에서 전철에 치인 매미를 봐서 말이야. 그 매미가, 전철에 치이는 순간 '맴!' 하고 울지 뭐야. 불쌍해서 인상에 남아 있었는데, 지금 우연히 그냥 떠오른 것뿐이야."

아니나 다를까, 다른 남학생이 "너 지금 무슨 소릴 하는 거냐?" 하고 타박을 했다.

"아까 하던 얘기 말인데, 아미 씨는 아르바이트하면서 그거 말고는 괴롭힘 당한 일 없어?"

"아르바이트로 안내데스크를 맡았던 적이 있는데, 선

배 언니가 일하는 내내 같이 앉아 있는데도 한 마디도 안 하고, 눈길 한 번 안 주는 거예요. 왜 그러나 싶었는데 다른 동료가 제가 눈에 띄는 게 마음에 안 들어서 시샘하는 거라고 알려줬어요."

"그건 너무하네. 하지만 그런 사람도 있긴 하지."

"제가 가까이 다가가면 노골적으로 얼굴을 홱 돌렸어요. 그 사람은 좀 어려웠어요."

입 냄새가 고약해서 그랬던 것 아니야? 사카키는 그렇게 말하고 싶어서 좀이 쑤셨다. 사람들은 보통 입 냄새가 고약한 사람이 옆에 앉으면 그렇게 반응해. 봐, 나도 지금 고개를 돌리고 있잖아?

만약 그렇게 말한다면 둔한 아미도 '어? 그 말은 내 입 냄새가 고약하다는 뜻이야?'라며 내심 조금은 당황할지도 모른다. 그러면 무슨 말을 해도 자랑으로 들리는 그 앙증맞은 입을 잠깐은 다물어줄지도 모른다.

"아미 씨가 힘들어하잖아. 매니저, 제대로 지켜!"

말수가 적어진 사카키에게 다시 기운을 불어넣을 때라고 생각했는지, 아미에게 말을 걸 때와는 전혀 다른, 험한 목소리가 날아들었다. 남학생들은 아미에게 빠져 헤벌쭉 정신을 못 차리는 추한 자기 모습을 깨닫고는 사카키에게 남자다운 태도를 취해 위엄의 균형을 맞추려 했다.

"최선을 다하겠습니다!"

사카키가 될 대로 되라는 심정으로 외치자 또다시 웃음이 터졌다.

이 자리가 언제까지 계속되는 거지?

나중에는 술에 취한 척, 테이블에 엎드려 내내 고개를 푹 숙이고 있었다.

아미와 떨어져 있을 때, 남자가 사카키에게 말을 건 것은 환영회가 끝나고 술집 신발장에서 신발을 꺼내 신고 있을 때 딱 한 번뿐이었다.

"사카이 씨라고 했나? 아미 씨를 데려와줘서 고마워. 6월에도 모임이 있으니 다음에도 잘 좀 부탁해."

오늘 밤 술자리에서 만난 사람들과는 학교 안에서 마주치기도 싫었다.

남자들이 괜히 아미를 칭찬했던 것은 아니다. 사카키와 함께 1차만 끝내고 돌아갈 예정이었던 아미를 놓치지 않으려고 몇 명이서 둘러싸, 억지로 흥을 내서 2차까지 데려가려 했다. 똑 부러지게 말하지 않고 애교를 부리며 은근슬쩍 빠져나오려던 아미는 사카키와 눈이 마주치자 도움을 청하듯 간절한 시선을 보냈지만 사카키는 못 본 척 웃는 얼굴로 손을 흔들며 자리를 뒤로했다. 물론 사카키를 챙기는 사람은 아무도 없었으므로 바로 돌아갈 수 있었다.

아미도 둔감한데 나라고 둔감하게 못 굴 이유가 뭐야? 신입생은 1차 때 거의 다 돌아갔고, 2차는 노래방이었으니 본성을 드러내는 사람들도 나오겠지만. 전반적으로 가벼워 보이는 서클이었고. 아미도 이제는 어른이니, 자기 몸은 자기가 지킬 수 있을 것이다. 사실 아미는 남자 친구도 있고, 남자 경험도 풍부한데, 왜 모태솔로인 내가 지켜줘야 해?

하지만.

역으로 가는 길을 성큼성큼 걸어가던 사카키는 우뚝 멈춰섰다. 술에 취한 남학생들 사이에 껴서 난처한 표정을 짓고 있던 아미가 머릿속에서 사라지지 않았다.

사카키는 한숨을 푹 쉬고, 방금 왔던 길을 되돌아가 아직 술집 앞 도로에서 실랑이를 벌이고 있는 집단을 향해 크게 외쳤다.

"아미! 이제 곧 막차 끊겨! 집에 가야지!"

무리 속에서 튀어나온 아미는 진심으로 안도한 표정으로 사카키가 뻗은 손을 움켜잡았다. 사카키는 아미를 데리고 뒤도 돌아보지 않고 걸어갔다. 망할 매니저! 너 혼자 돌아가! 등등의 온갖 욕설을 들어가며.

그날 밤, 사카키는 침대 속에서 울었다. 사람의 기준은, 다른 사람과의 비교가 전부다. 사람들은 두 사람을 쭉 훑어보고 순식간에 품평을 해 우열을 매기고, 아미를 상등품, 나를 조악한 가짜로 판정한다. 지금까지도 학교나 거리에서 나는 아미와 끝없이 비교당했을 것이다. 그저 대놓고 말하는 사람이 없었을 뿐. 다들 마음속으로는 초라한 입장의 나를 비웃었던 것이다.

다른 테니스 동아리의 신입생 환영회에서도, 아미 옆에 앉아 있는 사카키는 똑같은 꼴을 당했다. 더 이상 사카키는 아미와 같은 동아리에 들어가고 싶은 기분이 들지 않았다. 사카키는 그만 포기하고 아무 데도 들어가지 않거나, 혹은 몰래 혼자서 어디든 들어갈까 고민했다. 하지만 그러면 아미하고 비교당하는 게 싫어서 단념했다는 사실을 인정하는 꼴이 된다. 지금까지 아미와 대등한 친구라는 입장에서 노력해온 만큼 자존심이 허락하지 않았다.

"지금까지 본 동아리도 나쁘지 않았지만, 이번에는 환영회에 가지 말고 직접 부실을 구경하러 가보지 않을래? 그러면 실제 활동 분위기도 알 수 있을 테고."

사카키가 노린 것은 등산 동아리였다. 테니스부보다 수수한 등산부라면 사카키가 자신 있는 튼튼한 다리와 허리를 내세워 동아리에 적응할 수 있으리라 생각했던 것이다.

등산부는 두 개 있었지만 부원이 많은 인기 동아리가 아니라 일부러 사람이 적은, 안내문도 돌리지 않은 곳을 찾아갔다.

동아리 건물 지하로 내려가 산악 동호회 간판이 걸린 문을 두드리자, 카펫에 아무렇게나 주저앉아 만화 잡지를 보고 있던 부원들 몇 명이 사카키와 아미를 올려다보았다.

"아……, 안녕? 혹시 신입생? 깜짝 놀랐네. 전단지도 안 돌렸는데 용케 찾아냈구나."

남자도, 여자도, 아미를 본 순간 매혹당했다기보다 순간적으로 겁먹은 표정을 먼저 보였다. 사카키는 이 동아리에 들기로 결심했다.

4

입부 초기에는 부끄러워서 아미에게 말 한 마디 못 걸었던 선배들이 얼마 지나 익숙해지자 아미를 동아리의 공주님으로 취급하기 시작했다. 하지만 그렇다고 해서 사카키를 시종 취급한 것은 아니었다. 똑똑하고 야무진 사카키에게도 우리 동아리에 와줘서 정말 고맙다고, 똑같이 존중해주었다. 나이는 상관없이, 아무리 사이가 좋아져도 기본적으로 서로를 존중하는 자세를 바탕으로 이루어진 부원들의 관계는 마음을 평온하게 해주었다.

산악 동호회는 봄 여름 가을 겨울, 주말에 간토 지방이나 고신에쓰*의 여러 산을 올랐다. 수수하고 사람 수도 적은 동아리였지만 활동은 활발해, 여름방학 중에는 이틀에 걸쳐 후지산 중턱에서 꼭대기까지 오르는 데 성공했다. 의식주를 함께 하고, 다함께 힘을 합쳐 등산을 계속하는 가운데 부원들은 급속도로 친해졌고, 표면적인 교류는 사라졌다. 한겨울에는 갑자기 스키부로 바뀌어, 산을 오르는 활동이 산자락의 새하얀 슬로프를 미끄러져 내려오는 활동으로 바뀌었다. 슬로프는 마침 스노보드가 유행하던 때라 스노보더들이 거의 점령하고 있었다. 부원들 중에서도 스노보드를 타고 싶다는 사람이 있었지만 리더의 독단으로 스키만 탈 수 있었다.

대학교 2학년 여름방학, 산악 동호회는 주말을 이용해 기리가미네 고원에 올랐다. 1층이 거실, 2층에 침실이 두 개 있는 대학 소유의 산장에 묵었다. 열 명 남짓한 산악 동호회 멤버가 넉넉히 묵을 수 있는 크기였다. 부원들은

---

* 간토 지방에 접하는 야마나시 현, 나가노 현, 니가타 현의 총칭.

도착하자마자 신이 나서 저녁 식사 준비도 마치기 전에 술판을 벌였다. 산기슭에 있는 마을에서도 한참 떨어진 그 산장은 정말 산속에 있어서, 주위에 집이라고는 한 채도 없었기 때문에 아무리 떠들어대도 혼날 일이 없었다.

11시가 지났을 무렵, 누가 괴담 자랑을 하자며 멋대로 거실 불을 꺼버리고는 손전등을 들고 와 불을 켰다. 모두 손전등 주위로 모여들었지만 막상 무서운 이야기를 하려니 아무도 아는 이야기가 없어, 누가 얘기할 건지 옥신각신하는 사이 아예 흐지부지될 지경에 이르렀다.

"예예, 그럼 제가 하겠습니다!"

"좋다, 사카키!"

손을 든 사카키에게 다른 부원들이 환성을 질렀다. 어색한 침묵이 깔릴 때 솔선해서 입을 여는 것이 동아리 안에서 사카키가 맡은 역할이었다.

"그럼 저희처럼 산을 사랑하는 두 남자 등산가의 이야기를."

누군가가 여기 멤버들 중에 등산가가 어디 있냐며 종알거리자 다른 부원이 잠자코 듣고 있으라며 야단을 쳤다.

"어느 날, 남자들은 평소처럼 둘이 팀을 짜서 난이도가 높은 설산을 오르고 있었어. 하지만 목적지에 무사히 도착해서 이제 산을 내려가려는 참에 눈보라가 일어나 발이 묶이고 말았지. 두 사람은 길을 잃고 조난당했어. 식량은 점점 줄어들고, 체력도 차츰 바닥났어. 결국 한 남자가 죽고 말았어. 친구의 시신을 업고 산을 헤매던 나머지 한 명은 이젠 끝이구나 생각하던 찰나에 피난소를 찾아냈어. 산장 안은 따뜻했고, 담요도 있었어. 남자는 여기에서 눈보라가 잦아들 때까지 버티면 안전하다고 판단하고 죽은 친구를 산장 앞에 묻어주고, 자기는 담요를 덮고 잠들었어.

얼마나 지났을까? 아침이 되어 잠에서 깬 남자는, 비명을 질렀어. 아악!"

사카키가 갑자기 버럭 소리를 지르자 여자 몇 명이 덩달아 비명을 질렀다. 술을 마시면서 두런거리느라 시끄러웠던 방 안은 어느새 쥐죽은 듯 고요해졌고, 다들 사카키의 이야기에 귀를 기울이고 있었다. 살랑살랑 흔들리는 손전등 불빛 속에, 소파와 부엌, 바로 옆에서, 마른침을 삼키며 이야기에 귀를 기울이는 여러 얼굴들이 어렴풋한 윤곽을 드러냈다.

"어찌된 영문인지, 눈앞에는 분명 어제 묻은 친구가 있었어. 마치 함께 잠들었던 것처럼, 곁에 있는 거야. 하지만 당연히 숨은 붙어 있지 않았고, 땅에 묻었을 때 묻은 흙과 눈도 머리카락과 얼굴에 그대로 들러붙어 있었어.

굳게 감은 눈에, 몸은 얼음장처럼 싸늘했지.

그래, 이미 죽은 거야. 그 이상도, 그 이하도 아니야.

땅에 묻었는데, 어째서 이 친구가 내 곁에……?

남자는 벌벌 떨면서도 다시 친구의 시신을 업고 나가 이번에는 처음보다 더 깊이 묻어주었어. 눈보라는 아무리 기다려도 그칠 기미가 없었어. 깨어 있어봤자 할 일이 없는 남자는 그러다가 다시 꾸벅꾸벅…….

문득 눈을 뜨니까 또! 눈에 뒤덮인 친구의 시신이 곁에 있었어. 남자는 사시나무 떨 듯 떨었지.

이 녀석, 내가 잠든 사이에 되살아나는구나!

어지간히 죽기 싫었던지, 아무리 묻고, 또 묻어도 다시 기어나와서 산장 안으로 들어오는 거야.

남자는 비명을 질렀어. 달아나고 싶었지만, 눈보라가 심해 당연히 도망칠 곳이 없었으니 울며 겨자 먹기로 친구를 또 밖에다 묻었어.

대체 어떻게 이 산장에 들어온 걸까?

남자는 무서웠지만 너무 궁금해서, 등산 기록용으로 가져왔던 핸디캠을 머리맡에 두고 녹화를 걸어두고 잠들었어.

그리고 또다시. 눈을 떠보니 역시 시신은 바로 옆에 있었지. 깊이, 깊이 묻었는데……. 남자는 떨리는 손가락으로 핸디캠의 재생 단추를 눌렀어.

화면에는, 지금 눈앞에 보이는 것과 똑같은 산장의 모습과 잠든 자신의 모습이 비쳤어. 여기까지는 평범했어. 그런데 몇 분 지나니, 화면 속에서 자기가 벌떡 일어나는 거야. 어라, 중간에 깬 기억은 없는데, 하면서 계속 보고 있자니, 화면 속의 자기가 벌떡 일어나 산장 밖으로 나가더래.

그러고는 얼마 지나자 친구의 시신을 등에 업고 다시 산장으로 들어와서, 시신을 옆에 뉘여놓고 다시 잠드는 것이었어……."

"엥? 그게 끝?"

길게 이어진 침묵 끝에 튀어나온 황망한 질문에 사카키가 고개를 끄덕이자 다들 김빠졌다는 듯이 일제히 늘어져 소파 등받이에 몸을 기댔다.

"뭐야, 결국 그 친구가 유령이었던 건 아니네? 하나도 안 무서워."

"어? 왜? 난 꽤 무서웠어."

여자 부원 하나가 반소매 밑으로 드러난 두 팔을 문지르며 소리를 질렀다.

"의식이 없는 사이에 시체를 파내다니, 이유가 뭐야? 소름 끼쳐. 닭살 돋은 것 좀 봐!"

"뭐, 중간까지는 무서웠지만. 조난당했다면서 마침 핸디캠은 들고 있다는 게 뭔가 지어낸 얘기 같잖아."

"산속에서 들으니 박진감 넘친다. 우리는 조난이 얼마나 무서운지 알잖아."

"아미는 어땠어?"

다들 입을 모아 감상을 말하는 가운데 사카키가 묻자, 따뜻한 녹차가 든 컵을 두 손으로 감싸쥐고 있던 아미가 생긋 웃었다.

"사카키는 타고난 이야기꾼이야."

"하나도 겁 안 내는 사람한테 그런 말을 듣는 것도 좀."

다른 사람들도 줄줄이 괴담을 늘어놓기 시작했고, 무서운 부분에서는 반사적으로 비명을 지르며 옆 사람에게 매달리면서 분위기가 무르익었다. 괴담에 질려 담배를 피우러 나가는 남학생이 있기에 사카키와 아미가 따라가 보니 바깥에는 깜깜한 어둠 속에 새까맣게 물든 굵은 나무 기둥들이 끝없이 이어져 있었다. 땅, 바람, 밤. 자연의 향기는 향기라 불러도 좋을지 모를 정도로 공기에 깊이 녹아들어 있었지만, 그래도 분명 그 야성적인 내음을 맡을 수 있었다. 도시에서는 맛볼 수 없는, 정갈한 공기다.

산장에서 조금 떨어진 것뿐인데 손을 뻗으면 손끝이 검게 물들어버릴 정도로 어둠이 피어오르는 가운데, 별들이 흩어진 하늘이 눈부시도록 환했다.

"별이 너무 예뻐. 굉장히 많네."

"하늘을 계속 보고 있으려니 목이 아파. 아미, 같이 바닥에 눕자."

아미가 가지고 온 무릎담요를 낙엽이 가득한 바닥에 깔고, 둘이서 벌렁 드러누워 하늘을 우러러보니 술기운 때문인지 별이 가득한 하늘이 서서히 왼쪽으로 회전했다.

곤히 잠든 새벽녘, 누가 부르는 것 같아 사카키는 잠에서 깼다. 눈을 뜨니 한 남학생이 여자 방에 들어오지는 못하고 살짝 열린 문 틈새로 문 근처에서 자고 있던 사카키를 작은 목소리로 필사적으로 부르고 있었다.

"사카키, 깨워서 미안. 잠깐 나올 수 있어?"

검은 티셔츠를 입은, 동아리 부장을 맡고 있는 나가노 선배였다.

"어, 지금 몇 신데요?"

사카키가 머리맡에 둔 휴대전화를 더듬거리자 나가노 선배는 낮은 목소리로 5시라고 대답했다. 오늘도 산에 오르기 때문에 6시에는 모두 일어날 예정이었다.

"기상 시간보다 한 시간이나 빨리 깨워서 미안해. 안 그래도 잠이 부족할 텐데."

"아니, 괜찮아요. 준비하고 내려갈 테니 1층에서 기다려주실래요?"

사카키는 아직 잠결에 있는 듯한 몽롱한 기분으로 이부자리에서 기어 나왔다. 맨발로 바닥을 디디니 차가웠다. 나가노 선배가 이렇게 이른 새벽부터 심각한 표정으로 깨우다니, 대체 무슨 일일까?

산장 문을 열자 안개로 촉촉이 젖은 산속의 새벽 공기 속에 흙과 나무 향기가 숨 막힐 정도로 가득했다.

자연은 실로 이 시간에 깊이 호흡하고 있구나 싶은 맑은 공기. 토해낸 숨이 안개에 녹아 식물들의 양분이 되는 것을 상상할 수 있다. 아침 이슬을 머금은 잡초를 밟으며 산장 뒤로 돌아가는 나가노 선배의 뒤를 쫓았다.

도착한 장소는 정말 그냥 산장 뒤편이었다. 산장의 반대편에는 나무들이 울창했다.

한 학번 차이지만 재수를 해서 사실은 두 살 위인 나가노 선배는 짧은 생머리가 앞으로 비스듬히 쭉쭉 뻗은, 중국 남자처럼 소박한 외모의 남자였다. 웃으면 눈이 실처럼 가늘어지기 때문에 눈동자가 똑똑히 보이는 지금은 그가 진지하다는 것을 알 수 있다.

산악 동호회에서 나가노 선배는 일단 부장이었다. 아니, 진짜 부장이 맞다. 하지만 유별난 사람이 따로 있어

건배를 선창하는 등 하도 부장처럼 구는 탓에 나가노 선배는 진짜 부장인데도 그림자 부장이라 불렸다. 그래도 리더다운 느낌만 없다 뿐이지, 결코 존재감이 옅은 것도 아니고, 다른 어느 부원보다 산에 해박해 트레킹 때는 반드시 있어야 할 중요한 존재였다.

"저, 선배, 이번 산악 스케줄에 뭔가 문제라도 있는 거예요?"

3, 4학년 여학생이 없는 이 동아리에서 사카키는 여자 부원의 리더 역할을 맡고 있었으므로, 중대한 사항을 비밀리에 전하려나 보다 하고 긴장했다. 산악 스케줄은 복잡해서, 식량이나 날씨, 어디에서 쉴지 치밀하게 정해야만 한다. 그래서 나가노와 사카키는 이 등산을 앞두고 밤늦게까지 부실에 남아 스케줄을 짰었다.

"아니……."

말을 흐리는 부장을 보니 어지간히 심각한 문제가 생긴 것 같아 더 긴장되었다.

산장 뒤편 통나무 벽에는 선배 부원들이 남겨놓은 낙서가 잔뜩 있었다. 최근 날짜의 낙서도 있거니와, 옛날 유행했던 동글동글한 여자 글씨로 '우리는 산악 동호회♪'라는 낙서도 있고, 그 밑에 부원들이 줄줄이 이름을 써넣은 오래된 낙서도 있었다. 날짜를 보니 10년 전. 거의 지워졌지만 15년도 더 된 날짜의 낙서도 있었다. 옛날 낙서도 최근 낙서도, 같은 또래였던 사람들의 즐거운 환희와 풋풋한 청춘은 변함이 없어, '우리 우정은 평생 보물!'이라느니 '우리가 최고!'라느니, 산 밑에서는 부끄러워서 죽어도 못 쓰겠지만 산장에서라면 당연한 내용의 낙서가 줄을 이었다.

갑자기 가슴이 뭉클해졌다. 소소하지만 누군가가 쌓아 올린 탄탄한 역사의 한 자락에, 그녀 자신도 확실하게 존재한다는 사실을 깨달았다. 그리고 선배들이 그러했듯 우리의 이 한때도 언젠가는 끝날 테고, 동아리를 그만두고 대학을 졸업하리라. 추억은 이 산장에 낙서로만 남고, 사회로 나가면 분명 필사적으로 달려야 해서, 어느 정도 기반을 마련하기 전에는 지금의 일 따위는 조금도 떠올리지 못할 것이다.

"저, 말이지."

좀처럼 말을 꺼내지 못하고 안절부절못하던 나가노 선배가 뜻을 굳히고 입을 열려는 바로 그 순간, 사카키는 나가노 선배의 마음을 알아차렸다. 동시에 온몸의 세포가 동시에 확 끓어오르는 듯한 흥분을 느꼈다.

"좋아하니까, 사귀어줘."

아직 잠에 취해 있던 의식이 단숨에 맑아졌다.

"왜 저예요?"

"아, 그건 말이지."

부장은 꼭 들을 줄 알았던 질문이지만 대답하는 건 정말 내키지 않는다는 듯 난처한 얼굴로, 스니커즈 끝으로 땅을 찍어대면서 작은 목소리로 대답했다.

"이번 등산 준비하면서 이것저것 아이디어를 냈잖아. 그게 정말 고마웠고, 믿음직했어."

사카키가 알 듯 말 듯 아리송한 표정을 짓자 엉뚱한 쪽으로 고개를 돌리고 있던 나가노 선배가 부루퉁하게 중얼거렸다.

"솔직히 난 네가 귀엽다고 생각해. 취향이라고 하면 좀 이상하게 들려? 따로 사귀는 사람이 있다거나, 나 같은 놈한텐 관심도 없다면 빨리 말해줘."

지금까지 나가노 선배를 이성으로 본 적은 없었다. 하지만 좋아한다는 말을 들은 순간, 나가노 선배가 지금까지와는 다르게 갑자기 남자로 보였다. 이 사람은 나를 여자로 보고 있어. 여자로 좋아하는 거야. 참 별난 사람이네. 하지만 나는 자연스럽게 받아들이고 있어.

"아미가 아닌데도 괜찮아요?"

"응? 뭐?"

사카키가 중얼거리자 한참 후에야 나가노 선배는 허둥

지둥 되물었다. 너무 긴장해서 사카키의 질문을 듣지 못한 모양이다. 딱딱하게 굳은 얼굴로, 사카키와는 눈도 마주치지 못하고 계속 옆만 보고 있다. 사카키는 힘이 쭉 빠졌다. 웃음이 나오려다가 문득 맥이 풀려 고개를 숙였다.

"저라도 괜찮다면 잘 부탁드릴게요."

나가노 선배는 아자! 하고 주먹을 불끈 쥐었다. 사카키는 괜히 쑥스러워 얼른 모처럼 나왔으니 일출이나 보자는 말을 했다. 산장 뒤를 떠날 때, 사카키는 방금 전과는 전혀 다른 기분으로 OB들의 낙서를 바라보았다. 지금은 벌써 20대, 30대가 되었을 선배들 중에는 그녀처럼 이른 아침 산장 뒤로 불려나와 고백을 받은 사람도 몇 명쯤은 있었을지 모른다. 그들도 지금의 나와 똑같은 마음이었을까? 산 풍경이 조금 전과는 완전히 달라 보였을까?

탁 트인 자리에서 아침 해를 보려고 둘이서 산길을 올랐다. 사카키는 나가노 선배의 뒷모습을 바라보며 뒤를 따라가는 게 너무나 기뻐서 자꾸만 말을 걸었다.

"어제 3시 넘어서 흩어진 뒤에, 남자들은 결국 잔 거예요? 과자하고 맥주 캔을 잔뜩 어질러놔서 죄송했어요. 여자들은 2층을 써서 고생 안 했지만."

"남자들은 이래저래 다들 깨어 있었어. 서랍을 뒤지니 마작 세트가 나온 게 화근이었지."

"그럼 나가노 선배, 밤 샌 거예요?"

"소파에서 조금 잤어. 5시 정각에 눈이 번쩍 뜨여서, 벌떡 일어나 '그래! 사카키한테 고백하자!' 하고 결심했지."

"하하, 잠에서 금방 깨는 체질인가봐요. 마작은 이겼어요?"

"아니, 안도가 싹 쓸었어. 그 녀석은 유난히 날 못 잡아먹어서 안달이거든."

"안도는 선배가 합숙 때 스노보드를 금지해서 자꾸 기어오르는 거예요."

"별수 없는 녀석이야. 스노보드를 타면 다리하고 허리 힘을 키울 수가 없단 말이야. 겨울 스키 여행은 다음 시즌 등산을 대비해 몸을 단련하기 위한 강화 합숙이기도 한데."

"그런 거예요? 몰랐어요."

"그렇겠지. 말을 안 했으니까."

이야기를 하면서 산을 오르는데도 발걸음이 깃털처럼 가벼웠다. 고백을 받아 새로 태어난 아침의 환희와, 앞장선 남자가 나의 애인이라는 믿을 수 없는 기분이 뒤섞였다.

시야가 탁 트인 곳까지 갔지만 정작 경치는 안개 때문에 거의 보이지 않았다. 생각해보면 산길을 오르면서 계속 짙은 안개가 피어오르고 있다는 걸 알고 있었으니 경치는 기대하기 어렵다는 걸 알 만도 했지만, 들뜬 탓에 두 사람 다 깨닫지 못했다.

"아무것도 안 보이네. 하지만 이건 이것대로 괜찮은데?"

"네, 아련한 운치가 있네요."

사카키는 지금 이 순간을 잊지 않도록 마음속에 아로새기고 싶었지만 제대로 표현할 길이 없어 조바심이 났다. 산의 능선을 가리는 우윳빛 안개가 그녀의 마음을 대변했다.

나가노 선배가 불쑥 손을 내밀기에 손을 잡으려고 그러나 싶어 움켜쥐었더니, 선배는 그대로 사카키를 힘껏 끌어당겨 키스를 했다.

분명 이런 순간들의 연속을 연애라 부르는 거겠지. 정신없이 겹친 입술보다도, 안개에 촉촉이 젖은 나가노 선배의 앞머리가 이마를 찌르는 감촉이 마치 손가락으로 마음을 어루만지는 것 같아 애가 탔다. 가슴이 너무 두근거려 오히려 괴로웠다. 그만 떨어지고 싶은 마음과 더 원하는 마음. 상반되는 감정으로 분열되어 무심코 입술을 떼고 사카키는 고개를 떨구었다. 나가노 선배의 가슴에 머리를 묻자, 이마에 빠른 고동이 느껴졌다. 나가노 선배의 품속에서, 숨결, 옷자락이 스치는 소리, 자그마한 정보들이 오감을 전부 채웠다. 물들어간다, 두려울 정도로 빠르게.

등산 출발 준비 때문에 두 사람은 서둘러 산장으로 돌아왔지만 벌써 다들 깨어 있을 시간이었다. 함께 돌아가면 놀림을 받을 테니 나가노 선배는 일단 담배나 피우며 시간을 죽이고, 사카키가 먼저 안으로 들어가기로 했다.

"좋은 아침, 사카키. 어디 갔었어?"

어젯밤 너무 놀아서 일어나서도 아직 피로가 덜 풀린 여학생들이 1층 거실에서 묵묵히 화장을 하는 가운데, 아미가 조용히 산장에 들어온 사카키를 누구보다 먼저 발견하고 그렇게 물었다.

"산책."

"산길을 내려갔다 왔어?"

"아니, 경치가 잘 보일 만한 곳까지 올라갔어. 하지만 안개가 짙어서 경치는 하나도 못 봤어."

"나도 보고 싶었는데! 왜 안 불렀어?"

"아미 넌 자고 있었잖아."

"그렇긴 하지만. 깨웠으면 틀림없이 함께 갔을 텐데."

화장수를 적신 솜으로 이마를 톡톡 두드리는 맨얼굴의 아미. 물기를 머금은 이마가 볼록해 평소보다 어려 보였다. 언제나 동급생이었으니 당연한 일인데, 사카키는 그

때 처음으로 아미가 자신과 같은 나이의 여자라는 것을 실감했다. 이 아이는 적도 라이벌도 아닌, 순수하게 그냥 여자친구라는 것을 깨달았다.

아, 그렇구나. 사카키는 마음의 변화를 깨닫고 부끄러워졌다.

스스로가 충족되면 아미에 대한 질투도 사라지는구나.

잠시 후 산장으로 돌아오는 소소한 공작을 펼쳤지만, 전날부터 긴장해서 거동이 수상했던 나가노 선배의 태도와, 아침 일찍 나란히 걸어가는 나가노 선배와 사카키의 모습을 한 부원이 목격한 탓에 부원들 사이에 순식간에 의혹이 퍼지고 말았다. 두 사람은 사귀기 시작했다고 털어놓을 수밖에 없었다. 부원들은 두 사람을 축복했고, 실컷 놀려댔다. 등산하는 중에도 그 이야기뿐이라 둘 다 느긋하게 산을 오를 정신이 아니었다. 아미는 눈물까지 글썽이며 감격했고, 등을 떠밀려 나란히 걸어가는 두 사람의 모습을 뒤에서 바라보며 함박웃음을 짓고 있었다.

나가노 선배의 고백 이후로 사카키는 아미 곁에 있는 게 예전처럼 싫지는 않았다. 휴일에 만나 점심을 먹고 함께 거리를 걷는 것도 고통스럽지 않았다. 여전히 아미 곁에서는 A'인 사카키였지만, 아미 곁에 있으면 자신의 진정한 가치를 안다고 할까, 옆에 커다란 자가 놓여 있는 것 같아 재미를 느끼기 시작했다. 오늘은 14센티미터, 오늘은 좋은 일이 있어 미소가 환하니까 19센티미터. 그렇게 다른 사람의 시선을 통해 자신을 객관적으로 볼 수 있었다. 아미는 30센티미터짜리 자다. 뛰어넘을 수는 없지만, 자신도 분명 어느 정도는 충분한 길이가 된다는 것을 사카키는 알 수 있었다.

5

사카키에게 인생 최초의 애인이 생겼을 무렵, 아미는 고등학교 체육대회 때 찾아왔던 애인과 헤어졌다. 3년이나 사귀었는데, 게다가 그렇게 멋진 남자였는데, 아미는 충격받은 기색도 없이 '그냥, 자연스럽게' 헤어졌다고 했다. 아미가 대학생이 되고, 그가 사회인이 되면서 환경이 바뀐 것이 이별의 계기였다고 한다. 뒤에서 우는 눈치도 없었고, 미련도 전혀 없어 보였다. 헤어졌다는 말을 들었을 때 아깝다고 생각했지만, 그가 없어도 금방 멋진 남자가 아미가 걸어가는 길에 쑥쑥 돋아나, 또 새로운 색을 곁들여주었다. 신사복 매장의 진열장 안에 다양한 무늬와 색상의 넥타이가 돌돌 말려 있는 것처럼, 아미의 인생 속에는 다양한 색상의 멋진 남자들이 수납되어 있는지도 모른다. 사카키는 자기 인생과 아미의 인생은 처음부터 질이 다르다고 생각했다.

"나쁜 사람은 아니었지만 또 헤어졌어."

환한 얼굴로 사카키에게 파국을 알릴 즈음이면 아미는 이미 새 애인의 팔에 팔짱을 끼고 있다. 대학생 때는 그 연속이었다. 아미가 아무리 미녀라고 해도 애니메이션처럼 매일 남자에게 고백을 받고, 아미를 두고 다투는 남자들이 금세 싸움판을 벌이는 일은 없었다. 아미의 주변에서 연애 때문에 수라장이 벌어진 적은 한 번도 없었다.

다만 대학에서 같은 수업을 들은 남자가, 아르바이트를 하면서 함께 카운터를 맡았던 남자가, 친척 모임에서 처음 만난 사돈의 팔촌이, 우연히 아미를 만난 사람들이 정기적으로 그녀에게 고백을 하고, 그녀는 훌쩍 다른 배로 갈아타는 과정을 반복했다.

물론 아미를 일방적으로 좋아할 뿐, 애인이 되지 못하는 남자들도 있었다.

〈동아리명 아미 연구회〉

　신학기 동아리 소개지를 뒤적이던 산악 동호회 부원이 '아미 연구회'라는 동아리 소개 글을 발견하고 한바탕 난리가 났다. "언제 아미 연구회라는 게 생겼지? 왜 일반인을 연구하는 거야? 그보다 다른 대학 학생인데." 당사자인 아미는 아무래도 상관없다는 듯 웃고만 있는데 남자 부원들은 과민하게 반응했다.

　"수상한 놈들이야. 쳐들어가자!"

　나가노 부장의 한마디에 남자 부원들은 산악 동호회 부실을 박차고 나가 동아리 소개지에 실린 위치를 찾아 '아미 연구회' 부실로 쳐들어갔다.

　하지만 안에는 부장 한 사람뿐, 부원도 하나 없고 부실도 한 달에 두 번밖에 못 쓰는 처지. 활동내역도 거의 없는 가공의 동아리나 다름없는 곳이라는 것을 알자 등산 부원들은 이성을 되찾았다.

"뭐야, 사기야?"

"아니, 얕보지 마세요. 저는 제대로 활동하고 있단 말입니다. 원래 조직을 만들 생각이 없어서 부원을 안 받고 있을 뿐입니다."

등산 부원들의 공격에도 주눅 들지 않고 태연히 대답한 이 아미 연구회의 부장, 고이케의 캐릭터가 독특해서 웃긴다는 이유로 산악 동호회는 다음 회식 자리에 그를 불렀다.

술집에 나타난 고이케는 어디로 보나 이과계로 보이는 얇은 테 안경을 쓰고 모눈무늬 셔츠를 입은, 햇빛이 안 드는 곳에서 자란 슈베르트에 살을 조금 더 붙인 듯한 외모의 남자였다. 산악회 남자 부원들이 모처럼 왔으니 아미 옆에 앉으라고 장난삼아 고이케를 아미 옆에 앉히려 하자 그는 딱 잘라 거절했다.

"저는 멀리 있는 아미 씨나, 아미 씨의 디테일에 관심이 있을 뿐이지 아미 씨 본인에게는 딱히 관심이 없습니다."

"무슨 소릴 하는 거야, 아미는 2차원이 아니야."

"물론 그건 잘 압니다. 하지만 아미 씨 본인에게 관심이 없는 건 사실이니까요. 이런 식으로 본인을 앞에 두고 말하는 건 실례지만."

아나운서처럼 담담한 억양으로 말하며, 술을 권해도 한마디로 거절하는 고이케의 독특한 분위기는 동아리 사람들에게 인기를 끌었다. 아미도 불쾌해하지 않고 고이케가 무슨 말을 할 때마다 웃었다. 사카키도 옆에 앉은 고이케가 흥미진진했던 터라 술이 들어가 제법 취했을 때 그에게 물어보았다.

"저기, 넌 아미의 스토커야?"

"스토커의 정의에 따라 다르겠지만, 저는 아닙니다. 다른 학교 학생이지만 거의 매일 저희 대학교에 나타나는 아미 씨는 재학생 사이에서는 소문이 자자해요. 그리고 아미 씨는 일반인이지만 독자 모델로 잡지에도 여러 번 등장했죠. 반쯤은 공인인 아미 씨에게 관심을 가지는 건 스토커라기보다 팬의 심리라고 부르는 게 더 어울리지 않을까요? 또 저는 아미 씨의 활약상을 수집해서 보관하고 있을 뿐입니다. 그것도 스토커라기보다는 팬 활동의 일부겠지요. 미행이나 도촬은 일절 하지 않았습니다."

"동아리 소개지에 실린 그 시는 직접 쓴 거야?"

"물론이지요. 제 마음을 담은 역작입니다."

"고이케는 참 특이한 사람이야, 정말로. 옛날부터 지금까지, 아미에게 추근거리는 남자를 몇 명이나 봤지만 너 같은 사람은 없었어."

"사카키 씨는 아미 씨하고 오랜 친구인가요?"

"그런 셈이지. 고등학교 때부터 친구야. 이 동아리에도 같이 들어왔어."

"그럼 고생이 많았겠네요."

예상치 못한 말에 사카키는 흠칫 놀랐다.

"고생이라니 무슨 소리야?"

"아미 씨의 단짝친구 노릇도 힘들죠? 아미 씨 옆에 있어봤자 같은 여자들은 손해만 봅니다."

"거침없이 말하는구나."

확실히 다들 마음속으로는 그렇게 생각하겠지만, 이렇게까지 대놓고 말하는 사람은 처음이었다. 오히려 너무 대놓고 말하는 탓에 무례하다고 화를 낼 기분도 나지 않았다.

"보통 아미 씨 같은 분은 친구는 있어도 단짝은 없는 법이에요. 남의 기분을 이해 못하는 미인은 원래 고독한 존재니까요. 하지만 사카키 씨가 노력한 덕분에 아미 씨는 동아리라는 커뮤니케이션 능력이 필요한 장소에도 들어올 수 있었죠. 아미 씨, 자기 대학에는 적응 못했죠?"

"확실히 자기 학교는 시시하다고 하긴 했어."

"그렇겠지요. 분명 인간관계를 제대로 구축하지 못했을 겁니다. 아미 씨는 눈치도 좀 없고, 자기가 먼저 남에게 말을 거는 재주도 없죠. 자존심도 세서 누가 불러주지 않으면 동아리 같은 데에도 못 들어갈 거예요."

고이케는 조금 떨어진 자리에 앉아서 술을 마시는, 술에 취해 발갛게 달아오른 얼굴로 다른 부원들과 웃으며 떠드는 아미를 바라보면서 목소리도 낮추지 않고 담담하게 말했다.

"아미는 그렇게 자존심이 센 애가 아니야. 게다가 저 애한테 친구가 없다니, 네가 뭘 안다고 그렇게 잘라 말해? 고등학교 때 아미는 학교에서 제일가는 마당발이었단 말이야. 반도, 학년도, 학교도 초월해 온갖 친구들이 말을 걸었다는 걸 알기나 해?"

"하지만 아미 씨가 그중 과연 몇 명과 제대로 된 우정을 나누었을까요? 아미 씨에게 마음을 터놓을 수 있는 진정한 친구는 사카키 씨뿐일 겁니다. 거듭 말하지만, 원래 아미 씨는 여자친구를 가질 수 있는 사람이 아니에요. 사카키 씨가 있기에 아미 씨는 행복한 겁니다."

"내 환심을 사서 뭐하려고 그래?"

"어라, 기쁜가요?"

"고이케, 닭날개 먹었지? 입술에 참깨 붙었다."

"대답을 회피하는 건가요, 사카키 씨?"

고이케는 손가락으로 참깨를 털어내며 씨익 웃었다.

아미 본인에게는 관심이 없다고 하면서도, 등산에는 절대 참가하지 않으면서도, 아미가 오는 회식 자리에는 반드시 나오는, 하지만 아무리 권해도 술은 입에도 대지 않는 고이케는 어느덧 산악 동호회 회식 자리의 명물이 되었다.

6

사카키가 새로 생긴 애인을 만나달라는 아미의 연락을 받은 것은 두 사람이 대학을 졸업하고 2년이 지났을 때였다. 대학을 졸업하고 사카키는 대기업 화장품 회사에, 아미는 우체국 접수처에 취직했다. 사카키는 아미가 자기 용모를 살리지 못하는 곳에 취직한 것이 의외였다. 사카키는 반대로 콤플렉스를 가려주는 직업을 찾았다. 사람은 자기 직업을 통해 부족하다고 자각하는 부분을 채우려 하는 걸지도 모른다.

쇼핑센터 2층의 자사 브랜드 코너에서 뷰티 어드바이저로 첫 걸음을 내디딘 사카키는 일을 배우면서 가혹한

야근에 모든 기력을 쏟아부은 탓에 아미하고는 거의 만날 시간이 없었다. 아미는 금세 우체국을 그만두었고, 지금은 백수였다.

카페 '마노'는 빛이 잘 들지 않는 편평한 1층짜리 가게로, 낮인데도 벌써 천장의 불이 켜져 있었다. 제일 안쪽 자리에 있던 아미는 사카키가 가게에 들어오자 손을 흔들었다. 하얀 블라우스에 모래색 반바지를 입고 있다. 올여름에는 밖에 한 번도 안 나갔나 싶을 정도로 피부가 투명하리만치 하얬다.

"사카키, 오랜만이야! 여기야, 여기."

"오랜만이야. 여기 자주 와?"

사카키가 주위를 둘러보면서 자리에 앉았다. 가게 안은 두 사람이 예전에 자주 다니던 세련되고 아기자기한 카페와는 거리가 멀었다. 입구 앞 책장에 《소년 점프》,《소년 선데이》,《고르고 13》이 주르륵 꽂혀 있는 케케묵은 카페로 조금 춥다는 느낌이 들 정도로 에어컨 바람이 강했다. 적갈색 소파가 놓인 칸막이석에는 아무도 없고 카운터석에만 네다섯 명의 남자가 모여서 남자 종업원과 큰 소리로 떠들어댔다. 동네 가게였지만 사카키는 한 번도 들어와본 적이 없었다.

"아니, 그 사람 단골가게야. 이 가게가 편하대. 오늘은 와줘서 고마워. 잘 지냈어? 일 많이 바쁘지?"

"그럭저럭. 일요일에 쉬는 게 몇 달 만인지 몰라. 평소에는 평일에 쉬거든. 왜, 판매직이잖아. 하지만 오늘은 억지로 휴가를 받았어."

"맞춰달라고 해서 미안해. 그 사람이 오늘이 아니면 못 쉰다고 해서."

"바쁜 사람인가봐."

"그래. 아직 안 왔지만, 이제 금방 올 거야."

아미는 이제나저제나 하고 몇 번이나 입구를 쳐다보았다. 평소보다 표정도 화사하고, 살짝 내리뜬 눈초리가 부드러웠다. 이게 아미의 연애 오라구나. 사카키도 덩달아 흐뭇했다.

"어떤 사람이야? 다카시 씨라고 했나?"

"개성적인 사람이야. 이 정도로 좋아하는 사람은 그 사람이 처음이야. 나, 처음으로 진짜 사람을 좋아하게 됐어."

지금까지 있었던 애인들이 들으면 기절초풍하겠다. 사카키는 쓴웃음을 지었다.

"그러고 보니 아미는 누구하고 사귀어도 연애한다고 들떴던 적은 없었지."

"정말 처음이야. 친구랑 오키나와에서 외딴섬을 여행하다 만났는데, 그 사람을 만난 순간부터 세상이 변했어."

"세상에, 첫눈에 반했나보네. 뭐하는 사람이야?"

"그게, 몇 번이나 설명을 들었는데 무슨 일을 하는지 잘 모르겠어. 뭐, 스스로 보람 있다고 하니까 어떤 직업이든 상관없지만."

"뭐?"

잘 모르는 일이라니, 그게 어떤 일이지? 아니, 그보다 사귀는 남자가 무슨 일을 하는지도 모르는데 불안하지 않나? 사카키는 미심쩍은 생각이 들었지만 아미는 아랑곳하지 않고 말을 이었다.

"하지만 아마 패션에는 관대한 직업인 것 같아. 항상 굉장히 자유로운 복장으로 다니고, 머리도 염색했거든. 흔히 말하는 회사원이 아니라, 좀 더 자유롭고 창조적인 곳에서 일하는 것 아닐까? 아, 맞다, 패션이라고 하니까 생각났는데 사카키, 이것 좀 봐."

아미가 갑자기 웃옷 자락을 훌렁 걷자, 잘록한 옆구리 부분에 새빨간 모란이 활짝 피어 있었다.

너무 놀란 사카키는 말문이 막혀 그저 뚫어져라 쳐다만 봤다. 커다란 문신. 손바닥 크기만 하다. 모란의 붉은 색이 눈을 찔러 현기증이 났다. 꽃잎 속에 빨려들어갈 것만 같았다.

절대 패션 타투로 보이지 않았다. 목욕탕 주인이 가차

없이 쫓아낼 듯한, 위엄 있고 전통적인 진짜 문신이었다.
모란은 꼭 실물 크기로 아미의 오른쪽 옆구리에 피어 있
었다. 꽃잎이 두 장, 요골 위에 떨어져 있다. 각혈처럼 새
빨간 색이었지만 정교하게 새겨 넣은 덕에 내장이 쏟아
진 것처럼 보이진 않는다. 그러나 예술적이라고 하기엔
거리가 멀다. 매끄러운 옆구리에 뿌리를 내리고 피어난
모란은 독살스러웠다.

  가게 안에서 문신을 드러내는 아미를 보고 놀란 사람
은 사카키 한 사람뿐이었다. 에어컨 바람이 너무 센, 담
배 냄새가 나는 가게 안에서는 여전히 남자 손님과 종업
원이 수다를 떠느라 여념이 없다. 둘이 앉은 자리에 접한
투명 쇼윈도 건너편 인도에도 사람은 하나도 보이지 않
고, 내리쬐는 오후의 햇살이 아스팔트를 달구고 있을 뿐
이다. 주위의 풍경이 전부 배경이 되고, 일상이었던 한낮
의 공기가 뒤틀려간다.

  아미는 조용히 웃었다. 가지런한 이를 슬며시 드러내
는, 포스터 모델처럼 아련한 미소. 이 미소를 지금까지
몇이나 되는 남자가 신비하다, 사랑스럽다, 작은 악마 같
다고 칭송했을까?

  사카키는 오랜 세월을 통해 아미의 미소에는 사실 아
무런 깊이도 없다는 것을 알고 있다. 기계적으로 보여주

는 미소, 하나의 습관, 그저 웃는 얼굴을 만들어줄 뿐인 미소. 하지만 사카키는 지금 처음으로 그 묽은 미소가 무서웠다. 화사하게 흐드러진 모란 문신과 어우러져 뭐라 말할 수 없는 박력을 쏟아내는 미소에 압도당했다.

"어때, 예쁘지? 다카시가 좋은 타투샵을 소개해줘서 거기에서 새겼어. 옛날부터 내 몸에 있던 것 같아서 정말 마음에 들어."

"무슨 소릴 하는 거야? 혹시나 나중에 지우고 싶으면 어쩌려고 이렇게 크게……."

"음, 그럴 일은 없을 거야. 다카시하고 나의 사랑의 증거니까."

아미가 옷을 다시 추스르자 카페의 공기가 원래대로 돌아왔다. 옷 밑에 가려지자 정말 거기에 모란이 있었는지조차 가물가물했다.

"다카시는 양팔에 트라이벌 문신이 있어. 로스앤젤레스에서 새겼다는데 정말 멋져. 손으로 작품을 창조하는 아티스트라 손에 파워를 집중시키려고 새겼대. 아, 그리고 나도 어깨에 다카시랑 같이 글자를 새겼어!"

아미가 윗옷 옷깃을 잡아당겨 어깨를 드러내자 고이케가 자신의 시에서 '매끈한 어깨'라고 표현했던 어깨에 시커멓고 자그마한, 일렁이는 불길 같은 '범(梵)'자가 새겨

져 있었다. 결정타다. 사카키는 《베르사유의 장미》에서 보았던, 귀족의 딸이 벌을 받아 죄인의 증거로 낙인찍히는 장면을 떠올렸다.

타투 정도에 동요하는 내가 고리타분한 걸까? 아니, 아미가 새긴 두 개의 타투는 패션이라기보다, 예술이라기보다,

낙인.

괜히 괴로워진 사카키가 머리를 싸매는데 갑자기 아미가 벌떡 일어나 소리를 질렀다.

"다카시, 여기야!"

다카시는 의외일 정도로 키가 작았다. 하지만 한껏 잘난 척을 하고 벙벙한 청바지를 입은 다리를 부자연스러울 정도로 흔들며 성큼성큼 걸어왔다. 아미가 벌떡 일어나 손을 흔들고 있는데도 바로 오지 않고 일단 카운터에 모여 있는 사람들에게 다가가 한차례 수다를 떨고 나서야 겨우 이쪽으로 왔다.

"여어."

"다카시, 늦었잖아. 약속은 2시라고 내가 말했지?"

"시끄러, 네가 멋대로 불러낸 거잖아. 아, 당신이 아미 친구? 난 이지마 다카시. 방가."

극단적으로 기울인 얼굴 각도를 그대로 유지하며 매서

운 눈초리로 손을 뻗는다. 사카키는 그 손을 조심스레 붙잡고 악수했다. 털썩 소리를 내며 아무렇게나 소파에 앉은 다카시는 엉덩이만 겨우 걸치고 가랑이를 쩍 벌리더니 진도 1 수준으로 다리를 떨기 시작했다.

"그래서 뭐야? 오늘은 네 친구하고 얘기하면 되는 거야?"

쩍 벌린 다리하며, 값을 매기듯 사카키를 흘깃흘깃 훑어보는 시선하며, 깍지 낀 손하며, 잔뜩 세운 어깨하며, 사카키는 지금까지 이렇게 상대를 업신여기는 태도로 대하는 사람을 본 적이 없었다.

"전 아미하고 고등학교 때부터 단짝이에요. 그래서 아미 애인이 어떤 사람인지 너무 궁금해서요. 아미가 굉장히 멋진 사람이라고 했거든요. 다카시 씨가 어떤 분인지 궁금했어요."

그와 대화를 나눌 의욕이 상당히 죽어버리긴 했지만 사카키는 겨우겨우 정신을 차리고 일부러 밝은 목소리로 물어보았다. 방금 전 아미가 했던 '몇 번이나 설명을 들었는데 무슨 일을 하는지 잘 모르겠다'는 말이 마음에 걸렸다.

"그래, 괜찮아. 나에 대한 거라면 얼마든지 알려주지. 질문이 뭐야?"

다카시는 소파 등받이에 기대어 다리를 꼬더니, 취재

받는 해외 스타처럼 으스댔다. 처음에는 농담을 하나 싶어 피식 웃었지만, 상대가 진심이라는 걸 알고는 예의상 짓고 있던 웃음을 거두고 진지한 얼굴로 물었다.

"그럼, 취미는?"

"음악이지, 당연히. DJ 활동하고 밴드."

"와아! 어떤 음악을 하나요? 록? 펑크?"

"장르는 따지지 않아. 밴드 이름은 '5차원'. 밴드의 목표는 소리의 퀄리티를 극한까지 추구해 빛의 차원으로 이행하는 거야."

다카시는 눈이 바깥쪽으로 살짝 몰린 사시였다. 여름용 니트 모자를 깊숙이 눌러쓰고, 모자 안쪽에 또 흑백 사선 줄무늬가 들어간 반다나를 질끈 감고 있었다. 호소력 짙은 거친 패션과는 반대로 모자 밑의 얼굴은 천식을 앓는 아이처럼 어리고 미덥지 못했다. 고개를 움직일 때마다 반다나가 위로 말려 올라가자 원래 눈썹이 있어야 할 위치에 눈썹은 없고 옅은 회색 자국만 있었다. 면도를 하나 본데, 어째서 눈썹을 깎는지 이유를 알 수가 없었다. 원래 눈썹이 있어야 할 자리의 골격이 불룩 튀어나와, 그가 표정을 바꿀 때마다 옛날에 눈썹이 있었던 부분의 근육이 울룩불룩 움직였다.

"지금 음악 업계가 막다른 골목에 갇힌 이유는 장르를

나누어 카테고리를 만들어낸 결과야. '5차원'은 그런 썩어빠진 업계에 새로운 바람을 불러일으킬 거야. 지성의 인스퍼레이션과 동적인 이모션을 동시에 음악으로 빚어내지."

다카시는 웨이터가 가져온 커피에는 손도 대지 않고 뜨거운 물수건으로 손가락 마디 사이사이까지 닦더니, 갑자기 험상궂게 돌변했다.

"어이, 아미! 물수건이 모자라잖아! 주방에 가서 받아와!"

"응? 지금 손에 들고 있잖아?"

"하나가 부족하잖아! 난 하나로 손을 닦고, 또 하나로 얼굴을 닦는단 말이야. 몇 번을 말해!"

"아, 그랬지. 깜빡했어, 미안."

다카시가 턱짓으로 지시하자 아미는 냉큼 일어나 주방까지 가서 물수건을 하나 더 받아왔다. 다카시는 뜨거운 물수건으로 얼굴을 닦고 나서야 겨우 마음이 놓인다는 듯 만족스럽게 한숨을 토해냈다.

"그래서 뭐였지? 어디까지 얘기했더라?"

"음악 활동에 대해 얘기해주셨어요. 그거 말고, 그럼 일은 어때요? 무슨 일을 해요?"

단단히 마음을 먹고 핵심을 찔러보았지만 다카시는 조

금도 동요하지 않고 술술 말했다.

"뭐, 간단히 말하자면 인재 파견업에서의 개인 정보 보호 업무야. 우리 회사는 독자적인 인력풀 정보 서비스를 다양한 기획 운영 회사에 제공하고 조율하는데, 그때 제공하는 개인 정보를 관리하고 있지."

"설명이 어렵지? 다카시는 늘 저렇게 설명해주는데, 몇 번을 들어도 난 잘 모르겠어. 사카키는 알겠어?"

"시끄러, 넌 좀 닥치고 있어!"

다카시가 무릎으로 테이블 밑을 찍어 올리듯 걷어찼다. 아미는 입을 다물었고, 사카키는 홍차를 마시는 척하면서 컵으로 얼어붙은 표정을 가렸다.

"아미, 넌 여전히 직관력이 떨어지는구나. 아미 친구 양반, 당신은 이해했지?"

"미안해요. 저도 그쪽 방면엔 무지해서 잘 모르겠지만, 어려운 일이라는 건 알겠어요."

"어렵다는 말로는 다 표현 못해. 매일 도태되고, 격렬하게 부딪치면서 남자로 살아가는, 시련의 날들의 연속이야. 그래서 휴일엔 음악이나 대자연 속에서 자신을 정화하거나, 평화를 위해 야외 음악 이벤트에서 향을 피우며 정신과 육체의 균형을 유지하고 있지. 바다나 산에 가서 영기를 받는 일은 굉장히 중요해. 당신, 정기적으로 꼬박꼬박 마음을 씻어내고 있어? 원래 나는 도시에는 길들여지지 않아. 대자연이 맞지. 자연의 파워를 받아서 정화하지 않으면, 남자들 세상에서는 성공할 수 없거든. 빅웨이브에 올라타기 위해서는 내 자신의 카르마도 정화해야만 해."

"자연을 좋아…… 하시나 보네요."

"아무리 나라도 자연의 정화력에 의지하지 않으면 못 버티지. 대지의 파워와 파워스톤의 힘을 빌려 그럭저럭 버티는 거야."

다카시는 자랑스럽다는 듯, 오른팔을 들어 갈색 반점이 있는 투박한 큰 돌이 달린 염주 팔찌를 사카키의 눈앞에 불쑥 내밀었다.

"내가 가장 존경하는 남자가 바로 우리 회사 보스인데, 그 양반이 알려준 거야. 신이나 악마보다 자연의 파워를 최고로 믿으라고 했지. 우리 보스가 얼마나 웃기는 양반인지 알아? 상상도 못할 인간이랄까, 정말 위험한 놈이라니까. 하지만 머리 회전도 빠르고 배짱도 두둑해. 사나이들의 충성심 알지? 난 이번 생에서 그 양반을 무조건 믿고 따를 생각이야."

"그러고 보니 다카시, 전에 오닉스*에 금이 갔다고 했지? 질투의 파동을 받아서 그랬다고. 하지만 여기엔 흠

집 하나 없는데?"

아미가 다카시가 찬 염주 중에서도 가장 큼직한 호랑이 모양 원석에 손을 뻗자, 다카시는 아미의 손을 냅다 쳐내고는 눈을 희번덕거리며 잡아먹을 듯이 고함을 질렀다.

"내 원석 건드리지 말랬지! 몇 번을 말해야 알아먹냐! 남이 건드리면 그놈 사념이 들어와서 내 원석이 더럽혀진단 말이야!"

"그랬지, 참. 미안해."

황급히 손을 거두는 아미를 향해 다카시는 짜증스럽다는 듯 한숨을 쉬고 또다시 소파 등받이에 몸을 기댔다. 고함 소리가 카페 안에 쩌렁쩌렁 울렸는데도 손님도 종업원도 놀라서 이쪽을 쳐다보기는커녕 태연히 담소를 나누고 있다.

아미는 아직도 정신을 못 차렸는지, 또다시 생글생글 웃으며 다카시를 사랑스럽다는 듯 흘끔흘끔 쳐다본다. 아미가 다카시가 믿는 어떤 종교 비스름한 뭔가의 신자가 될 기미는 없어 보여 사카키는 일단 안심했다. 남의 영향을 거의 받지 않는 아미의 둔감한 성격이 이번에는 도움이 되었다.

---

* 줄무늬가 있는 마노의 일종으로, 경도가 높고 아름다워서 장신구의 재료로 많이 쓰인다.

"아, 머리 아파. 어제 두 시간밖에 못 자는 바람에."

"어제 클럽에서 돌아간 후에 바로 안 잤어?"

"녹음한 소리를 편집했어. 머리 아파, 기분 나빠, 메슥 거려. 난 먼저 돌아가야겠어."

"응? 지금 막 왔잖아? 정말 기분파라니까."

"아니, 얘기는 충분히 나눴어. 그럼 오늘은 고마웠수 다, 아미 친구 양반. 잘 가쇼."

다카시는 사카키에게 고개만 까딱 숙인 다음 계산도 하지 않고 가게에서 나갔다. 그는 뒤도 돌아보지 않고 카 페에서 나갔지만 어깨를 으쓱거리는 그 뒷모습은 아미가 바라보고 있다는 사실을 의식하는 티가 역력했다.

"다카시 씨, 깡패는 아니지?"

조금 더 에둘러서 말하고 싶었지만 다른 말이 떠오르 지 않았다.

"지금은. 나쁜 일에선 이제 손 씻었대. 위법 행위는 위 험하고 손해만 본다면서. 대마초를 피운 적도 있었지만 같은 이유로 이제는 절대 손을 안 대는 것 같아. 중독성 이 강한 약인데 딱 끊을 수 있다니 의지가 대단하지?"

의지가 대단하다는 말을 이런 때 쓰는 거였나? 사카키 는 머리가 어지러웠다.

"맞다, 요전에 우리 집에도 인사하러 왔어. 하지만 부모님이 다카시한테 냉담하게 굴어서, 모처럼 와줬는데 어색해서 15분도 안 돼서 돌아가버렸지 뭐야."

아미의 부모님을 만났을 때도 다카시가 방금 전과 똑같이 굴었을지 모른다고 생각하니 아미의 부모님이 불쌍했다. 고등학교 때 아미의 아버지와 어머니, 두 분을 다 뵈었는데, 얌전하고 좋은 분들로 딸을 그 누구보다 자랑스러워했다.

"아미, 나도 그 사람한테 별로 좋은 인상은 못 받았어. 사실은 좋은 사람일지 모르지만 저런 태도로 나오는 사람을 보통 사람들은 도저히 받아들이지 못할 거야."

"그래, 나도 알아. 처세가 서툰 사람이야. 낯도 가리고 부끄럼도 많이 타서 처음 만나는 자리에서는 오해도 많이 사는 것 같아. 입으로 하는 말은 자신만만하지만 소년 같은 면도 있으니까. 좀 이상한 면도 있지만 사실은 다정하고 좋은 사람인데."

"아주 푹 빠졌구나. 그 사람의 모든 면이 좋아?"

나쁜 점도 보이지 않을 정도로? 라고 덧붙이고 싶은 것을 꾹 참았다.

"아니, 너무 인기가 많은 점은 싫어. 다카시가 이젠 나하고 사귄다는 걸 알면서도 끈질기게 수작을 거는 여자도 있어. 전화는 기본이고 그 사람 집에 멋대로 쳐들어오고, 클럽에서는 갑자기 내 눈앞에서 술에 취한 척 다카시한테 키스도 했어. 너무하다니까. 그 멍청한 여자, 정말 짜증 나."

사카키는 남을 험담하며 짜증스러운 듯 앞머리를 쓸어올리는 아미의 험악한 표정을 처음으로 봤다.

"이젠 지쳤어. 그래서 우리, 곧 결혼할 거야."

"결혼? 농담이지? 아직 사귄 지 1년밖에 안 됐잖아?"

"다카시를 보자마자 첫눈에 결심했어. 결혼해서 평생 이 사람 곁에 있겠다고."

그런 중요한 일을 첫눈에 결정하지 마, 제발.

7

"절대 안 돼, 그런 남자. 귀에 듣기 좋은 말만 해주지 말고, 아미를 올바른 방향으로 이끌어줘. 그게 단짝이 할 일이잖아."

커터 셔츠를 걸치던 나가노는 사카키의 이야기를 듣고 눈썹을 찌푸리며 그렇게 딱 잘라 말했다. 기리가미네 산장에서 고백했던 부장 나가노와 사카키는 사회에 나와서도 계속 만났고, 반년 후에 결혼할 예정이었다.

"하지만 아미가 처음으로 사람을 좋아하게 되었다며 반짝이는 눈으로 말했단 말이야. 만약 반대하면 마음을 닫아버리고 다카시 씨하고 둘만의 세계로 더 깊이 들어가버릴 것 같아."

"그러니까 어떻게든 해야지. 아미도 물러터졌어. 인기가 하늘을 찔렀으니 뭘 모르는 거야. 여자가 남자 하나 잘못 만나면 인생이 얼마나 바뀌는지를 모른다고. 어른이라면 연애와 인생에서 타협점을 찾아야만 해. 자기를 행복하게 해줄 남자를 선택해야지. 야생동물도 아니고, 좋아하는 감정만 앞세워 자기나 주변 사람들이 받을 피해는 생각도 않고 쫓아다니면 반드시 실패할 거야."

"그렇긴 해. 하지만 이번엔 설득할 수 있을지 자신이 없어."

"어쨌든 그런 남자는 절대 안 돼! 말려야 해!"

"뭐야, 당신. 아미 아버지처럼 말하네. 너무 열 내는 거 아니야?"

"나도 안타까워서 그래. 아미는 산악 동호회의 마돈나였잖아. 그 애하고 어울리는 남자와 결혼한다면 할 말 없지만 수상한 놈한테는 맡기기 싫어."

"그건 나도 마찬가지지만. 응, 듣고 보니 그러네. 아미는 지금 그 사람을 좋아하니까 결혼하면 행복할 거라는 생각밖에 못하겠지만, 나중에 고생할 게 눈에 훤히 보이잖아. 응, 다음에 만나면 아미한테 다시 생각해보라고 충고할게."

"너만 믿어. 그럼 난 갈게."

사카키보다 먼저 출근하는 나가노를 배웅하기 위해 사카키는 현관까지 따라갔다. 오랜 세월 사귀고 있는 나가노와 사카키는 이제 눈치를 보는 일도, 쑥스러워하는 일도 거의 없어 연인이라기보다 남매 같은 관계로 자리 잡았다. 하지만 그만큼 서로가 없는 인생은 상상도 할 수 없다.

"아, 그러고 보니 전에 말했던 상견례 날, 역시 다다음 주가 될 것 같은데 나가노 당신은 괜찮아?"

"괜찮아. 할머님은 이제 좀 괜찮으셔?"

"응. 의사 말이 이제 회복해서 안정되셨으니 지금은 계속 붙어서 간호하지 않아도 된대. 미안해, 내 사정으로 상견례 날을 미뤄서."

"괜찮아."

나가노는 회사를 거의 빠지지 않는다. 매일 직접 다리미질을 한 커터 셔츠를 입고, 매일 똑같은 아침 식사를 먹고 정시에 나간다. 사카키 역시 거의 똑같은 생활을 하고는 있지만, 매일 아침 감동을 받는다. 나가노는 이런 일도 할 줄 아는구나. 학창 시절엔 산이나 학교에 힘을 쏟아내고, 밤을 새워 마작 놀이를 하고, 야생원숭이처럼 난리법석을 떨었는데, 옷은 어쩌다 한 번 빠는 티셔츠와 청바지뿐이었는데. 매일 이렇게 규칙적인 생활을 하다니, 갑갑하지 않을까?

"당신, 여자 경험이 나 하나뿐이라도 정말 괜찮은 거야?"

"응?"

"아니, 이대로 결혼하면 말이야."

현관에 앉아 등을 돌리고 구두끈을 묶고 있던 나가노가 고개를 돌려 사카키를 힐끗 쳐다보았다.

"누가 너 하나라 그래?"

"그래? 그럼 다행이고. 어라, 잠깐. 사귄 건 내가 처음이라면서?"

"응."

"그럼 혹시 나하고 사귀고 나서 누구하고 잔 거야?"

"그럴 리 있겠냐. 다녀올게."

"다녀와."

사카키는 석연치 않은 기분으로 현관에 홀로 남았다. 방금 전 그녀를 돌아본 나가노의 얼굴이 모르는 남자로 보여, 오랜만에 가슴이 두근거렸다.

8

　고등학교 때 함께 어울렸던 동급생 나나가 엄청 흥분
한 기색으로 전화를 한 것은 그로부터 2주 뒤였다.

　"좀 들어봐, 사카키! 넌 동창회에 안 와서 모르겠지만
아미 애인 때문에 난리도 아니었어!"

　그 말을 들은 순간 사카키는 동창회에 가지 않았던 것
을 후회했다. 하지만 일 때문에 도저히 갈 수가 없었다.

　"2차에서 아미가 약혼자를 데려와도 괜찮으냐고 하기
에 다들 눈을 빛냈어. 아이를 데려온 친구도 있었고, 어
쨌든 우리도 보고 싶어서 당연히 된다고 했는데, 너 혹시
그 남자 봤니?"

　"봤어."

　"그럼 대충 예상이 되지? 이름은 까먹었는데 아미 애
인이라는 그 사람, 대체 뭐가 그리 잘났다고 그렇게 으스
대던지, 처음에는 예의상 부추겨주던 애들도 나중엔 지
쳐서 분위기가 이상해졌어. 일찌감치 가버린 애들도 몇
명 되고. 나나 요리는 솔직히 아미가 그런 인간의 어디를
좋아하는 건지 이해가 안 됐지만, 우린 친구니까 필사적
으로 그 남자를 칭찬해줬어. 그랬더니 그 인간, 아주 콧
대가 하늘을 찔러서 나카타한테 시비를 걸지 뭐야. 알다

시피 나카타는 진지한 성격이라, 진심으로 화를 냈고 결국 둘 다 고래고래 소리 높여 싸움질을 했다니까. 그랬더니 그 남자가 친구들을 부르겠다면서 휴대전화로 연락을 하기 시작해서, 다들 겁을 먹고 나카타를 억지로 끌어내 도망치듯 가게에서 빠져나왔어. 아미한테도 같이 가자고 했는데 걔는 남아 있었고."

"어쩌다 그런 일이……."

"그 남자, 어찌나 무례한지 상상을 초월한다니까. 유학하느라 해외에서 오래 살았다고 자랑하던데, 그런 게 변명이 될 순 없지. 아미도 다시 봤어. 자기 애인이 그렇게 멋대로 구는데 옆에서 어쩔 줄 몰라 쩔쩔매기만 했지 말리지도 못하던걸. 그보다 아미하고 전혀 어울리지 않잖아? 혹시 아미가 그 인간한테 약점이라도 잡힌 거 아니야?"

"아마 아닐 거야. 그냥 아미 눈에 콩깍지가 씐 것뿐이지."

"정말 알 수가 없어. 그런 사람 뭐가 좋담?"

정말 이해를 못하겠다는 듯 의아한 친구의 목소리에 사카키도 진심으로 동의했다. 대체 아미는 다카시의 어떤 면에 끌린 걸까? 문신까지 한 걸 보고 처음에는 반항적인 면을 동경했나 싶었지만 아무래도 그것만은 아닌 것 같았다. 아미는 다카시의 허세를 정확히 꿰뚫어보면서도 그 부분까지 사랑하는 것이다.

"그 인간, 아미를 하녀 부리듯 해서 보고 있는 내가 다 화가 나서 버럭 소리를 지를 뻔했어. 내버려뒀다간 아미도 덩달아 이상해질 거야. 안 그래도 그 애, 왠지 초췌한데다 옷차림도 은근히 야해졌던데."

나나는 우리 그룹의 리더 같은 존재로 소프트볼 동아리 부장이기도 했다. 그녀는 특히나 아미를 좋아하고 동경했다.

"그래서 요리하고 같이 의논해봤는데, 우리가 아미를 설득하러 갈 생각이야. 그런 남자는 안 된다고 말해주지 않으면 아미는 정말 그 남자하고 결혼할 거야. 사카키 너도 같이 가자."

"어쩌지. 음, 조금만 생각할 시간을 줘."

"왜? 혹시 너 그런 남자가 아미한테 어울린다고 진심으로 생각하는 거야?"

"어울리는지 안 어울리는지는 모르겠지만, 아미가 그 사람을 정말 좋아하는 것 같아서."

"우리도 결혼을 반대하면 아미한테 미움을 살 거라는 건 알아. 하지만 그런 것도 무릅쓰고 진실을 똑똑히 말해주는 게 진정한 친구 아닐까? 아미도 지금은 콩깍지가 씌어서 모르겠지만, 나중엔 분명 후회할 거야. 행복해지려면 올바른 길을 선택해야지."

"올바르지 않아도, 행복하지 않아도, 반드시 하고 싶은 일이 있다면 때로는 밀고 나가도 되지 않을까?"

"무슨 말을 하는 거야. 결혼은 행복해지려고 하는 거 아니야? 내가 보기에 분명 아미는 지금, 네 결혼에 영향을 받아 자기도 결혼하겠다고 고집을 부리는 거야. 걔는 옛날부터 네 영향을 많이 받았으니까. 사카키 넌 좋은 사람을 찾았지만 아미는 안 돼. 우리가 말려야지."

"글쎄. 결혼은 실제로 해보지 않고는 모르는 일이잖아. 나하고 나가노가 잘 되고, 아미하고 다카시 씨는 잘 안 된다는 근거가 어디에 있어?"

"사카키 너 좀 쌀쌀맞다? 고등학교 때도 넌 아미한테 쌀쌀맞았지. 아미는 어떤지 모르겠지만 우리는 알고 있었어. 사실은 아미를 별로 좋아하지 않지? 아미는 널 그렇게 따랐는데."

사카키가 입을 다물고 있자 전화기 너머에서 한숨 소리가 들렸다.

"미안해. 너도 생각이 있을 텐데. 하지만 그런 남자한테 아미를 빼앗긴다고 생각하니 왠지 억울하단 말이야. 억울하달까, 쓸쓸하달까."

"응. 나도 알아. 괜찮아."

아미는 우리의 자랑이었다. 사카키는 고등학교 때의 기

억을 떠올렸다. 분명 굉장한 사람이 될 거라고, 동화 속 공주님 같은 인생을 보낼 거라고 믿었다. 그래서 이번 일로 우리 멋대로 배신당했다고 착각하는 것이다. 아미 잘못이 아닌데, 우리가 멋대로 아미에게 기대했을 뿐인데. 체육대회에도 와주는 멋진 애인, 부잣집 딸, 연예계 스카우트, 눈앞에 줄을 선 흠 잡을 데 없는 남자들. 우리는 도저히 꿀 수 없는 꿈이 당연하다는 듯 품에 들어오는 아미를 보며, 앞으로 그녀의 인생은 얼마나 화려해질까 상상하며 가슴 설레었다. 하지만 이번 아미의 결혼 이야기를 통해 우리는 시간의 흐름을 똑똑히 인식하고 말았다. 당연한 말이지만 고등학교 시절은 이미 오래 전에 끝났다.

지금까지 질리도록 아미를 빛내주기 위한 배경으로 그 옆에 서 있었다. 배경의 마지막 역할은 아미를 다정하고 멋지고 돈 많은 왕자님에게 보내주는 장면에서 끝날 줄 알았건만.

9

사카키는 누구에게든 아미에 관해 의논하고 싶어서 대학을 졸업하고 한 번도 만난 적 없는 고이케를 불러냈다.

약속 장소는 대학교 때 동아리 친구들과 한잔하던 선술집이 아니라 아오야마의 빌딩 안에 있는 바였다. 어두운 불빛은 대학교 때 다녔던 선술집과 똑같았지만, 바는 그 어둠 속에 촘촘하고 짙은 밤의 공기가 가득했다. 많지 않은 손님들은 촘촘하게 얽혀 있는 분위기를 깨지 않으려고 작은 목소리로 소곤소곤 이야기를 나누고 있었다.

셰이커를 흔드는 바텐더는 동작이 요란하지도, 손님의 눈길을 과하게 의식하지도 않았다. 한 치의 틈도 보이지 않고 셰이커에서 칵테일을 따르는 바텐더의 모습이, 그가 입은 하얀 셔츠의 날카로운 옷깃과 마찬가지로 손님들에게 긴장감을 불러일으켜 약간 불편한 인상을 주었다. 발밑의 희미한 간접조명과 카운터의 양초가 주조명인 이 가게에서 구석에 무성히 꽂아놓은 단풍나무 줄기가 강렬하고 날카로운 스포트라이트를 독점하고 있었다.

가게에 들어온 고이케는 이제는 방안지 같은 모눈무늬 셔츠가 아니라 퇴근길의 회사원답게 한없이 검은색에 가까운 회색 양복을 입고 있었다. 일류 회사에 취직해 이미 결혼도 한 고이케는 겨우 2년 못 만났을 뿐인데 마치 딴 사람처럼 차분하고 어른스러워져 있었다. 굵은 검은 테 안경에 뒤로 싹 빗어 넘긴 머리카락. 눈빛이 날카로워진 고이케는 여전히 통통했지만 지방이 관록으로 자리 잡아, 통통하다기보다는 넉넉한 사람이라는 인상으로 이미지 변신에 성공했다.

"안녕하세요, 많이 기다렸죠? 찾기 어려운 곳인데, 가게는 금방 찾았나요?"

"괜찮아. 문자에 지도를 같이 보내줘서 고마워. 그것만 믿고 왔어."

"다행이네요."

고이케가 사카키 옆 카운터석에 앉자마자 마스터가 물로 희석한 위스키를 만들기 시작했다. 뭘 시킬지 말도 하기 전에 술을 만들어줄 수 있을 만큼 고이케에 대해 잘 알고 있는 걸 보니, 마스터와 꽤 통하는 모양이었다.

"고이케, 많이 변했네. 아키모토 야스시*를 조금 더 남자답게 만든 인상이야."

"사카키 씨도 변했네요. 이 가게의 어두운 조명으로 봐도 한눈에 뷰티 어드바이저라는 걸 알겠어요."

"화장이 진해? 아이섀도를 세 번 덧바른 게 실수였나. 올해 우리 회사에서 주력하는 가을 신상품 컬러인데."

"천만에요. 적어도 주력 색상이라는 건 알겠습니다."

분명 소형 노트북이 들어 있을 얇은 사각 통근 가방을

---

* 일본의 방송작가이자 작사가, 프로듀서, 영화감독으로 아이돌 그룹 AKB48의 프로듀서로 유명하다.

카운터 밑 선반에 넣고, 몸을 움직여 사카키 옆의 스툴에 앉은 고이케는 존재감의 질 자체가 바뀌었다. 대학생 때부터 열심히 차고 다니는, 술에 취한 부원들이 틈만 생기면 빼앗으려 들었던 롤렉스 데이토나 시계가 지금도 그의 손목에 감겨 있었는데, 예전엔 그렇게 안 어울리더니 지금은 눈에 전혀 거슬리지 않을 만큼 고이케에게 자연스레 녹아들어 있었다. 안경이나 양복과는 달리 시계는 일찍부터 사용해야 몸에 익는다는 사실을 계산에 넣어 고이케는 돈벌이가 없었던 대학생 때부터 시계만은 명품을 차고 다녔다.

"제 시계에 빠져 있는데 미안하지만, 우리가 변한 것처럼 아미 씨도 변했다는 말이 진짜인가요?"

"아미는 변한 게 아니야. 사람을 진심으로 좋아하게 되었을 뿐이지."

"아니, 그건 변했다고 하는 게 좋겠네요. 아미 씨가 다른 사람을 좋아하다니."

사카키는 아미가 지금 사랑에 빠져서 보통 여자들처럼 질투까지 하게 되었다는 이야기를 했다. 고이케는 받침 위에 놓은 위스키 글라스를 만지작거리긴 했지만 거의 마시지는 않고 손가락으로 톡톡 건드리고 있었다.

"아미 씨가 그렇게 푹 빠졌다니, 지금 만나는 남자는

대단히 잘생긴 사람인가 보군요."

"전혀 아니야. 아, 요즘 스타일인 건 맞는데, 뭐라고 해
야 하나, 병에 걸린 래퍼처럼 생겼어. 걱정스러울 정도로
삐삐 말랐다니까. 눈썹은 죄다 밀었고. 평소에는 니트 모
자를 깊숙이 눌러쓰고 있어서 겉으로는 평범해 보이지
만."

"그 외모라면 제대로 된 직장에 취직하기 어려울 것 같
은데요."

"당연히 못하지. 몇 번이나 설명을 들었는데 대체 뭘
하는지 잘 이해가 안 가는 일을 하고 있어. 반항아 같은
데다 미신까지 믿어서, 무슨 말을 하는지 반도 못 알아듣
겠어."

그것도 모자라 아미에게 자기랑 나란히 '범'자와 모란
타투까지 새기게 했다는 말은 도저히 못 꺼냈다.

"아미 씨는 그 남자를 믿고 있는 건가요?"

"으음, 못 믿는 마음과 믿고 싶은 마음이 딱 반반씩 섞
여 있는 것 같아. 그 남자가 자랑스럽게 주절주절 떠들어
댈 때 몰래 피식 웃기도 했거든. 하지만 그 남자의 거짓
말이나 수상쩍은 언동도 다 포함해서 귀여워서 못 견디
겠나봐. 뭐가 그리 귀여운지, 난 하나도 모르겠던데."

고이케는 위스키를 단숨에 비우고 바텐더가 바로 따라

준 두 번째 잔도 절반가량 들이켰다.

점점 더 빠른 속도로 술을 마시며 글라스에서 입술도 떼지 않고, 맞장구도 안 치는 고이케를 보니 사카키는 얘기를 계속 해도 될지 판단이 서지 않아 입을 다물었다.

"아미 씨가 불행해지는 게 눈에 선히 보인다는 거군요."

"글쎄, 과연 그렇게 장담할 수 있을지는 아직 잘 모르겠어. 하지만 어쨌든 타산이 없는 사랑이라는 건 알겠어."

"계산이 전혀 없는 건 자랑할 만큼 대단한 일이 아닙니다. 그래도 머리는 써야죠."

"순진해서 그래. 그리고 의외로 동물처럼 본능에 치우쳐 행동하는 구석이 있는 애니까."

"순진한 짐승은 어떻게 해야 자기가 안전하게 살아남을 수 있는지 알아요. 지금 아미 씨는 착각 속에 빠진 그냥 바보예요. 짐승보다 못하다고요. 살아남기 쉬운 방법을 고르지 않아도 자기는 살아갈 수 있다고 만만하게 보는 거죠. 아미 씨가 그 오라를 유지할 방법은 철저하게 타산적으로 계산해 자기에게 이득이 될 만한 상대와 결혼하는 길뿐인데."

"그렇게 결혼하면 아미는 평생 고독할 거야."

"고독도 나쁘지 않아요. 사카키 씨는 그 남자를 보고 어떻게 생각했죠?"

고이케는 슬쩍 사카키에게 미소를 던졌다.

"나? 나야 가능하면 좀 더 괜찮은 남자하고 사귀었으면 했지. 하지만 처음으로 사람을 진심으로 좋아하게 되었다고 하는 아미가 행복해 보여서, 걱정스럽긴 하지만 지켜보려고 했는데."

"복수할 수 있는 기회니까요."

"뭐?"

"아미 씨는 사카키 씨를 세상에서 가장 신뢰하고 있어요. 아미 씨에게 영향력이 큰 당신이 이 만남에 찬성하면 아미 씨는 더더욱 지금 연애에 열을 올리겠죠. 그리고 만일 결혼한다면 파멸이 기다릴 겁니다. 늘 아미 씨 옆에서 참아왔던 고생이 마침내 보상받는 순간이죠."

"솔직히 부럽다고 생각한 적은 있지만, 난 아미를 시샘하진 않아. 그런 속셈도 없고."

"여자의 질투란 무서운 감정이죠. 스스로 의식하지 않아도 알지 못하는 사이에 마음을 좀먹습니다. 저는 지금도 잊을 수 없어요. 처음 산악 동호회 회식 자리에 갔을 때, 사카키 씨를 발견한 아미 씨는 환하게 웃으며 사카키 씨에게 다가갔는데, 아미 씨를 본 순간 그때까지 편안했던 사카키 씨의 표정은 단숨에 고통을 참는 표정으로 바뀌었어요. 아미 씨는 성격이 그렇다 보니 아무것도 몰랐겠지만, 저는 물론이고 다른 사람들도 완벽하게 깨달았습니다. 사카키 씨에게 아미라는 단짝은 무거운 짐이라는 사실을."

고이케는 대학생 때 그랬던 것처럼, 자기는 뭐든 꿰뚫어보고 있다는 듯 날카로운 눈빛과 의미심장한 미소로 사카키에게 얼굴을 바짝 들이댔다.

"무슨 소리를 하는지 모르겠네. 다 아는 척 말은 잘해요."

"물론 이건 저의 추측입니다. 현실과는 다를지도 모르지요. 하지만 아미 씨를 연구하면서 알게 된 사실이 있습니다. 아미 씨는 친구를, 특히 여자친구를 가질 수 있는 사람이 아니에요. 하지만 무슨 운명인지, 사카키 씨라는 사람이 나타났죠. 아미 씨는 사카키 씨에게 매달렸습니다. 사카키 씨는 착한 사람을 연기했지만 그게 무거운 짐이었겠죠. 천진난만하다는 건 때로 주위 사람들을 상처 입히지 않던가요? 하지만 겨우 아미 씨가 세상을 배울 순간이 왔어요. 아미 씨는 못난 남자와 결혼해 앞으로 죽어라 고생하게 될 겁니다. 사카키 씨가 그 순간을 놓칠 리가 없어요. 애인이 위험한 사람이라는 걸 알면서도 지금까지 쌓아온 신뢰 관계를 완벽하게 이용해 함박웃음을 띠고 축하한다고 말하겠지요."

"너, 날 대체 얼마나 속이 시커면 여자라고 생각하는

거야?"

"틀린 말인가요?"

"잠깐, 진짜 그만해. 나까지 의심이 들잖아. 나, 사실은
아미한테 나쁜 일이 생기길 바라는 걸까?"

"사카키 씨는 솔직한 사람이군요. 괜찮아요, 그대로 욕
망이 이끄는 대로 전진하세요."

"그런 욕망은 없다는데 자꾸 그러네."

"뭐, 사카키 씨가 승자니까요. 아무리 아름다워도 머리
가 나쁜 여자는, 젊을 때는 괜찮지만 나이를 먹으면 신세
를 망치죠."

"내 매력을 이제야 안 거야?"

"예. 그래도 저는 물론 사카키 씨보다 아미 씨를 더 좋
아하지만요."

고이케는 '좋아한다'는 말을 하고 나서 잠시 입을 다물
고, 한 손으로 붙잡고 있던 글라스를 살짝 끌어당겼다.
위스키에 떠 있는, 북극에서 잘라온 것 같은 커다란 얼음
덩어리가 글라스 안에서 부딪혀 찰그랑 소리를 냈다.

"좋아했지만, 아미 씨는 이제 끝났어요. 제가 좋아했던
그 시절의 아미 씨는 사랑에 마모되어 닳아버리겠지요. 분
명 눈 깜짝할 사이에 빛이 없는 평범한 여자가 될 거예요."

"이제 끝났다니, 그런 말 쉽게 하지 마. 남자는 그런 면

254

에서 잔혹하다니까. 사랑을 해도 아미는 변함없이 아름다워. 그야 아미가 반한 남자는 확실히 도마뱀이 사람으로 변신한 것처럼 생겼지만 아미는 생기 넘치고 발랄해서, 그 어느 때보다 아름다울 정도야."

아미의 내면이야 어떤 평가를 받든 아무래도 상관없지만, 누가 아미의 미모를 폄하하면 여전히 사카키는 그냥 넘길 수가 없었다.

"그야 지금은 아름답겠죠. 최고조겠죠. 천천히 타오르는 불꽃의 화력이 두 배가 된 셈이니까요."

고이케가 테이블 구석의 젖빛 유리 속에 있는 미니 양초를 두꺼운 손바닥으로 가리자 공기가 차단되어 그의 말과는 반대로 불꽃은 죽어갔다.

"아미 씨의 미모는 서른 직전에 바닥날 겁니다. 지치고, 빛이 바래겠지요. 절망적일 정도로 남에게 관심이 없었던 게 아미 씨가 미모를 유지할 수 있는 비결이었는데. 여성은 사랑을 하지 않아야, 조금은 권태로워야 아름다운 겁니다."

"언제까지 그렇게 살 수는 없어. 아까도 말했지만 진심으로 사랑하는 사람이 없는 인생은 고독하잖아."

고이케가 손으로 가리고 있던 양초를 자기 앞으로 끌어당기자 녹아서 액체가 된 밀랍이 심지에 묻어 불이 꺼

져버렸다. 탄내가 감도는 가느다란 연기가 한 줄기 피어
올랐다.

"아미 씨도 저 같은 결혼을 했으면 좋았을 것을. 아무
것도 얻지 못하는 대신 아무것도 잃지 않는 결혼을 했다
면 좋았을 텐데."

뭐라고 맞장구를 쳐야 할지 몰라 사카키는 잠자코 있
었다.

"실은 좀 취했어요. 죄송해요."

고이케가 마시는 술은 위스키에서 진으로 바뀌어 있었
다. 마시는 속도는 빠르지만 양은 그리 많지 않으니, 옛
날과 마찬가지로 술에는 약한 건지도 모른다.

어쩌면 약한 척하고 싶은 건지도 모른다.

"제 청춘이 바야흐로 끝났습니다. 여러 남자들이 아미
씨를 스쳐갔죠. 하지만 아미 씨는 조금도 변하지 않았었
죠. 그 점이 중요해요. 아미 씨가 누구와 사귀든, 저는 아
무렇지도 않았어요."

확실히 학창 시절 고이케는 허세라고는 생각할 수 없
을 정도로 담담하게 아미의 남자관계를 받아들였다. 부
원들이 아무리 적나라한 정보를 고이케에게 제공해도,
이 아미 연구회 부장을 상처 입힐 수는 없었다.

"남자는 중요하지 않아요. 문제는 연애 감정이죠. 아미

씨의 격렬한 사랑의 불꽃은 내면에서부터 아미 씨를 불태울 겁니다.

사카키 씨는 항상 제가 아미 씨의 용모에만 눈이 팔려 있다고 했지만, 실제로는 그렇지 않아요. 아미 씨보다 아름다운 사람은 얼마든지 있습니다. 하지만 우리에게는 아미 씨뿐이에요. 그렇죠?

아미 씨가 그 희귀하고 특별한 정신 그대로 살아간다면 외모는 하나의 조건이 되겠지요. 저는 아미 씨가 그녀의 특별한 외모 때문에 쌓아온, 쌓을 수밖에 없었던 내면을 좋아했어요. 아미 씨의 변함없는 어떤 요소가, 변해버린 제게 그리움을 불러일으켰거든요. 하지만 이제는 사라졌어요. 그게 안타깝습니다."

"지나친 생각이야. 아미는 사랑은 하고 있지만 우리가 아는 아미 그대로야. 본인을 만나보면 그렇게까지 침울해할 필요도 없을 거야. 고이케도 결혼식에 오지그래?"

"아니, 전 그만두겠습니다. 오늘 밤엔 진탕 마실 거예요."

고이케는 그렇게 말하며 글라스를 기울였지만 테이블에 내려놓았을 때도 글라스 속 액체의 양은 거의 줄지 않았다.

"사카키 씨, 변한다는 건 참 신기한 일이죠. 불가능해, 나는 바뀔 리가 없어, 난 나야, 하고 마음속으로 외쳐도 정신을 차리고 보면 어느새 홀연히 변해 있곤 하거든요. 분명 변하기 직전까지 물밑에서 준비하고 있겠지만, 변하는 건 한순간이에요. 종이를 뒤집듯 간단하죠.

개인적인 얘기라 죄송하지만, 가령 저는 술 취한 사람한테 설교를 듣는 게 참 싫었어요. 비생산적이고, 결론도 없고, 무엇보다 옆에서 봤을 때 너무 추하잖아요. 하지만 회사에 들어가 저도 술을 마시게 되니 술 취한 상사의 이야기를 들을 수밖에 없었어요. 그게 그렇게나 싫었는데 어느 날 갑자기 태연해지더군요. 뭐야, 대수로운 일도 아니었네, 어째서 겨우 그런 일에 그렇게 매달렸을까, 하고 생각이 바뀌었어요."

술자리에서 아무리 권해도 술을 마시지 않았던 고이케의 모습이 사카키의 뇌리에 되살아났다. 다들 고이케를 이상한 자식이네, 술도 마실 줄 모르는 놈이네, 하며 욕했지만 사실 사카키는 내심 그런 그의 태도가 싫지 않았다. 아마 고이케의 미학 같은 걸 느꼈기 때문이리라.

"처음에는 기쁘죠. 사회에 순응한 것 같고 왠지 살기 편해진 것 같아 마음의 짐을 하나 덜은 기분이에요. 그리고 변한 자신을 받아들이면 점점 더 편한 쪽으로 흘러가죠. 정신을 차리고 보니 저도 매일 술을 마시고, 저보다 지위가 낮은 사람과 함께 있을 때는 상대의 말은 한 마디도 듣지 않고 제 자랑만 늘어놔요.

　작은 변화예요. 지금까지 그런 식으로 주변에서 느낀 차이를 없애가며 능숙하게 헤쳐왔으니, 필요한 기술이기도 하죠. 하지만 문득 내가 변해버렸다는 걸 깨닫고 나면 쓸쓸합니다. 되돌릴 수 없는 짓을 했다고 느끼는 거죠. 변하는 게 당연하다, 스스로에게 솔직했다고 말하는 건 이기적이고 미숙한 사고방식이다. 사람들은 그렇게 말하면서 변화를 긍정적으로 '순응'이라 부릅니다. 하지만 이기적이고 미숙하기 때문에 오히려 지키고 싶은 부분도 있는 겁니다. 자기 혼자만 가치를 아는 방식을, 남이야 싫어하든 말든 소중하게 지키는 건 어떤 의미에서는 궁극의 사치 아닐까요? 하지만 저는 살기 위해 그 무거운 짐을 하나 둘, 땅에 내던져가며 볼품없는 기구를 조종해 겨우겨우 기류를 타고 있어요."

　"하지만 고이케가 변한 것처럼 아미도 변해."

　"그렇겠죠. 아미 씨만은 변하지 않았으면 좋겠다는 건 교만한 소리죠. 미모는 언제나 다른 사람을 위한 겁니다. 당사자는 늘 거울을 들고 다니는 게 아니니, 나르시시스트가 아닌 한 늘 자기의 미모에 빠져 있을 순 없죠. 그러니까 자기 미모의 이윤을 누리기 위해, 용모가 아름다운 사람들은 미를 타인과의 교섭을 위한 무기로 삼는 겁니다. 하지만 아미 씨는 자신의 미모를 이용하지 않았어요. 저는 아미 씨의 그런 점을, 동경했던 겁니다."

고이케는 마치 거기에 정답이 적혀 있는 것처럼, 카운터 테이블에 시선을 떨어뜨린 채 고개를 들지 않았다. 입이 조금 벌어지고 아래턱이 비죽 나온 옆모습은 대학생 때와 조금도 변하지 않았다. 회식 자리에는 나오면서 아미를 보려고도, 이야기를 나누려고도 하지 않았던 그가, 너무 좋아해서, 너무 부끄러워서 말 한 마디 못했던 것이라니, 고이케가 늘 포커페이스였던 탓에 그 시절에는 상상조차 못했다. 하지만 어쩌면 그게 진실인지도 모른다.

"지금도 아미는 고이케가 동경했던 바로 그 아미야. 그리고 고이케 너도 말처럼 많이 변하진 않았으니 걱정 안 해도 돼."

"고맙습니다. 사카키 씨는 변했어요. 가게에 들어오자마자 2미터 밖에서도 뷰티 어드바이저인 줄 알겠더군요."

"그 말은 아까도 들었어."

두 사람은 아미와는 전혀 다른 화제로 이야기꽃을 피운 뒤, 새벽 2시에 바를 뒤로했다.

10

아미가 펑펑 울면서 사카키와 나가노의 맨션에 불쑥 찾아왔을 때, 사카키는 어젯밤 개수대에 그냥 처박아둔 두 사람 몫의 설거지를 하고 있었다. 홀쭉해진 아미는 전철을 타고 여기까지 오는 사이에도 계속 울었다고 했다. 화장기도 없고 염색이 빠진 머리카락은 대충 질끈 묶었을 뿐, 옷도 낡아빠진 헐렁한 남자 운동복 상의에 추워 보이는 반바지 차림이었다. 우산을 쓰고 왔기 때문에 비는 맞지 않고 그저 울었을 뿐인데도, 아미는 온몸이 흠뻑 젖은 것처럼 보였다.

"갑자기 찾아와서 미안해."

"무슨 일이야? 다카시 씨하고 싸우기라도 했어?"

사카키는 아미의 어깨를 감싸고 집 안으로 데려와 거실 소파에 앉혔다.

"아니. 다카시가 친구하고 외출해서 혼자 집에 멍하니 있는데 갑자기 피곤하고 슬퍼져서. 내가 있을 자리가 어디에도 없는 것 같아. 나, 얼마 전에 집에서 나왔어. 그래서 다카시가 친구랑 같이 사는 집에 들어갔는데, 처음에는 즐거웠지만 요샌 그만 지쳐버려서."

"남자 둘하고 같이 산다니, 아무리 그중 한 명이 애인

이라도 지칠 만해. 짐도 거의 부모님 댁에 있지? 집에서
나온 지 얼마나 됐어?"

"한 달."

카페에서 만났을 때의 빛을 모조리 잃은 아미는 사카
키의 얼굴을 볼 기운도 없는지 고개를 푹 떨구고 눈물을
글썽이고 있었다.

"부모님하고는 계속 사이가 안 좋았어. 어머니가 왜 그
렇게 결혼에 연연하는 거냐고, 임신이라도 했느냐고 물
어서 안 했다고 했더니 그렇게 마음이 놓일 수 없다는 듯
이 다행이라고 하시는 거야. 얼마나 기뻐하시던지 그 자
리에서 회사에 계신 아버지한테도 전화로 알리더라. '다
행이야, 얘야. 몸에 흠집 내지 않고 실수를 바로잡을 수
있으니까'라고 하셨어. 참을 수 없었어. 자기도 아이를
낳아봤으면서 어떻게 그런 말을 할 수 있지? 대체 날 뭐
라고 생각하는 걸까? 절대 용서할 수 없어."

"딸이니까 그러시는 거지."

아미는 눈물에 젖은 얼굴을 들어 두려움이 섞인 시선
으로 사카키의 얼굴을 살폈다.

"사카키도 같은 의견이야? 어머니 편이야?"

"아니야, 편 같은 게 아니라."

아미의 간절한 눈동자를 보고 무심코 부정했지만 사카

키는 아차 싶었다. 결혼은 다시 생각해보라고 강하게 말할 작정이었는데.

"일단 여기에서 천천히 쉬다 가. 한꺼번에 이것저것 생각하느라 지친 거야. 눈 밑이 시커멓다, 애. 잠은 제대로 자고 있어?"

힘없는 아미의 등을 다독이며 소파에 뉘어주자 아미는 담요에 몸을 동그랗게 말았다. 많이 지친 모습이다. 제대로 잠도 못 자고, 먹지도 못했으리라.

'아미, 그 남자는 포기해. 달리 더 좋은 사람이 분명 나타날 거야. 둘이서 찾아보자. 응?'

진지하게 설득하면 아미가 얌전히 고개를 끄덕일 것 같았다. 내가 하는 말이라면 들어줄 것 같다. 고이케하고 얘기한 뒤, 아미가 정말 좋아한다면 어쩔 수 없다고 생각했던 그녀의 결혼이 갑자기 진짜로 말리지 않으면 큰일 날 문제로 바뀌었다. 그런데 어째서 나는 말하지 않는 거지? 역시 고이케 말대로 나는 아미의 몰락을 바라고 있고, 그래서 말리지 않는 걸까?

"사카키네 신혼집 굉장히 멋지다. 가구도 벌써 이렇게 다 갖추었네."

아미는 손목보다 긴 운동복 소매로 입을 가리며 사카키와 나가노의 집을 둘러보았다.

"보통이지 뭐. 이 집 대출을 갚으려고 둘이서 절약하느라 소박할 정도야."

"에이, 하지만 굉장히 예쁜걸. 깔끔하게 정리해놔서 그런가?"

아미는 한동안 힘없이 두리번거리다가 갑자기 뭔가가 생각났는지 얼굴을 빛냈다.

"맞다, 깜빡했는데 결혼식은 괌에서 할 거야!"

아미는 아직 뺨이 축축했지만 처음으로 웃는 얼굴을 보여주었다.

"이유는 안 가르쳐주지만 다카시가 일본에서 결혼하는 건 절대 싫고 해외에서 올리고 싶대. 사카키도 와줄 거지? 못 온다면 정말 슬플 거야. 사카키 회사 일정에 맞춰서 결혼식 날짜를 정할까? 응, 사카키만 와주면 만족하니까. 우리 사이를 반대하는 사람은 결혼식엔 안 부를 거야."

주위 사람들의 잔소리가 그렇게 만들었는지, 아미는 고집스럽게 억지를 부렸다.

"인연까지 끊지는 않겠지만, 한동안 안 만날 거야. 사실은 당연히 부모님도, 다른 친구들도 부를 요량으로 식장을 예약했는데 이젠 됐어. 사카키만 와준다면 그걸로 족해."

사카키는 아무 말도 못하고 아미를 바라보았다. 아미

는 드러눕기만 했는데도 잠이 쏟아지는지 눈을 반쯤 감고 있었다.

"사카키는 설산에서 조난당한 그 남자처럼 날 다시 꺼내줄 거지?"

울고 있는 탓인지 평소보다 높고 코맹맹이 소리가 나는 아미의 목소리는 고등학생 때로 돌아간 것만 같아, 무슨 말을 했는지 이해하기 전에 왠지 등줄기가 서늘해졌다.

"어? 뭐라고?"

"산악 동호회에서 기리가미네 고원에 올랐을 때, 네가 얘기해줬잖아. 설산에서 조난당해 땅에 파묻은 친구의 시체를 자는 사이에 다시 파서 꺼낸 남자 이야기. 나, 그 얘길 들었을 때 사실은 굉장히 감동했었어. 함께 산을 올랐던 그 두 사람은 굉장히 강한 우정으로 묶여 있었던 거잖아."

그게 그런 이야기였던가? 아니, 아니다. 심각한 오해다.

"살아남은 남자는 이성으로는 친구가 죽었으니 썩기 전에 눈 속에 묻어줘야 한다고 생각했을 거야. 하지만 마음속으로는 간신히 발견한 따뜻한 산장 속에 데려오지 못하고 차가운 설산에 묻어놓은 친구가 불쌍해서 견딜 수 없었겠지. 그래서 잠이 들어 무의식 상태에 있을 때 친구를 구해준 거야. 몇 번이고, 몇 번이고. 역시 사카키는 좋은 얘기를 해주는구나 하고 그때 내가 얼마나 감동했었는데."

"아니, 그건 좋은 얘기가 아니야……."

그 괴담을 지어낸 사람은 설마 감동적인 이야기로 받아들여질 줄은 생각도 못했으리라. 역시 아미는 뭔가 어긋나 있다. 애처로운 착각이다.

"다른 사람들이 내 결혼을 반대하는 이유도 알고는 있어. 분명 나를 걱정해주는 거겠지. 하지만 지금 나를 눈 속에서 꺼내주고, 집에 들여주는 사람은 사카키뿐이야. 그게 기뻐."

아미는 눈을 꼭 감고 깊이 숨을 들이마신 뒤 다시 실눈을 떴다.

"졸려. 미안해."

"자도 돼. 그리고 부모님 댁에도 다카시 씨 집에도 돌아가기 거북하면 우리 집에 있어도 돼. 얼마든지."

"아니, 괜찮아. 오늘 다카시 집으로 돌아갈 거야. 지금만 잠깐, 자게 해줘."

"왜? 하루만이라도 자고 가."

"아니야, 지금만 잠깐, 지금만……."

아미는 중얼거리다가 잠들고 말았다. 한손을 소파 밖에 툭 늘어뜨린 채로.

아미가 와서 중단했던 설거지를 마저 했다. 주방에서 보이는 새시 밖으로는 여전히 비가 내리고 있었다. 창문을 닫아도 쏴쏴 비가 내리는 소리가 들린다. 다 씻은 그릇을 닦으면서 혹시 빨래를 널어놓지는 않았나 베란다를 확인하는데 현관벨이 울렸다. 자동잠금장치가 달린 맨션 현관 입구 카메라에 비친 것은 다카시였다. 사카키가 문을 열어주자 그는 잠시 후 사카키의 집이 있는 7층까지 올라왔다.

"여, 아미를 데리러 왔어."

다카시는 사카키의 집 문 앞에서 우산을 접었다.

"여기는 어떻게 알았어요?"

"2시간 전에 아미가 데리러 오라고 문자를 보냈어."

다카시는 멋대로 집에 들어오더니 소파에서 잠든 아미를 발견하고 짜증스러운 듯이 콧방귀를 뀌었다.

"사람이 이 빗속에 일부러 와줬더니 잠이나 자? 야, 일어나, 어이!"

주머니에 손을 쿡 찔러 넣은 채 몸도 숙이지 않고, 꼿꼿하게 서서 소파를 툭툭 걷어찬 진동으로 아미를 깨우려는 다카시를 사카키가 황급히 말렸다.

"깨우지 말아요, 방금 막 잠들었단 말이에요. 요새 제대로 못 자서 굉장히 지쳐 있어요. 모처럼 왔으니 저쪽 테이블에서 둘이서 얘기나 하지 않을래요? 차를 내올게요."

 사카키가 주전자로 물을 끓이는 사이, 다카시는 멍하니 다리를 떨면서 비가 그치지 않는 창밖을 바라보았다. 한편 사카키는 긴장하고 있었다. 이 남자에게 하고 싶은 말을 해야지. 지금이 기회다. 이 남자가 대체 무슨 생각을 하고 있는지 묻고, 경우에 따라서는 아미를 포기하라고 해야 한다.

 "오래 기다렸죠? 빗속에 오느라 고생했어요. 아, 혹시 젖진 않았나요? 수건을 빌려드릴걸 그랬나."

 "괜찮아. 별로 안 젖었어, 우산도 쓰고 있었고."

 다카시는 자기 앞에 놓인 홍차 잔을 이게 뭐에 쓰는 물건인가 하는 눈초리로 바라보기만 할 뿐 손도 대려 하지 않았다.

 "오늘 회사에는 안 가도 돼요?"

 "저녁때부터. 출근 시간이 따로 없어. 그러는 당신은?"

 "오늘은 때마침 휴일이었어요. 서비스업이라 정해진 날에 쉬는 일이 없어요. 전 기치조지에서 일하는데, 다카시 씨 회사는 어디 있어요?"

 "대개 시부야. 이케부쿠로일 때도, 신주쿠일 때도 있어. 사무소가 계속 이전해서."

 "이사가 힘들겠네요."

"별로. 사원은 보스까지 합해서 넷뿐이라."

사무소를 계속 옮기다니, 누가 봐도 야반도주 아닌가? 운송책으로 일하는 건 아니겠지? 머릿속에는 온갖 의문이 떠올랐지만 아직 묻고 싶은 게 있는 터라 괜히 꼬치꼬치 캐묻다가 다카시의 역정이라도 사면 곤란했다.

"아미 부모님을 만났다면서요? 결혼에 반대하셨다던데. 아미가 원래 부모님하고 사이가 좋은 애라 고민이 큰가 봐요."

"고리타분한 영감탱이랑 할망구. 내가 제일 싫어하는 타입이야. 자기들이 뭐가 그리 잘났다고 날 얕잡아보기나 하고. 그렇게 걱정되면 자기 딸을 집에 사슬로 묶어두면 될 거 아냐. 애초에 아미가 먼저 나한테 수작을 걸었다고."

"아미가 먼저 그랬어요?"

"그래. 처음 만났을 때부터 좋아한다, 좋아한다 시끄러워서, 내가 아줌마는 상대 안 한다고 했는데도 세 번이나 고백하질 않나, 눈앞에서 울어대질 않나, 어쩔 수가 없었다고."

"네? 다카시 씨가 아미보다 연하예요? 몇 살인데요?"

"스무 살."

"나보다 네 살이나 어리잖아……."

어려보이는 게 아니라 다카시는 정말 어렸다. 아미가 왜 까다로운 조건만 찾아가며 사람을 고르는지, 사카키는 알 수가 없었다.

"아미는 다카시 씨의 어디가 좋은 걸까."

무심코 본심을 흘린 사카키의 말을 칭찬으로 착각한 다카시는 가슴을 쭉 폈다.

"뭐, 남자다운 면이겠지. 저 녀석, 나이는 많지만 미덥지 못한 구석이 있으니까. 나라면 쭉쭉 이끌어줄 수 있고. 뭐, 나도 저 녀석하고 결혼하는 게 진짜 싫은 건 아니니 당신도 걱정 붙들어 매. 지금 시기에 저 녀석하고 결혼해서 개체에서 집합체로 이행하는 것도 좋을지 몰라. 이 시대의 시스템은 일단 리셋되고 이제 곧 새로운 세상이 시작될 거야. 어센션이 뭔지 알아? 그 전에 준비를 갖추고 싶어. 전진할지 붕괴할지는 우리 의식의 방향이 결정하니까."

"그런 사고방식은 전에도 말했던, 그 존경하는 분께 들은 건가요?"

"그래. 용케 알았네? 나와 그 양반은 집합 의식에 대해 같은 생각을 가지고 있어. 당신은 그럭저럭 직관력이 쓸 만하군."

당신 말대로, 만약 내 직관력이 쓸 만하다면 당신을 위험한 남자가 아니라 주변의 영향을 쉽게 받는 순진한 남자라고 생각하고 싶은데, 이것도 정답인가요? 사카키는 마음속으로 중얼거리며 한숨을 쉬었다.

밖에 비가 내려, 낮인데도 불을 켜야 할 정도로 실내가 어두웠지만 아미를 깨우지 않으려고 불은 켜지 않았다. 계속 내리는 비의 기운이 창문을 꼭꼭 닫아놓은 실내에도 스며들어 공기가 촉촉했다.

"다카시 씨는 아미를 좋아하나요?"

"저 녀석을 좋아한다고 생각한 적은 한 번도 없어."

바로 대답이 돌아왔다. 사카키는 한 대 얻어맞은 것처럼 가슴이 아렸다.

"그럼 그냥 끈질기게 구니까 일단 결혼이나 하고 보자는 건가요?"

"그럴 리 없잖아. 결혼은 일단 해보겠다고 할 수 있는 게 아니야."

"그럼 어떤 마음으로 하는 거죠?"

"귀찮게 자꾸 묻네. 저 녀석이 같이 살고 싶다니까 그러는 거지."

"다카시 씨는 아미하고 같이 있기 싫은데도?"

"같이 있기 싫은 건 아니야. 뭐 같이 있어도 상관없어. 쟤, 눈에 띄는 면도 있어서 사귀면 주위에서 부러워하거든. 별로 내가 좋아하는 얼굴은 아니지만. 어떻게 보면 가끔 개구리처럼 보여. 하지만 가끔 엉뚱한 소리를 할 때는 귀엽기도 해. 뭐, 내가 고등학교 때 사귀었던 옛날 여자친구한테 전화를 해서 심술을 부리는 건 그만뒀으면 좋겠지만. 일일이 간섭하는 건 귀찮지만 함께 살면 집안일도 다 해주니, 곁에 있다고 딱히 곤란한 존재는 아니라는 느낌?"

다카시는 맞은편에 앉아 있는 사카키를 보고 별안간 입을 다물었다.

"당신이 왜 울어?"

사카키는 '이제야 겨우 아미가 다카시 씨를 좋아하는 이유를 알게 되어서요'라고는 말할 수 없었다. 사카키는 휴지를 뽑아 코를 푼 뒤에 새빨간 눈으로 다카시를 바라보았다.

"알겠어요. 저는 응원할게요. 대신 반드시 아미를 행복하게 해줘요."

"당신이 부탁 안 해도 당연히 그럴 거야."

"고마워요. 가능한 한 소중하게 대해줘요."

"소중하게? 특별 취급을 잘못 말한 거겠지. 난 그런 짓 안 해. 아미는 보기보다 터프하다고."

다카시는 의자에서 일어나 아미가 잠들어 있는 소파로

걸어가더니 아미의 얼굴을 들여다보았다.

"이 녀석, 나한테는 잠 잘 잔다고 했는데."

다카시는 일어선 채로 고개를 숙여 잠든 아미의 얼굴을 바라보다가 사카키 쪽을 돌아보았다.

"한 시간쯤 후에 다시 데리러 와도 돼? 난 밖에서 좀 어슬렁거리다 올게."

"그래요. 천천히 있다 와요."

인사도 없이 집 밖으로 나간 다카시를 보낸 뒤, 사카키는 아미가 자고 있는 소파 옆에 앉았다.

입을 살짝 벌리고 깊은 숨을 내쉬는, 땀으로 촉촉이 젖은 아미의 이마에 붙은 머리카락을 손가락으로 살며시 걷어냈다.

"참 이상한 애구나. 매정한 사람이 아니면 사랑할 수 없니?"

아미를 사랑하지 않는 다카시만이 아미의 마음에 뻥 뚫린 부분을 메울 수 있다. 아미는 모두에게 사랑받는다고 하는 궁극의 고독을 알고 있다. 아미를 사랑하는 수많은 사람들은 그녀에게 적잖이 환상을 품고 있다. 아미는 이래야 한다, 역시 아미, 그래야 아미지. 다들 입을 모아 그렇게 말하며 그녀의 미모와 천진한 성격을 감상하고 안심한다. 아미는 무의식중에 그런 기대에 답하며 힘겨

위했다. 그렇게 자유로워 보였던 아미가, 세상을 이렇게 나 갑갑하게 여기고 있었을 줄이야. 자신을 둘러싼, 눈에 보이지 않는 감옥에서 벗어나기 위해, 아미는 자신의 세상 밖에 있는 사람을 선택했다. 그녀를 바라보는 사람이 아니라, 그녀가 바라볼 수 있는 사람을.

강렬한 갈망, 손에 넣고 싶은 욕망. 아미는 타인의 그런 감정에 항상 노출되어왔다. 남녀 구분 없이 누구나 항상 그녀를 원했고, 만나고 싶어 했으며, 그녀는 누구에게나 특별한 존재였다. 나는 그저 부러워하느라 눈치채지 못했다. 그 이면에서 아미가 얼마나 큰 고독을 끌어안고 있었는지를. 그리스 신화의 미다스 왕처럼, 손에 닿는 모든 것이 황금으로 변한다면 호의 없는 차가운 눈동자가 바로 보석일지 모른다. 강렬한 빛이 쏟아지는 무대에 서면, 관객이 몇천 명이라 해도 어두워서 그 얼굴은 보이지 않는다.

그렇게나 좋아해주는 사람이 많고, 주변에 수많은 사람들이 있는데도 고독하다. 철부지 내 친구. 하지만 나는 유일하게 그녀가 선택한 사람, 그녀의 고독을 가까이에서 지켜봤다.

어째서 나를 선택했을까?

그건 내가 아미를 좋아하지 않으니까.

방금 전 다카시가 하는 아미 이야기를 듣고, 사카키는 고등학교 시절 자신의 모습을 선명하게 떠올렸다. 그 무렵엔 아무래도 아미를 좋아할 수가 없어서 늘 함께 있는데도 마음속으로는 늘 피해 다녔다. 하지만 아미는 늘 곁에서 떨어지지 않았다.

고등학교 때, 혼자만 유일하게 아미의 숭배자가 되지 않았다. 그것은 아미를 질투했기 때문이었지만, 그렇기에 아미는 사카키에게 끌려 선뜻 마음을 열었던 것이다. 상대가 매정하게 굴 때에야 비로소 진정한 자신을 내보일 수 있는 것이리라.

아미에게 무관심한 다카시의 눈빛이 갖는 온도와, 고등학생 때 내가 아미를 바라보았던 눈빛의 온도는 분명 똑같이 차가울 것이다.

"아미, 이런 말은 미안하지만 넌 앞으로 고생할 거야. 하지만 내가 곁에 있을게."

잠든 아미의 귓가에, 사카키는 바람처럼 속삭였다. 다카시와 아미의 결혼 생활은 분명 아미의 괴로운 지구전이 될 것이다. 사랑은 있지만 아미는 다카시를 이해하지 못하고, 다카시 역시 아미를 이해하지 못한다. 함께 살아가려 할수록 마찰은 심해지고, 서로 지쳐간다. 하지만 그 노력 끝에 결실이 있다면.

다카시의 가능성을 믿자. 다카시가 언젠가, 아미를 바라볼 날이 있음을, 믿자. 그래, 고등학생 때는 상상도 못했지만, 지금은 나도, 아미를 이렇게나.

"곁에 있을게."

11

혼자서 괌에 간 사카키는 호텔에서 예복으로 갈아입고 결혼식장으로 향했다. 홀이 한산해서 예배당에는 사람이 북적거리나 했지만 같은 사람들이 그대로 이동했을 뿐이었다. 아미와 특별히 사이가 좋았던 부모님이나 친척, 고등학교 때 친구들 얼굴은 하나도 보이지 않았다. 휑한 식장에는 테이블 몇 세트밖에 없어 식장 규모와 수용인원이 맞지 않았다. 준비 시간을 충분히 잡지 않고 바로 결혼식 날짜를 정해서 서둘러 빈 예식장을 예약한 탓이다. 식장 벽 가장자리에 서 있는 무뚝뚝한 표정의 현지 종업원들은 한가해 보였고, 테이블 수가 적은 탓에 식장의 오렌지색 융단 여기저기에 빠지지 않은 와인 얼룩이 눈에 띄었다.

다카시의 친구들은 벌써 술에 취한 듯 언제나처럼 큰

목소리로 예식이 끝나고 갈 꼼 사격장에 대해 떠들어댔다. 신랑 친구라는 남자 셋이 테이블에 앉아 있었다. 성인식 날에는 분명 화려한 전통 옷을 입고, 콘로우 스타일 머리를 했을 사람들이다. 벌써 술이 얼근히 돌았는지 푸르죽죽한 대머리는 정확히 이마까지 핑크색으로 물들어 있다. 묘하게 번쩍거리는 검정 양복을 입고 있는, 누구 하나 어디 빠지지 않는 양아치들. 아무리 예복이라고 해도 너무 시커멓게 빛나는 그들의 양복이 결혼식장의 분위기를 무겁게 가라앉혀, 보는 사람들을 불편하게 했다.

"드디어 신랑 신부의 입장입니다! 여러분 박수로 맞이해주세요!"

회장의 불이 꺼지고, 진행을 맡은 여성이 라디오 DJ처럼 매끄러운 영어로 신랑 신부의 입장을 전했다. 드문드문한 박수갈채 속에서 사카키는 고개를 숙이고 무릎 위 손수건을 움켜쥐었다. 이 예식장에 들어오는 아미를 쳐다볼 용기가 없다. 학창 시절, 그렇게나 인기가 많았던 아미. 본인이 사람을 고르는 것도 아닌데, 그녀 주위에는 매력적이고 올곧은 사람들만 모였었다. 아미도 그 사람들을 굉장히 좋아했다. 하지만 그때 그 사람들은 아무도 오지 않았다. 마음이 아프지 않을 리가 없다.

드문드문한 박수에 이어 같은 테이블과 옆 테이블에

앉은 손님들이 무심코 흘린 탄식이 들렸다. 지금까지 아미의 곁에 있을 때 몇 번이나 들었던, 감탄의 한숨.

간소한 순백의 웨딩드레스를 입은 아미는 백합꽃처럼 빛나고 있었다. 큰 키, 곧게 뻗은 등, 인상을 꼭 집어 말할 수 없을 정도로 단정한 얼굴. 오늘은 립스틱을 조금 과하게 발라, 핑크색 입술이 앵두처럼 도톰하게 솟아 있다.

봄에 피는 모든 꽃은 아미를 위한 형용사다. 무거울 정도로 줄기에 꽃을 틔운 목련이 아낌없이 찬찬히 꽃을 뿌리며 향기를 발산한다. 행복의 절정이라기보다 성찰한 듯 정숙한 분위기가 아미의 미모에 기품을 더했다.

빈자리가 많은 예식장을 둘러본 아미는 슬픈 표정을 짓지 않았다. 다만 사카키를 가만히 바라보며 생긋 웃었다.

지금까지 나는 이 단짝에게 대체 무엇을 해주었을까? 사카키가 쏟아지려는 눈물을 삼키며 입술을 꾹 다물고 미소로 답하자 아미는 함박웃음으로 화답했다.

코스 요리는 폴리네시안 요리와 일본인들 입에 맞는 이탈리아 요리를 섞어놓은 메뉴였다. 메인 요리를 포함해 모든 요리에, 색은 예쁘지만 물기가 많아 별로 맛은 없는 과일이 함께 나왔다. 아미는 커다란 테이블에 마련된 주인공 자리에서, 빌린 의상 티가 팍팍 나는 하얀 턱시도를 입은 다카시 옆에 앉아 종이 냅킨을 드레스 무릎에 깔고 과일 몇 조각을 먹고 있었다.

"신부 아미 씨의 친구분께서 축하 메시지를 준비했습니다. 아미 씨의 고등학교 때 친구로, 이 결혼을 위해 일부러 멀리 일본에서 달려오셨습니다! 인사 부탁드립니다!"

갑자기 스포트라이트가 쏟아져 긴장 때문에 목이 탔지만 물을 마실 여유도 없이 편지를 들고 신랑 신부 바로 옆에 있는 마이크 스탠드로 걸어갔다. 갖출 건 다 갖춘, 전형적인 예식 순서의 일환인 이런 역할은 고역이라 가능하면 사양하고 싶었다.

어깨를 움츠리고 미리 준비한 편지 봉투를 뜯느라 애쓰던 사카키가 문득 어떤 시선을 느끼고 고개를 들자 웨딩드레스의 치맛자락을 활짝 펼치고 앉아 있는 아미가 눈에 들어왔다. 아미가 서글픈 표정으로 미소를 짓자 촉촉한 눈동자는 빛을 머금어 한층 더 깊고 맑아 보였다. 훤히 드러난 등은 살이 빠져서 부러질 것처럼 가녀렸고, 견갑골의 깊은 골은 천사의 날개가 돋아 있던 자국처럼 보였다.

나의 아미.

"어…… 아미와는 제 모교, 스루가사키 고등학교에서 만난 후로 지금까지 둘도 없는 단짝으로 지내왔습니다. 아미와 처음 만난 것은 고등학교 1학년 때였는데, 이름순으로 출석번호를 정하다 보니 입학식 때 아미 바로 뒤에 서게 되었고, 이야기도 나누게 되었습니다. 둘 다 고등학 생이라고는 하지만 아직 교복만 입은 어린애였죠.

처음 제비뽑기로 자리를 바꾸었을 때, 아미가 제 바로 앞자리에 앉게 되었습니다. 아미는 굉장히 기뻐하며 앞 자리에서 제 쪽을 돌아보더니 환하게 웃으면서 말했습 니다.

'애, 알고 있니? 이런 걸 우연이라고 하는 거야.'

'기적이 아니라?'

제가 그렇게 말하자 아미는 그러냐며 고개를 갸웃거렸 죠. 이상한 애라고 생각했지만 지금 생각해보면 저는 그 때 이미 아미의 매력에 빠져들었던 것 같습니다."

헛기침을 해서 눈물 섞인 목소리를 숨기려 했지만, 헛 기침마저 촉촉하게 젖어 민망했다. 추억이 머릿속을 달 려가고, 말로 다 표현할 수 없을 정도로 맴을 돌고 있다. 고등학교 때 비 냄새가 나는 북쪽 건물 복도에 서서 둘이 소곤거렸던 방과 후. 3년 내내 함께 찼던 리본 팔찌는 졸 업식 날 학교 뒤뜰에 묻었다.

"얼마 전 심야 방송에서 유럽 영화를 봤습니다. 취직에 번번이 실패하고, 언제까지나 독신 신세로 인생의 리듬 을 제대로 타지 못하는, 저나 아미와 비슷한 또래의 여자가 주인공이었습니다. 그 여자에게는 병에 걸렸지만 밝고 긍정적이고 행복한 어머니가 있었어요. 주인공이 문병을 가면 그녀의 어머니는 이렇게 말합니다.

'고민은 그만 붙들어 매. 넌 젊고 앞으로 미래가 있잖니? 그보다 주위를 둘러보렴. 자, 눈에 보이는 모든 게 네 인생이야.'

이 말을 들었을 때, 저는 왠지 주위 풍경이 평소와 다르게 보였습니다. 저도 아미에게 이 말을 선물하고 싶습니다. 눈에 보이는 모든 게, 아미 네 인생이야. 틀에 갇히지 말고, 자유롭게, 여유롭게, 아미 네 인생을 살아. 그리고 새로 더해진 다카시 씨와 나를, 앞으로도 항상 네 인생 속의 한 부분으로 생각해줘. 계속 친구로 있어줘서 고마워. 그리고 축하해. 부디 아미를 잘 부탁드립니다. 사카키 란."

고개를 숙이자 신랑 친구인 양아치들이 환호성을 지르며 식장 전체에 쩌렁쩌렁 울릴 만큼 큰 박수를 쳤다.

신랑 신부 쪽을 보니 아미가 아니라 그녀 옆에 앉은 다카시가 잔뜩 찌푸린 얼굴로 눈을 새빨갛게 물들이고 있었다. 일단 사람 마음은 가지고 있는 모양이다. 진심을 담아 고개를 숙였다. '다카시 씨, 가급적 말썽은 삼가고 아미를 상처 입히지 말아줘요. 정말 어렵겠지만, 어느 한

쪽이 다른 쪽에 물들지 않고, 빛과 어둠을 균등하게 나누어 가지고, 오래오래 행복하게 살아요.'

"그럼 여러분, 피로연도 무르익어가는 가운데 드디어 피날레가 다가왔습니다. 마지막으로 기념 촬영을 하겠습니다. 여러분, 잠깐 예식장 밖으로 나가주세요."

사회자의 안내에 따라 신랑 신부와 하객들이 식장 밖으로 나갔다. 내리쬐는 태양에 눈도 뜨기 힘든 남쪽 섬의 맑은 하늘 아래, 잔디가 펼쳐진 언덕에서 기념사진을 찍기 시작했다.

가운뎃줄 오른쪽 끝에 계신 분, 조금 더 가운데로 오세요, 중앙에 계신 두 분, 얼굴이 겹쳤습니다. 카메라맨의 지시에 따라 꼼지락꼼지락 자리를 찾는다. 모든 게 저 카메라 프레임 안에 쏙 들어갈 정도로 작은 일들이라고 생각하니 기분이 묘했다. 플래시가 빛나는 순간, 사진은 시간마저 가두어 아로새긴다. 카메라맨의 보조가 아미의 드레스를 가다듬어 치맛자락을 잔디 위에 넓게 펴자, 싱싱한 신록과 어우러진 순백의 드레스가 눈이 부시도록 아름다웠다.

"아미, 지금까지의 인생 중에서 어느 순간이 가장 행복했어?"

사카키가 웃는 얼굴을 카메라에 고정한 채로 옆에 있

는 아미에게 불쑥 물었다.

"순간이라고 하면……, 새로운 사람을 만나 함께 놀고, 그냥 수다를 떨 때가 제일 행복했어."

"그렇지? 나도 결국 그런 평범한 한때가 제일 좋더라."

"보물이지."

치즈! 구호에 맞추어 플래시가 빛났다. 또 하나, 추억의 사진.

한 장 더 찍겠습니다, 치즈!

옮긴이의 말

✨

고등학생 때《인스톨》로 열일곱의 나이에 문예상을 받으며 화려하게 데뷔한 와타야 리사는 와세다 대학교 재학 중이던 2004년에는《발로 차주고 싶은 등짝》으로 역대 최연소의 나이, 만 19세로 아쿠타가와 상을 수상하고 일약 스타가 됩니다. 연예인 뺨치는 아름다운 외모도 당시 큰 반향을 일으켜 미디어에 출연했을 때 선풍적인 인기를 끌었고, 스토커에게 시달리기까지 합니다. 한동안 그런 열기 때문에 고생했는지 미디어를 멀리하고 슬럼프에 빠지지만, 2007년《꿈을 주다》를 발표하며 팬사인회를 개최하는 등 다시 작가로서의 행보를 이어가고, 이후 다작은 아니지만 꾸준한 작품 활동을 보여주고 있습니다.

《불쌍하구나?》는 와타야 리사가 2011년에 발표한 소설로 제6회 오에 겐자부로 상을 받은 작품입니다. 노벨

문학상 수상작가인 오에 겐자부로가 매년 한 권씩 가능성, 성과를 인정하는 '문학의 언어'를 보여주는 작품을 직접 선정하는, 2006년 창설되어 현재 제7회를 맞이한 문학상입니다.

표제작인 〈불쌍하구나?〉는 어리숙할 정도로 연인의 말을 믿는 쥬리에라는 여성이 주인공으로 등장합니다. 쥬리에는 헤어진 연인이 일자리를 찾을 때까지 자기 집에 재우겠다는 남자친구 류다이의 말에 처음에는 화를 내지만 그의 사랑을 잃는 것이 두려워 자기 마음을 기만하고 부자연스러운 상황들에 눈을 감아버립니다. 하지만 그렇게 참고 참던 쥬리에는 마지막에 가서 이성을 잃고 결국 사랑하는 연인 앞에서 여성스럽지 못한 모습까지 보이며 분노를 폭발시키고 맙니다. 중반까지는 답답하기까지 한 전개이지만, 후반부에서는 일종의 카타르시스마저 느낄 수 있는 작품입니다.

사실 저는 표제작보다 〈아미는 미인〉에 더 큰 점수를 주고 싶습니다. 여성의 일그러진 심리, 숨겨진 내면을 표현한 작품들은 많지만 〈아미는 미인〉처럼 한 마디로 표현하기 어려운, 복잡한 양면성을 가진 심리를 이렇게 깔끔하게 표현한 작품은 보기 드물기 때문입니다. 아미라는 절대 미인 옆에서 단짝 사카키가 느끼는 열등감이나 좌절을 그린 것으로 끝났다면 이 작품은 흔해빠진 소설이 되었을 것입니다. 하지만 작가는 거기에 머물지 않고, 사카키에게 '미모'는 주지 않았지만 강인한 현실 인식 능력과 성실한 성격을 주어 아미 옆에서도 흔들리지 않는 강한 우정을 보여줍니다. 제가 특히 좋아하는 부분은 사카키가 아미가 왜 자기를 그렇게 좋아하고 따르는지 깨닫게 되는 부분입니다.

〈아미는 미인〉에는 또 한 가지 재미있는 장치가 있습니다. 일본에서는 보통 친해지기 전에는 성으로 부르다가 친해지면 이름으로 부르는데, 아미는 처음부터 주위 사람들에게 '아미'라는 이름으로 불립니다. 연예인 같은 취급이라고 할 수도 있겠지요. 누구보다 아름다운 사람을 이름으로 부름으로써 작중 인물들과 독자들은 아미에게 일종의 친근감을 느낌과 동시에 친해지는 과정 없이 그녀를 둘러싼 일정한 경계선상에 위치하게 됩니다. 그렇다면 아미와 함께 등장해서 끝까지 이야기를 이끌어나가는 사카키는 어떨까요? 마지막에야 밝혀지지만 '사카키'는 그녀의 이름이 아니라 성입니다. 와타야 리사는 심술궂게도 미인 사이토 아미는 이름으로 부르고, 그 그늘에 가려 여성성을 철저하게 부성낭하는 사카키 란은 성으로 부릅니다. 그렇기 때문에 독자들마저도 자기도 모르는 사이에 아미와 사카키를 차별하는 호칭으로 등장인물을 파악하게 되어버립니다. 굉장히 의미심장한 부분이지만 우리나라와 일본의 문화 차이 때문에 완벽하게 전달되기 어려운 부분이라 역자로서 아쉽게 느껴지는 부분이기도 합니다. 하지만 그런 심술궂은 장치를 빼놓고 읽어도 충분히 재미있는 작품입니다.

아름다운 외모 때문에 절대적인 고독을 느끼는 아미와 그런 아미 옆에서 온갖 서러운 꼴을 당하면서도 비뚤어지지 않고 성실하게 자기가 설 자리를 찾아낸 사카키, 그리고 뒤늦게 아미의 고독을 깨닫고 진정한 우정에 눈을 뜬 사카키. 어쩌면 와타야 리사가 미인이기 때문에 이런 소재를 다룰 수 있었던 게 아닐까 싶은 반면, 미인인 데다 각종 문학상의 최연소 타이틀을 휩쓸어 남부러울 것 없어 보이는 그녀가 어떻게 본인이 경험해보지 못했을 '사카키'라는 캐릭터를 이렇게나 생생하게 표현했는지 감탄스럽기만 합니다. 신은 두 가지 재능을 다 주시지 않는다지만 그 말도 와타야 리사는 비껴간 것 같습니다.

김선영

옮긴이 **김선영**

1979년에 태어나 한국외국어대학교 일본어과를 졸업했다. 방송 등 다양한 매체에서 전문번역가로 활동했으며 특히 일본 문학에서 왕성한 활동을 하고 있다. 옮긴 책으로는 《외딴 섬 퍼즐》《쌍두의 악마》《리라장 사건》《살아 있는 시체의 죽음》《손가락 없는 환상곡》《고백》《클라인의 항아리》《열쇠 없는 꿈을 꾸다》《완전연애》《경관의 피》《인형은 왜 살해되는가》 등이 있다.

불쌍하구나?

2013년 11월 5일 초판 1쇄 발행
2013년 11월 20일 초판 2쇄 발행

지은이 | 와타야 리사
옮긴이 | 김선영
발행인 | 전재국

발행처 | (주)시공사
출판등록 | 1989년 5월 10일(제3-248호)

주소 | 서울특별시 서초구 사임당로 82(우편번호 137-879)
전화 | 편집(02)2046-2817·마케팅(02)2046-2800
팩스 | 편집(02)585-1755·마케팅(02)585-1755
홈페이지 www.sigongsa.com

ISBN 978-89-527-7039 4 03830